チャールズ・マンソン。インディペンデンスの法廷で（1969年12月3日）AP/アフロ

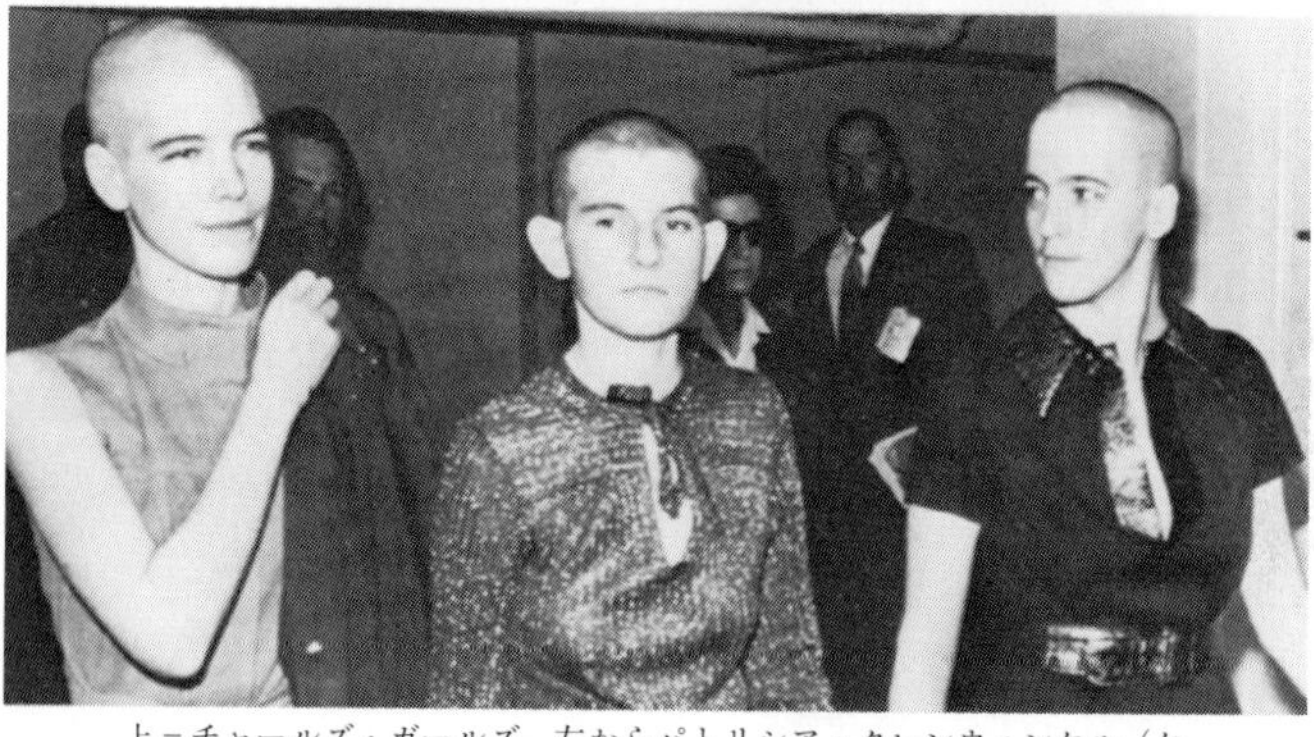

上＝チャールズ・ガールズ。左からパトリシア・クレンウィンケル（ケイティ）、レスリー・ヴァン・ホーテン、スーザン・アトキンス（サディ）。
下＝判決の日、左からレスリー、ケイティ、サディ（1971年4月19日）

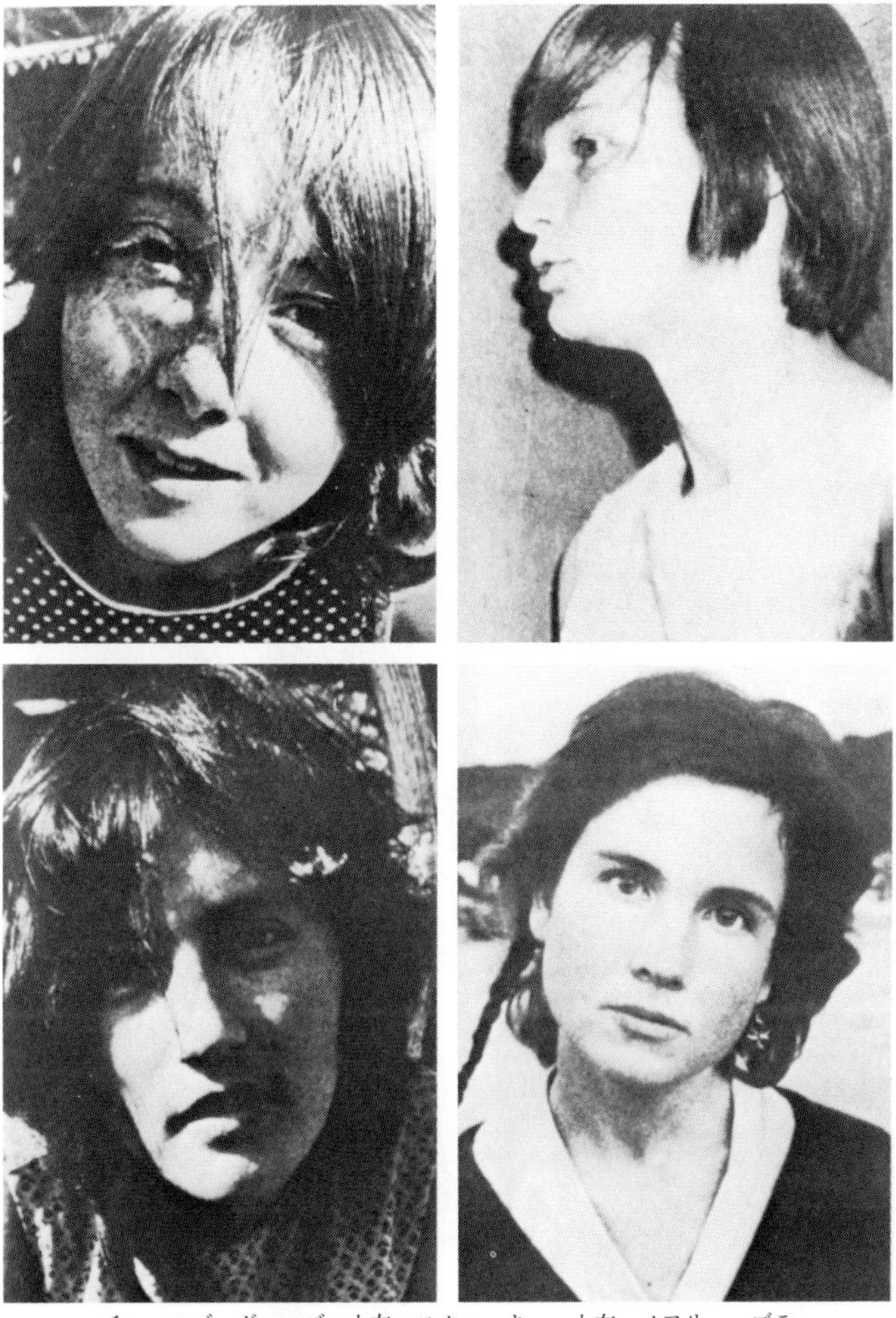

チャールズ・ガールズ。上左＝スクィーキー、上右＝メアリー・ブランナー、下左＝ジプシー、下右＝サンディ・グッド

男ではマンソンの最初の信奉者であるブルース・デイヴィス

スパーン・ランチの所有者ジョージ・スパーン

バイカー・クラブ「ストレート・サタンズ」のボス、ダニー・デカーロ

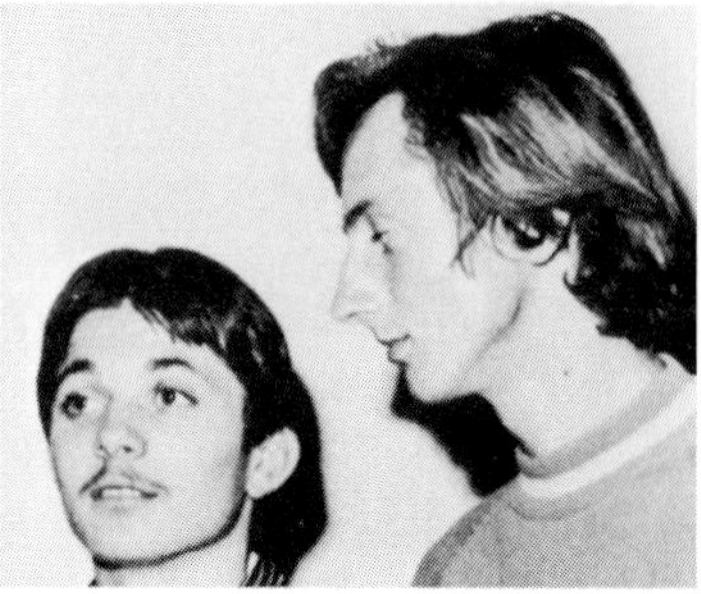

ファミリーから逃げだした元メンバーのポール・ワトキンス（左）とブルックス・ポステン

ファミリー

上巻

エド・サンダース

小鷹信光＝訳

草思社文庫

THE FAMILY
by
Ed Sanders

published by arrangement with
the proprietor, c/o Brandt & Hochman Literary Agents, Inc.,
New York, U. S. A.
through Tuttle-Mori Agency, Inc., Tokyo.

ファミリー【上巻】　目次

下巻目次

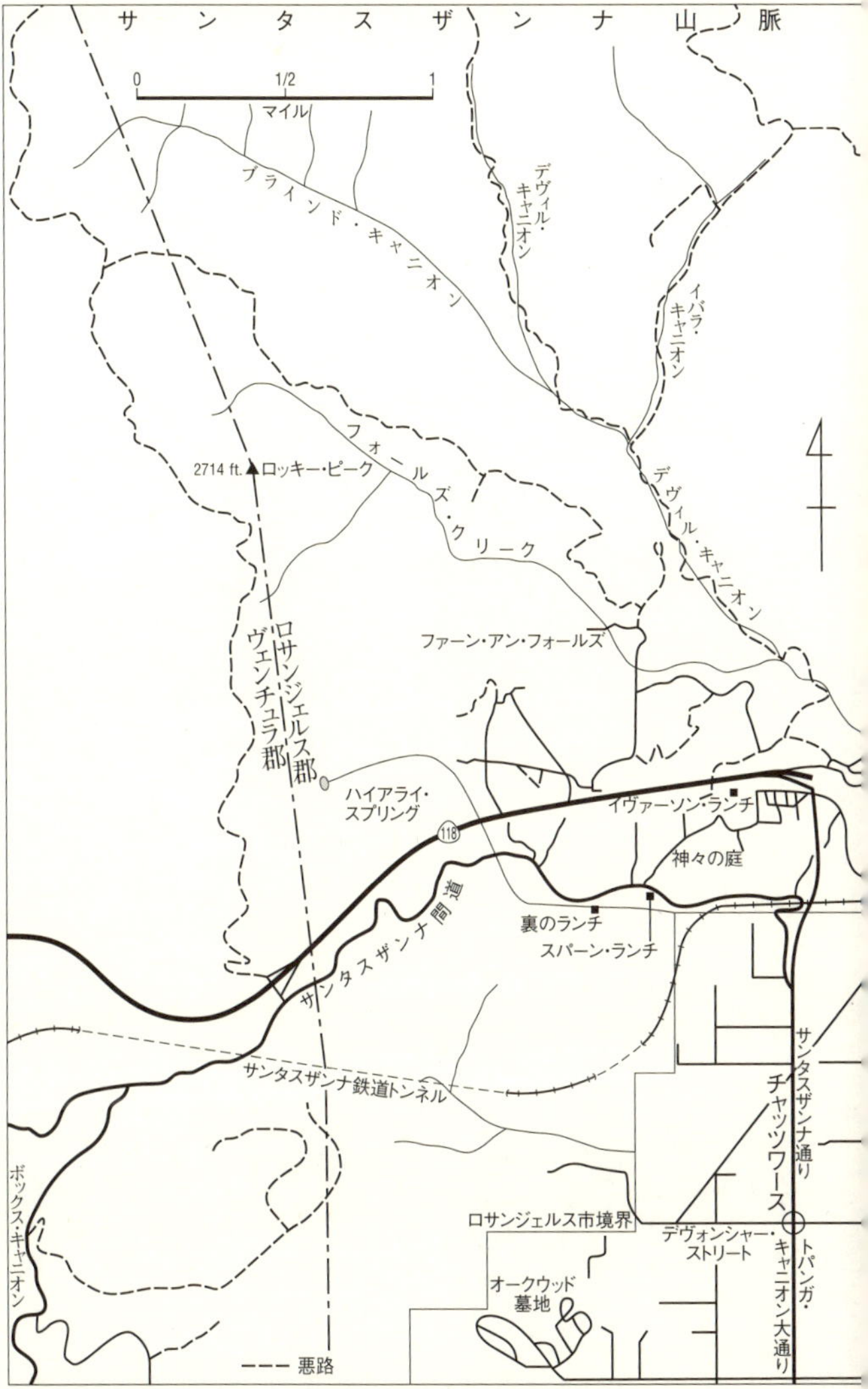

サンタスザンナ山脈
0
1/2
1
マイル
ブラインド・キャニオン
デヴィル・キャニオン
イバラ・キャニオン
フォールズ・クリーク
2714 ft.
ロッキー・ピーク
デヴィル・キャニオン
ファーン・アン・フォールズ
ロサンジェルス郡
ヴェンチュラ郡
ハイアライ・スプリング
118
イヴァーソン・ランチ
神々の庭
サンタスザンナ間道
裏のランチ
スパーン・ランチ
サンタスザンナ鉄道トンネル
サンタスザンナ通り
チャッツワース
ボックス・キャニオン
ロサンジェルス市境界
デヴォンシャー・ストリート
トパンガ・キャニオン大通り
オークウッド墓地
悪路

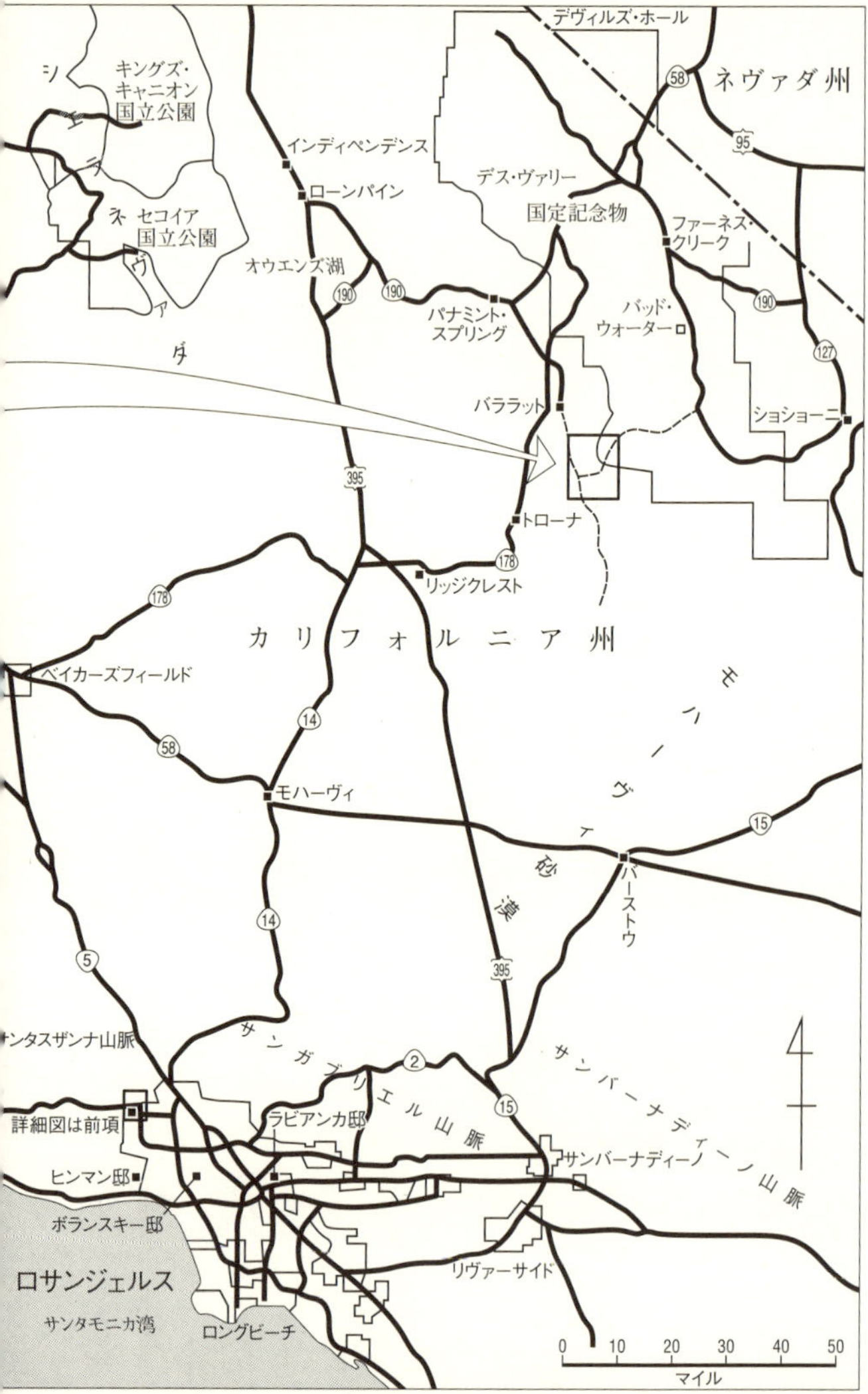
デヴィルズ・ホール
ネヴァダ州
キングズ・キャニオン国立公園
シエラネヴァダ
セコイア国立公園
インディペンデンス
ローンパイン
オウエンズ湖
デス・ヴァリー国定記念物
ファーネス・クリーク
パナミント・スプリング
バッド・ウォーター
バララット
ショショーニ
トローナ
リッジクレスト
カリフォルニア州
ベイカーズフィールド
モハーヴィ砂漠
モハーヴィ
バーストウ
サンタスザンナ山脈
サンガブリエル山脈
サンバーナディーノ山脈
詳細図は前項
ラビアンカ邸
ヒンマン邸
ボランスキー邸
サンバーナディーノ
リヴァーサイド
ロサンジェルス
サンタモニカ湾
ロングビーチ
58
95
190
127
395
178
14
15
5
2
0 10 20 30 40 50
マイル

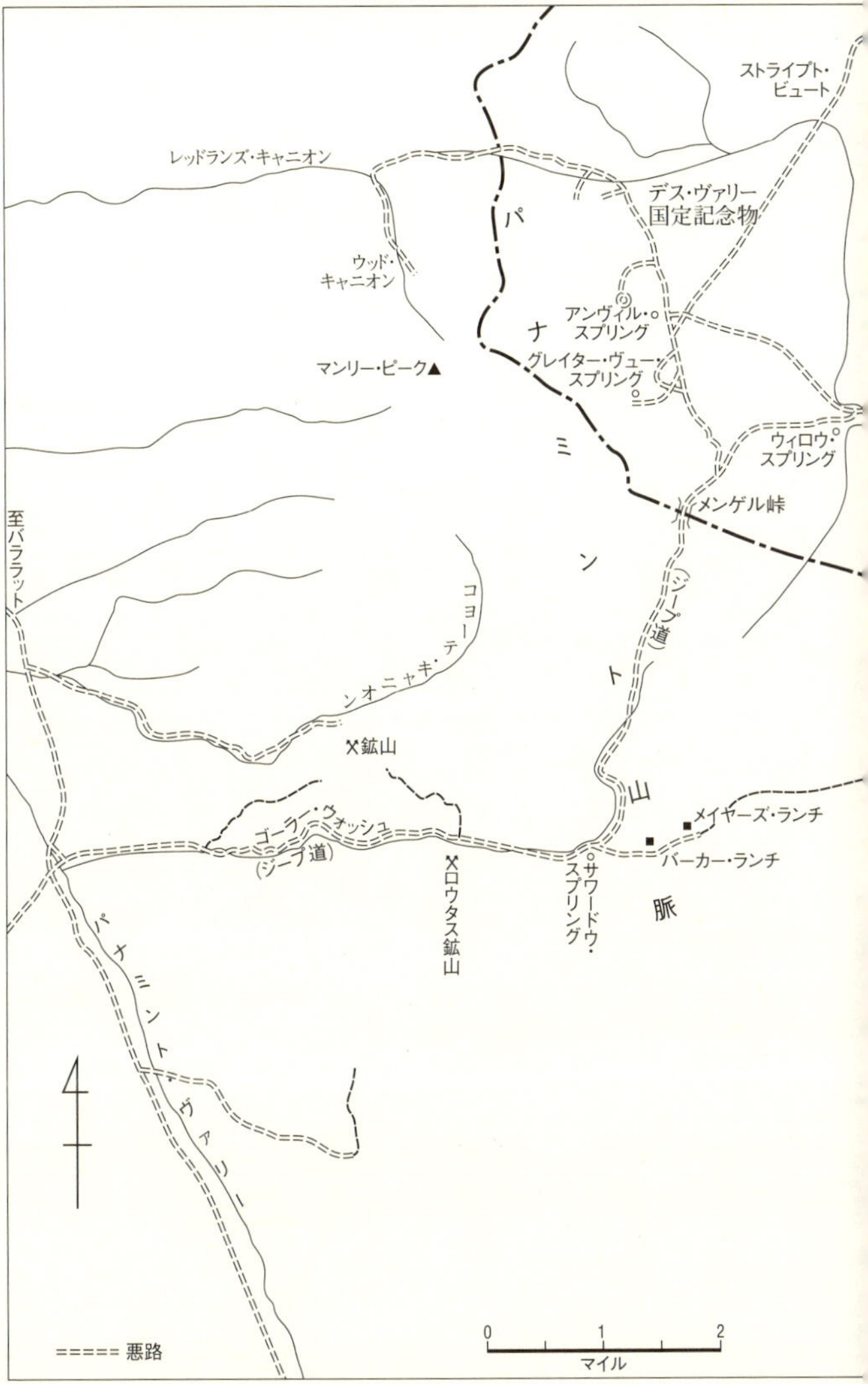

ストライプト・ビュート
レッドランズ・キャニオン
デス・ヴァリー国定記念物
パナミント山脈
ウッド・キャニオン
アンヴィル・スプリング
マンリー・ピーク
グレイター・ヴュー・スプリング
ウィロウ・スプリング
メンゲル峠
至バララット
コヨーテ・キャニオン
(ジープ道)
鉱山
ゴーラー・ウォッシュ
(ジープ道)
メイヤーズ・ランチ
バーカー・ランチ
ロウタス鉱山
サワードウ・スプリング
パナミント・ヴァリー
悪路
0
1
2
マイル

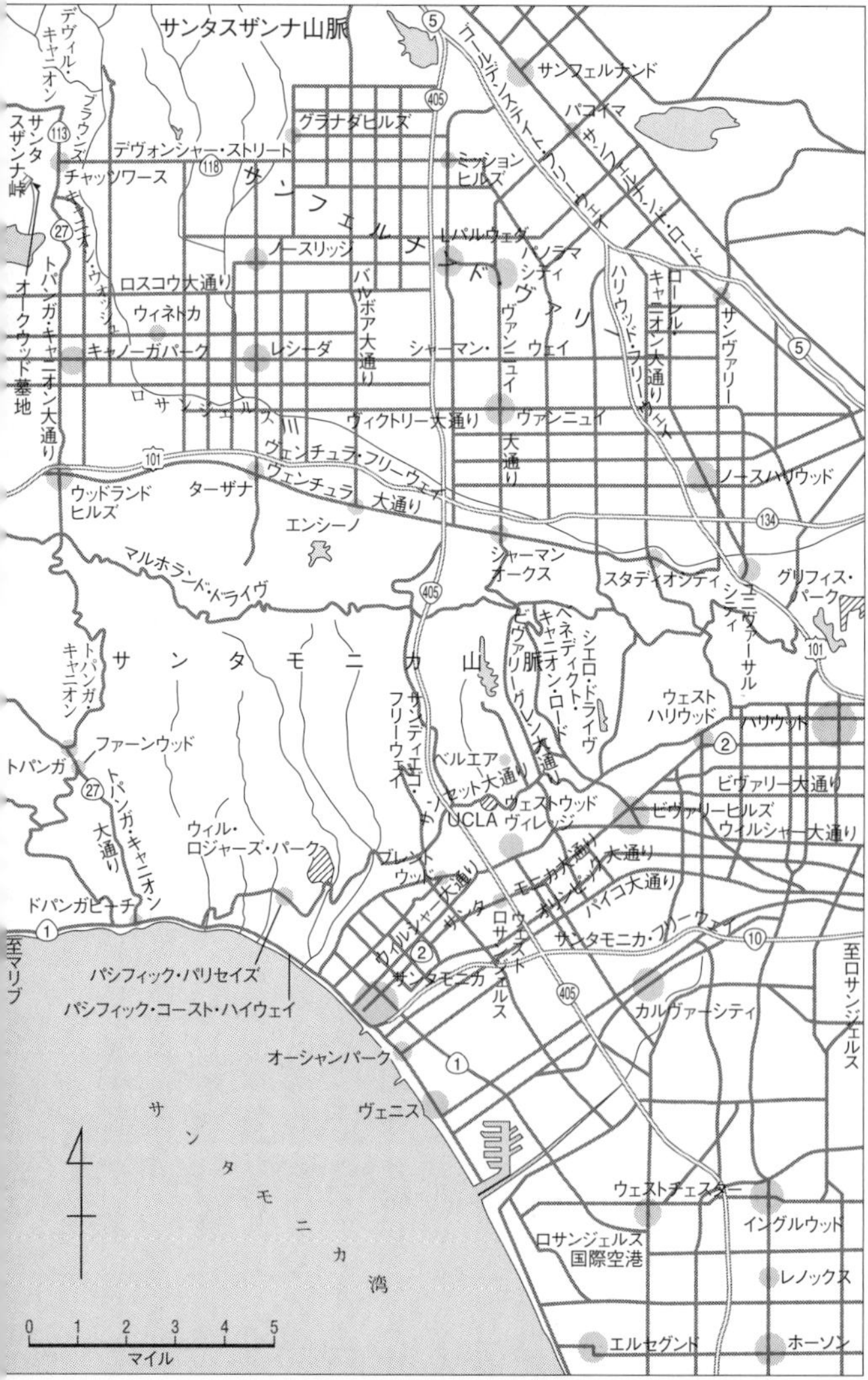

サンタスザンナ山脈
デヴィル・キャニオン
サンタ・スザンナ峠
ブラウンズ・キャニオン
サンフェルナンド
パコイマ
ゴールデン・ステイト・フリーウェイ
サンフェルナンド・ロード
グラナダヒルズ
デヴォンシャー・ストリート
ミッションヒルズ
チャッツワース
サンフェルナンド・ヴァリー
ノースリッジ
パノラマシティ
ロスコウ大通り
バルボア大通り
ハリウッド・フリーウェイ
ローレル・キャニオン大通り
サンヴァリー
ウィネトカ
ヴァンニュイ大通り
トパンガ・キャニオン大通り
オークウッド墓地
キャノーガパーク
レシーダ
シャーマン・ウェイ
ロサンジェルス川
ヴィクトリー大通り
ヴァンニュイ
ヴェンチュラ・フリーウェイ
ヴェンチュラ大通り
ノースハリウッド
ウッドランドヒルズ
ターザナ
エンシーノ
マルホランド・ドライヴ
シャーマンオークス
スタディオシティ
ユニヴァーサルシティ
グリフィス・パーク
ビヴァリー・グレン大通り
ベネディクト・キャニオン・ロード
シエロ・ドライヴ
サンタモニカ山脈
トパンガ・キャニオン
サンディエゴ・フリーウェイ
ウェストハリウッド
ハリウッド
ファーンウッド
トパンガ
ベルエア
サンセット大通り
ビヴァリー大通り
UCLA
ウェストウッドヴィレッジ
ビヴァリーヒルズ
ウィルシャー大通り
ウィル・ロジャーズ・パーク
ブレントウッド
サンタモニカ大通り
オリンピック大通り
ピコ大通り
トパンガビーチ
ウェスト・ロサンジェルス
サンタモニカ・フリーウェイ
至マリブ
パシフィック・パリセイズ
サンタモニカ
至ロサンジェルス
パシフィック・コースト・ハイウェイ
カルヴァーシティ
オーシャンパーク
ヴェニス
サンタモニカ湾
ウェストチェスター
イングルウッド
ロサンジェルス国際空港
レノックス
エルセグンド
ホーソン
0 1 2 3 4 5
マイル

おもな登場人物

チャールズ（チャーリー）・マンソン　ファミリーのリーダー。一九三四年生れ。十六のときから刑務所入りをくりかえす。六七年春に出獄してから次第にファミリーを形成。キリストにして悪魔と自称。身長五フィート六インチの小柄。

メアリー・ブランナー　ファミリーの最初のメンバー。元カリフォルニア大学バークレイ校の図書館員。

スクィーキー（リン・フロム）　二番目に加わったメンバー。

パトリシア・クレンウィンケル（ケイティ）　バイブル狂の家出娘。元保険会社の事務員。テートおよびラビアンカ殺しに参加。

ブルース・デイヴィス　男では最初のマンソン信奉者。高校時代は年鑑編集者。ヒンマン殺しに参加。

サディ・メイ・グラッツ（スーザン・アトキンス）　元ウェイトレス、ダンサーなど。ヒンマンおよびテート殺しに参加。

ロバート（ボブ）・ボーソレイユ　俳優兼ミュージシャン。ヒンマン殺しの主犯。

サンディ・グッド　公民権運動に積極的に参加したこともある短大出の娘。主要メンバーの一人。

ポール・ワトキンス（リトル・ポール）　高校を中退した放浪少年。ミュージシャンの**ブルックス・ポステン**とともに途中で、ファミリーから脱け出る。

ジプシー（キャシー・シェア、マノン・ミネット）　ボーソレイユと一緒にポルノ映画に出演していた女性。主要メンバーの一人。
チャールズ・ワトソン（テックス・ワトソン）　元かつら店を経営。テートおよびラビアンカ殺しの主犯。
スティーヴ・グローガン（クレム）　スパーン・ランチの牧童。スタントマンの**ショーティ・シアー**を惨殺。
ファン・フリン　スパーン・ランチの牧童。パナマ人。ベトナム戦争に従軍した経験をもつ。
レスリー・ヴァン・ホーテン　ボーソレイユのガール・フレンド。ラビアンカ殺しに参加。
ファニタ(ジョーン・ワイルドブッシュ)　元教師。鉱夫のボブ・ベリーと結婚してファミリーの支配下から離れる。
ダニー・デカーロ　バイカー・クラブ〝ストレート・サタンズ〟のボス。銃器狂。
ビル・ヴァンス　マンソンの刑務所仲間。
リンダ・キャサビアン　ファミリー末期に加わったメンバー。テートおよびラビアンカ殺しに運転手として加担。
キティ・ルートシンガー　ルートシンガー・ランチの娘。ボーソレイユと最も親密な仲だったメンバー。
ステファニー　マンソンの最後のお気に入りとなった若い家出娘。
ジョージ・スパーン　スパーン・ランチの盲目の所有者。
ゲイリー・ヒンマン　ボーソレイユと親しかった音楽教師。日蓮正宗の熱心な信者。ファミリーに殺される。

バーナード・クロウ　黒人の麻薬仲買人。麻薬取引のもつれからマンソンに撃たれる。

シャロン・テート　ポランスキーの妻で映画女優。出産を間近にひかえてファミリーに殺される。

アビゲイル・フォルジャー　フォルジャー・コーヒー財閥の女相続人。テート事件の犠牲者の一人。

ジェイ・セブリング　男性映画俳優専門のヘア・スタイリスト。元テートの婚約者。テート事件の犠牲者の一人。

ヴォイティック・フライコウスキー　ポランスキーの親友のポーランド人。テート事件の犠牲者の一人。

スティーヴン・ペアレント　ポランスキー邸の管理人**ウィリアム（ビル）・ギャレットスン**のところにラジオのセールスに行き、巻きぞえを食った犠牲者。

レノ&ローズマリー・ラビアンカ　テート殺しの翌晩、ファミリーに殺された金持ちの夫妻。

ロマン・ポランスキー　ポーランド出身の映画監督。テートの夫。

テリー・メルチャー　ドリス・デイの息子。マンソンを芸能界に売り出そうとする。ドリス・デイ・ショーのプロデューサー。バーズのLPをプロデュースしたこともある。

グレッグ・ジャコブスン　メルチャーの親友。作詞家。

デニス・ウィルスン　ビーチ・ボーイズのドラマーでシンガー。一時マンソンと親しく、マンソンが作詞した曲を彼らのアルバムに入れている。

はじめに

チャールズ・マンソンと、彼のいわゆるファミリー*について私がはじめて耳にしたのは、一九六九年十月二十日ごろのことだった。私のところに送られてきた「アース・リードアウト」**という環境生態学《エコロジー》関係のニューズレター***の中に、同年十月十五日付の次のようなサンフランシスコ・クロニクル紙の記事が再録されていたのである。

死の谷《デス・ヴァリー》****一帯を盗んだデューンバギー車*****に乗って跳梁をほしいままにしていた裸体、

---

* 本書においてはマンソンをリーダーとするヒッピー集団のこと。人物一覧参照。
** Earth Read-Out リードアウトは声をあげて唱えるという意味。
*** 個人に呼びかけるパンフレット型式のミニコミ雑誌・新聞。
**** カリフォルニア州南東部の広大な乾燥した荒涼たる盆地。
***** 砂丘や荒地を疾駆するために改良された車。

長髪の盗賊団一味の最後の生存者の群が、保安官事務所の発表によると、昨日一斉手入れをうけた。偵察機に先導された保安官の一隊は、二度にわたる砂漠地帯の手入れでこの移動盗賊団の二十七名の男女を逮捕した。栄養失調の二名の幼児をふくむ八名の子供も同時に保護された。女たちのあるものは全裸か、ビキニ・パンティ一枚の姿で逮捕されたという。成年者全員が、自動車窃盗、盗品収受、銃器不法所持容疑で、訊問のためにイニョー郡拘置所に拘留された。同時に、盗まれた六台のデューンバギーが回収された。

ジェリー・ヒルドレス保安官補によると、一味は盗みをつづけながらこの一帯で生活していたということである。四輪駆動のデューンバギーで旅をつづけ、さびれた鉱夫小屋をつぎつぎと野営地にしていた。この一味がこれまで検挙をまぬがれていたのは、夜間しか移動せず、山の要所要所に無線装置を備えた監視所をおいていたためである。「移動の痕跡を隠すのが非常にたくみで、追跡をふりきるために、囮のキャンプ地までつくっていた」と、ヒルドレス保安官補は述べている。「なんともたのしい追っかけっこだった……なにしろこのあたりは、カリフォルニア州でも最も人間を寄せつけない荒れた土地なんだ」

この記事を読んだ六週間後、アメリカ中の新聞の第一面は、どんより曇った目をした殺人容疑者マンソンの写真で埋まった。すぐさまさまざまな呼称が彼につけられた。ヒッピー、悪魔崇拝主義者《サタニスト》、自動車泥棒、秘密結社《カルト》教祖、偏執的性倒錯者、卑劣漢、虐殺者……そしてマンソンの信奉者たち——数人の青年と二十名前後の娘たちは、彼のためならいつ、どこででも、喜んでどんなことでもやる「悪魔の奴隷たち」と形容された。だが、ありとあらゆる新聞の見出しや記事を、すみからすみまで詳しく読んでも、若いアメリカ人の一群が、このような殺人コミューンへと発展していった真相を深く追究し、説明してくれる、首尾一貫した事実の報道はまったく見つけることができなかった。

　そこで私は、七〇年の一月に、マンソン・ファミリーに関する資料の収集をはじめることにした。まったくの個人的好奇心にほかならなかった。そのあと私は、ファミリーについての本を書こうと決心した。三カ月か四カ月あれば充分だろう、その仕事が終わったら、また昔どおりの詩と平和の静かな生活に戻ればいいと考えたのだ。*ところが、ロサンジェルスにはじめて飛んだとたん、私は、そのあと一年半継続することになる、昼夜の別もない狂気のような取材活動に首までどっぷりつかってしまったのだ。その一年半の結果が、この本である。

＊　エド・サンダースは、平和主義者の詩人だった。下巻「訳者あとがき」参照。

調査にとりかかった当初、私は、私自身の身の安全をはかるためと、関わりをもつ人間の数をできるだけ少なくするために、情報源を秘匿する慎重な計画を準備した。というのも、適当と私が見なす情報を、自己流のやり方で自由に使いたいと望んだからである。資料の交換に際して匿名を希望する人々が多かったが、私はその情報が真実であり、本書にとって不可欠なものである場合だけしか匿名にしたいという希望に応じなかった。いくつかの例で、名前を明かした場合、その人物の生命が危険にさらされると判断したときだけ、情報提供者の名前を伏せることにした。

また、ことにオカルト*に関する情報の中には、さまざまな殺人事件の犠牲者の私生活に関わりのある情報が多く、無辜の犠牲者の死を悼む気持ちから、それらについては、あまり触れずにおいた。その結果、当然の成り行きとして、本書でおもにとりあつかう内容は、マンソン・ファミリーの誕生から発展にいたる経緯、彼らが犯した数多くの殺人に重点がおかれることになり、死者の生前の生活に関する記述はなるべく簡潔にとりあつかわれることになった。

本書中のすべての文章は、公式記録、法廷記録、公判速記録、本書中に記述されている出来事の証人たちとの録音および速記によるインタヴュー、私自身の観察、地図、写真、そして関係当局の役人たちの言葉などをもとにしている。

一年半を費やして、私はいわゆるマンソン・ファミリーに関して見聞した、文字どおりすべてのことを書きとめた。常にテープ・レコーダーを携行し、少なくみつもっても百時間を越すインタヴュー、対話、コメントを録音した。毎日私は、その日の活動記録をメモに書きつけた。どんな些細なことも、私のメモ速記録からのがれることはできなかった。当時は何の意味ももっていないように思えた奇妙な情報のかけらが、一年後に重要性を帯びてくることもあった。資料を集めながら行商人のようにわたり歩いていた間中ずっと、私はインスタマチック・カメラとポラロイド・カメラを手許からはなさなかった。このカメラで、私は数百枚の写真を撮ることになった。夜も昼も、資料を収集しながら、私はロサンジェルス一帯を歩きまわった。いってみれば資料収集中毒症状を呈していたわけだ。マンソン一味に関する情報を求める個人広告をアンダーグラウンド新聞に掲載しつづけ、数多くの情報を入手することができた。

毎日の資料レポートに加えて、私はいくつかの選択的な項目についての資料ファイルをつくった。たとえば、ロサンジェルスのオカルト活動、マンソンとハリウッド人種との関係、ファミリーの歴史に関する個々の項目など、五十に近い選択項目を別々に区分けしたのである。さらに重要なインタヴューの録音は文章に直し、それぞれのファイルに挿入した。選択項目の各ファイルについては、以後のインタヴューや資料

＊　黒魔術、超能力、占星術などの神秘的な技法の総称。

収集活動の中で解答を求めるべく、広大な範囲にわたる未解答の質問リストを作成した。このような方法をとったので、一つのインタヴューはまた新たなインタヴューを導きだし、未解答の質問を選別するために資料の山を継続的にたえず点検することが必要になった。調査を開始してから数カ月後には、私は文字どおり一万ページにおよぶ資料の山を渉猟することになった。

毎日の資料レポートと選択項目のファイルから、私は一九六七年から一九六九年までの月間資料ファイルを作成した。この月間ファイルには、ファミリーに関する各週ごとの歴史もふくまれていた。この編年史的な資料ファイルをもとにして、私は本書をまとめた。

私はテート＝ラビアンカ事件*の二万五千ページにおよぶ公判速記録の大半に目を通したが、この記録は、ある出来事を編年史の中に明確に位置づけるのに非常に役立った。ゲイリー・ヒンマン殺人事件**におけるロバート（ボブ）・ボーソレイユ***の公判記録も同様な意味で重要なものだった。また、アメリカ国内およびヨーロッパの、総数にして数千にのぼる新聞の切り抜き記事（殺人事件とマンソン・ファミリーに関するもの）を年月日順に並べて整理する作業によって、かなりの量の情報を入手することができた。

資料を確実に入手するために偽装が必要になることもしばしばだった。たとえば私は、骨の折れる二カ月間の計画の中で、アンディ・ウォーホル****の使い残しのフィルムを売って歩くニューヨークのポルノ映画ディーラーを装ったこともある。それは、マンソン・ファミリーとハリウッドの有名人たちがつくった悪名高いポルノ・フィルムを購入しようと計画したときのことだった。また別のときには、悪魔崇拝主義者や、好色な性的偏執者や、麻薬中毒の精神異常者を装ったこともある。

約一年間にわたって、私は、マンソンの公判や信奉者たちによるファミリーのその後の活動などについて、ロサンジェルス・フリープレス紙に約二十五回、記事を書いた。フリープレス紙のスタッフ一同の友情がなければ、本書はけっして完成することはなかっただろう。なぜなら同紙の編集室は、死体や儀式や奇怪な出来事に関する狂気としか思えない資料を一日中集めまわったあと、ほうほうの態で逃げこむことのできる唯一の正気の世界だったからだ。とくに私は、ポール&シャーリー・エバール、ブライアン・カービー、ジュディ・リュウエレン、勇気ある発行人、アート・カンキ

＊　マンソン一味の犯行のうち最も世間を騒がせた大量連続殺人事件。下巻の第16、17、18章に詳述されている。

＊＊　下巻第14章参照。

＊＊＊　ファミリーの一員。

＊＊＊＊　アンダーグラウンド映画の教祖的人物。

ン、ジョン・カーペンター、そしてキティたちに、協力と友情を感謝したい。

本書の一部は、ロサンジェルスの官庁街にある裁判所の中で書かれた。私は、この裁判所で行なわれた、スーザン・アトキンス（別称サディ）、パトリシア・クレンウィンケル（別称ケイティ）、レスリー・ヴァン・ホーテン*、およびチャールズ・マンソンの公判を四カ月間にわたって傍聴したのである。私はまた、ロバート・ボーソレイユの二度目の公判や、ファミリーが関係しているほかの公判や殺人事件の数えきれないほどの予審も傍聴した。さらに、アメリカ国内とヨーロッパのさまざまな人々と連絡をとったり、情報をもらったりすることも必要だった。

ニューヨーク公立図書館では、マイクロフィルムを読むために数週間を費やした。ここで私は、一九六八年と一九六九年のロサンジェルス・タイムズおよびサンフランシスコ・クロニクル両紙のほとんどに目を通すことができた。殺人の行なわれた邸宅の見取図を研究したり、凶行現場の写真を見たり、検死記録を読んだりすることが必要だったし、背筋が寒くなるような犯行の模様を言葉に置きかえる作業もしなければならなかった。

私はロサンジェルス地区とカリフォルニア州全域を調査のため碁盤目に細分した。マンソンと彼の一味は、地域がことなるごとに色合いのことなる関係をもつ傾向があり、情報の収集・分析に関して一つ一つの碁盤目に固有な問題点があったからである。

ファミリーが人々に与えた印象《イメージ》は、トパンガ・キャニオンとデス・ヴァリーでは様相を異にしていたし、その地域に適応したことなる調査技術が必要となった。私は、「ファミリー」として知られていたこの集団が実際に何を信じ、どんな活動をしていたのかを正確に理解するために、スパーン・ムーヴィー・ランチ**を二十回以上も訪れた。また、ファミリーの野営地のかすかな痕跡を調べるために、悪魔の谷《デヴィル・キャニオン》***をのろのろとさかのぼったこともあった。

イニョー郡とデス・ヴァリーには、四度夜営の踏査旅行にでかけ、そこでキャンプを張って、鉱夫や役人たちと話をした。悪路として知られているゴーラー・ウォッシュ****の滝を、ファミリーが乗り棄てた車の一台に乗って実際にさかのぼってみたこともある。バララットのゴーストタウンを探索したり、メンゲル峠を徒歩で越えたり、バーカー、メイヤーズの両牧場《ランチ》や、古い鉱夫小屋、地図にはのっていない温泉などを、ヘルター・スケルター*の秘密ルートに従って訪ねてみたりもした。

---

*　いずれも、ファミリーの主要メンバー。

**　かつては西部劇映画のセットとして用いられていた観光牧場。

***　これらの地名はいずれも巻頭の地図を参照。

****　雨期に増水した雨水を流す水路。ファミリーはこれを道路として用いた。

調査の最後の六カ月間、私は、私設調査員のラリー・ラーセン氏に非常にたすけられた。ラーセン氏はたいへん勇気のある私立探偵で、彼が根気よく集めた有意義な資料にはおどろかされたものである。私たちは協力して、残虐行為狂、悪魔崇拝主義者、苦痛を伴う魔術**にとり憑かれた一派などに重点をおき、ロサンジェルスのさまざまなオカルト集団の難しい調査をおこなった。冒険的な経験も少なからずあった。ある月夜、私たちは命賭けでヴェンチュラ郡のある海岸にでかけていった。死体愛好症《コープソイド》***のオカルト集団の一派が、その海辺で動物をいけにえにする儀式を行なうという情報を耳にしたからである。またあるときは、トパンガ・キャニオンの近くの山頂の防火線《ファイア・ロード》****にある、使用されていない映画セットに置いてあった儀式用の祭壇から、動物の血と思われる痕跡を削りとったこともあった。

調査に必要とした四、五百件のインタヴュー中に、精神異常的な嘘つきたちと出会ったことも少なくないと思われる。本書中のエピソードの多くには、同じ出来事についてことなる人間から入手したいくつかのことなる説明や解釈がつけられている。すべてのインタヴューに関して信憑性の分析が必要となり、既知の事実をもとにした基幹編年史と矛盾しないかどうかが、一つ一つ検討されることになった。最大の難問の一つは、時の流れとともに人間の記憶が薄れてゆくということだった。たとえば、一九六七年十一月第一週についての記憶といわれても、たいていはいたってあいまいなものである。それに加えて、病《や》んだ心、向精神薬《サイキデリックス》の服用、恐怖感その他の要素がからんで、記憶の多くはあいまいになっていることが多かった。

私の調査の道は、ファミリーの生活や殺人事件とは直接関わりのない活動を行なっている人間たちと交差することも多かったが、彼らもまた奇怪また奇怪としかいいようのない人種だった。ことに私が遭遇したオカルト集団の中には、精神的に深く病んでいる者たちが多かった。犬の血を好んですする者たち、ポルノ・ヴィデオ狂、台所に腐った山羊の頭を吊るしていた人たち、ベルエア*****でひらかれるパーティに死体を貸しだす人間、さまざまな教団のいけにえとなった犠牲者たち……。

調査活動の妨げとなったおそろしい難関もあった。特筆すべき一例は、ある車のトランクから発見された死体だった。ジェイ・セブリング*の商売上の友人たちがこれま

* 一般には大混乱の意味だが、マンソンとファミリーの活動の核となった特殊な意味をもっている。第8章と下巻「訳者あとがき」参照。
** 第9章参照。
*** 本書にひんぱんにでてくる筆者の作った合成語の一つ。〝花の奇形児たち〟はフラワーロイド、マンソンの信奉者はマンソノイドと呼ばれる。
**** 山火事の類焼を防ぐために森林に刻み目をつけた道。
***** ロサンジェルスの最高級住宅地。

でに数人殺害されている。私はその中の一人、ロストーという男の所在地を情報入手のために探しまわっていた。ところが、一九七〇年の秋になって、その男の死体がニューヨークで、車のトランクの中から発見されたという報道がつたわったのだ。七〇年のクリスマス前後には、別の友人がフロリダで死体となって発見された。血なまぐさい事件があいついだので、私はもっと安全な方向へ調査の対象を変更せざるを得なかった。車のトランクに詰められ、スペア・タイヤのわきで永遠の黙想にふけるに価するような書物は存在しない、と考えたからだ。

未解決のままになっている事件が十指に余るほど放置されているのだが、本書の目的は殺人事件の解決にあるのではない。従って、いくつかの殺人に関しては、敢えて触れずにおくことにした。逮捕されていない殺人者たちや、マンソン・ファミリーがヒントや教義的裏づけを得ていた、人間をいけにえにする教団各派が、カリフォルニアで自由に活動をつづけているという事実も、私の調査を不充分なものにしたことは否めない。当局の役人たちは信じていないようだが、カリフォルニアの山地や海岸で、ぞっとするようないけにえの儀式を行なったと話してくれる、放浪ヒッピー予言者たちが数多くいるのだ。

本書が、マンソン・ファミリーについての決定的な研究書である、というつもりはない。たとえば、向精神薬を用いた洗脳のテクニックや、いくつかの組み合わされた催眠暗示パターンのもとに行なわれる犯罪行為などについて、科学的、学術的な研究が必要とされるだろう。導師《グル》とか、いわゆる指導者《リーダー》といわれる連中が、信者を絶対服従の網にかけようとして用いるテクニックについて、若者たちは、「寝ずの行《ぎょう》」を行なってでも、その罠におちいらないように熟知しなければならない、と思う。

マンソンと彼の一味は、現在(一九七一年執筆時)、カリフォルニア州タマールにあるサンクエンティン刑務所の青酸ガス室で死刑に処せられる日を待って生きている。私個人は、死刑制度には反対だ。殺人者を殺すことは、報復と暴力を永続化するだけだと信じているからである。マンソンを一生閉じこめておき、そこからでは、彼の信奉者たちを通じて、これ以上の暴力行為を指示することの不可能な施設が現存するはずである。私の意見では、その信奉者たちの大半は、殺人行動に駆りたてられた人間たちだったと思う。事実、彼らは狂人同様なのだ。マンソンも、スーザン・アトキンスも、テックス・ワトソン**も、パトリシア・クレンウィンケルも、レスリー・ヴァン・ホーテンも、その他の大多数のファミリーのメンバーも。精神病学検査の結果、彼らの中のあるものは独房に閉じこめられたとき、強度の精神異常《サイコーシス》の症状を呈することが

＊　シャロン・テートと一緒に殺された彼女の元婚約者で、高名なヘア・スタイリスト。
＊＊　マンソンの最も忠実な部下。

明らかにされた。だが彼らは仲間といっしょのときは、あたかも同一の肉体と意志のもとに結ばれたかのように、鉄の鎖によって結束しているように見えるのだ。その鉄の鎖の結束の謎を究明したのが本書である。アメリカの、ある若者の一集団が、いったいどのような経緯をたどって、このような戦闘的な殺人集団へと結束していったのだろうか。

I ファミリー

――マンソン・ファミリーの誕生から一九六九年中ごろまで

1　裏目にでた執行猶予処分

一九五五年七月二十二日ごろ、チャールズ・マンソンは盗んだ五一年型マーキュリーを運転して、オハイオ州ブリッジポートからロサンジェルスへ向かっていた。かたわらに十七歳の身重の妻ロザリーがいた。それだけで、それがすべてだった。

同年九月、マンソンは逮捕され、十月十七日に有罪を認めた。逮捕後に行なわれた精神鑑定書は、マンソンを「執行猶予処分には不適」と宣告したが、一方には、結婚と一児の父親になるという生活が、時として非行青少年を立ち直らせ、まともなアメリカ的市民生活に復帰させるきっかけとなり得る、という見方もあった。このような配慮のもとに、一九五五年十一月七日、マンソンは保護観察五年の判決を受けた。一年前の五月十八日付で仮釈放処分を受けている間の出来事だった。このとき彼は二十一歳。十三歳のときから種々の矯正施設を転々としていたマンソンは、十六歳になってから何度も刑務所入りの経験を重ねている。

逮捕されたのち、連邦機関の訊問を受けている最中に、マンソンは一年前の一九五四年に、盗んだ車をウェスト・ヴァージニア州の露天掘りの鉱山地域からフロリダ州マイアミまで運んだ事実を認める、という失敗をしでかした。

　この自認の結果、一九五六年一月十一日、ダイヤー法に違反したかどでフロリダ州で告訴され、ロサンジェルス地区の連邦行政官のもとに出頭を命じられた。

　このときは自分で誓約保釈金を工面し、一月十五日に再出頭するよう命じられて釈放された。その直後、マンソンは出産間近のロザリーを連れてロサンジェルスから逃亡し、故郷のアパラチアへ向けて一路車を走らせた。

　二月二十九日、ロサンジェルスの保護観察局の局長は、マンソンが担当保護観察官に報告を怠っているとの理由で逮捕令状を裁判所に要請した。一九五六年三月十四日、インディアナ州インディアナポリスで逮捕されたマンソンは、公判のためにロサンジェルスまで護送された。

　一九五六年三月、息子チャールズ・ジュニアが生まれた。

　四月二十三日、ハリー・C・ウェストーヴァー判事はマンソンの保釈処分を撤回し、カリフォルニア州サンペドロにあるターミナル・アイランド刑務所における懲役三年の刑を宣告した。

　夫が同刑務所に服役中の最初の一年間、妻のロザリーは息子チャールズ・ジュニアとともにロサンジェルスに住むマンソンの母親、キャスリーンのもとに住み、マンソンからのがれられなかった。一九五七年になると、ロザリーの面会がぷっつりと途絶え、連邦保釈法の報告書には、別の男と暮らしていたと記されている。これを知ってマンソンは怒り狂った。

一九五七年五月二十四日、マンソンはターミナル・アイランドから脱獄しようとして発見され、〝有罪判決後の連邦刑務所からの脱走罪〟(連邦法第一八条七五一項)により起訴された。五月二十七日、有罪を認めたマンソンは、六月十日、ウィリアム・メイジス連邦判事により、執行猶予、保護観察五年を宣告された。

その直後、ウェスト・ヴァージニア生まれの妻、ロザリーが離婚訴訟を起こした。七月十五日、ターミナル・アイランドに服役中のマンソンに召喚状が届いた。一九五七年八月三十日、最終的な離婚判決の宣誓書が受理された。さらば《アディオス》、妻よ。

一九五六年四月二十三日から五八年九月三十日までの二年五カ月と五日間は、マンソンにとっていわゆる更生期間だった。体重一二五ポンドの小柄な青年マンソンは、刑務所内のバスケットボール・チームに属して活躍し、ボクシングにも多少手をだしていたらしい。セックス・ライフも、刑務所内での唯一の方法――手、口、肛門を用いて続けられた。

二年半の間、マンソンはしたたかな年上の囚人たちが飽くことなく話し続ける、陰謀、犯罪、精神障害などの話を耳にして過ごした。ここではピンプ・トーク、つまり売春婦の群のヒモになるコツといったような話がさかんにかわされた。のちにインタヴューに応じた同囚の話によると、マンソンは非常に熱心な聞き手だったという。当時のマンソンを知る友人は次のように書いている。「おれたちは売春婦をうまくあやつるやり方についてしゃべりまくった。一人の女を働かせるだけでなく、ヒモの片腕になって他の女たちを統御するナンバーワン・ガール、いわゆるやり手マダム連中のことをよく話した。一番の話題は、ヒヨコを一人前の売春婦に仕立てあげるコツだった」

やがて若いマンソンにも刑期終了の時がやってきた。「当囚人は一九五八年九月三十日付でターミナル・アイランド連邦刑務所から釈放され、一九五八年十月二十四日まで犯罪記録簿に収録」とマンソンの担当保護観察官は、一九五八年十月一日、記録簿に記入している。

自由の身となったマンソンは、ロサンジェルスのハーキンスン通りに住む彼の母親といっしょに暮らすつもりだと語った。この住所は、それからの一年八カ月に及ぶつかの間の自由生活の間、転々と変わった二十の住所の第一番目だった。

保護観察局はマンソンにいくつかの職を紹介した。その後数カ月間の職歴は、まさに作家の悪戦苦闘の経歴を地でいくようなものだった。だがマンソンはバス・ボーイ、バーテン、フリーザーの下取りやセールスの注文取り、ガソリン・スタンド従業員、テレビのプロデューサー、ヒモ稼業といった職を、次から次へとただあてもなく変えていっただけだった。

一九五九年一月十六日、ロサンジェルス警察に、一人の激怒した父親が飛びこんで来た。娘のジュディがマンソンによってむりやり客をとらされている、と訴えでたのである。マンソンは、ジュディのルームメイトでカリフォルニア州ベイカーから来た金持の娘、白いトライアンフを乗りまわしているカリフォルニア大学ロサンジェルス校の学生フローとも関係をもっていた。

一九五九年五月一日、マンソンはロサンジェルス市内のラルフズ・マーケットで、額面三十四ドル七十五セントの盗難政府小切手を偽造し、それを現金化しようとして逮捕された。その日の朝にも別口の盗難小切手をリッチフィールドの給油所で現金化したばかりだった。今度こそ厳しく罰せられて当然のはずだった。現場ではマンソンの母親のものと思われる、ブルーの五三年型キャディラック・コンヴァーティブルが押収された。

ロサンジェルス警察がマンソンを連邦機関の役人に引き渡したのち、彼を取り調べていた係官は、その偽造小切手を書類の一番上に放置しておくというミスを犯した。財務省の秘密検察部の係官たちが一瞬背中を向けたすきに、マンソンはその小切手を摑んで飲みこんでしまったのだ。小切手は消失し、マンソンは飲みこんだ小切手のために吐き気を催し、胃の中身をからにするためトイレに行きたいと訴えた。

一九五九年六月十九日、担当保護観察官の言葉を借りれば、「魅力的な」十九歳の白人女性、キャンディ・スティーヴンスが彼のもとを訪ねて来た。彼女はマンソンと関係して妊娠していると告げ、卑劣な連邦当局が彼をこっぴどい目にあわせたりしなかったら、二人は結婚するつもりだったと述べたてた。実際には妊娠の事実はなく、彼女はマンソンのために働く売春婦だった。キャンディがマンソンによって初めて女にされたのは事実だったのだろう。

九月四日、四年前にもマンソンを調べたことがある医師によって、二度目の精神鑑定が行なわれた。報告書の結びはこうである。


当人の外観からは低劣な人間であるという印象は受け難い。しかし、情緒的に非常に不安定でもろい面が見受けられる。矯正施設における生活に関して、当人は至極満足のゆく生活だったとさえ述べている。種々の運動競技のキャプテンをつとめ、他の仲間たちを大いに楽しませる努力を惜しまなかったという。当人は精神異常の認められない社会病質《ソシオパシック》*人格と見受けられる。不幸なことに、当人は急速に施設ずれ

＊　いわゆる外因性の精神病質。

した人間になりつつある。保釈処分の有力候補として推薦することはできない。

このときチャーリー・マンソンは二十四歳だった。

一九五九年九月二十八日、すすり泣いて嘆願するキャンディをかたわらに、マンソンの予審が行なわれた。気持を和らげられた判事は、懲役十年の判決を保留し、保護観察五年の処分を宣告した。

一九五九年十一月、マンソンはデトロイトから来たメアリー・ジョーという十八歳の娘と知り合った。メアリーはスチュワーデス学校の雑誌広告につられてロサンジェルスにやって来たが、そんな学校はどこにもなく、送った入学金も戻ってこない。とにかくロサンジェルスに残りたいと両親に頼み込み、リタという名の女友達といっしょにアパートを借りて住んでいた。

一九五九年後半、マンソンはトニー・カッシーノと名のる男と知り合いになり、ナイトクラブ、ラジオ、テレビのプロモーションをするスリースター・エンタープライズと名乗る会社をハリウッドのフランクリン通り六八七一番地三〇六号に設けた（同住所は十年後にマンソンが黒人麻薬仲買人バーナード・クロウを射殺しようとした現場から数戸と離れていない）。社長はマンソンでトニーは副社長だった。マンソンは、この三種の興行事業に必要な資金をメアリー・ジョーからもらったと主張している。同社の実態は、ハリウッドのルーズヴェルト・ホテルに、その種の女性を手配することだったらしい。

十月、チャーリーの母親はウェスト・ヴァージニアに永住するといって去って行った。

一九五九年十二月四日、法廷でマンソンのために泣いたキャンディ・スティーヴンスは、ビヴァリーヒルズで売春の現行犯として逮捕された。マンソンは保釈金を積んで彼女を仮出所させたが、その後まもなくキャンディは懲役刑を受けた。一方で、マンソンはデトロイトの女性メアリー・ジョーを妊娠させていた。

一九五九年のクリスマス・イヴにマンソンは逮捕された。盗んだ車に、ハロルドという男を乗せ、キャンディとエリザベスという女を同乗させて、カリフォルニア州ニードルズまで客をとらせに行かせた容疑がかけられたが、証拠不充分ですぐに釈放された。大晦日に、今度はクレジットカードを盗んだ容疑で捕まり、年があけた一月四日に再び釈放。

一九六〇年一月五日、アメリカン・エクスプレスとバンク・オヴ・アメリカ発行のクレジットカード盗難事件に関する証人としてマンソンは召喚された。マンソンへの追及は厳しさを増した。「この意志薄弱な、ずる賢い青年」と、担当保護観察官は発言している。連邦捜査局ＦＢＩは、マンソンの徹底的な調査を開始した。一九六〇年二月十五日は、マンソンが最後に担当保護観察官のもとに出頭した日である。

二月二十日、メアリー・ジョーは子宮外妊娠によって胎児が卵管の中で成長する危険な状態となり、出血がはげしく、病院に運ばれた。マンソンは、デトロイトで保険会社の重役をしている父親に電話をかけた。直ちに飛行機でロサンジェルスに飛んで来た父親は、ロサンジェルス国際空港でマンソンと娘のルームメイトのリタに会った。病院に戻る途中、マンソンは運転免許証を持っていないことと自分が仮釈放の身であることを父親に告げた。連邦保護観察局の報告書によれば、メアリー・ジョーの父親は自分の娘を妊娠させたのが犯罪者と知って、非常なショックを受けたという。

メアリー・ジョーは一進一退の危篤状態を切り抜け、きゅうに快方に向かっていた。父親は彼女を私立の保養所に追いやったが、マンソンはそこの電話番号を探り出し、メアリーに電話をかけはじめた。メアリーは父親にマンソンを心から愛していると告げた。父親はハリウッド中さぐりまわって、マンソンが売春婦のヒモをやっている事実を二、三人の口から聞き出した。当時の保護観察官の報告書を引用すると、父親は「当人が娘とリタを自分のために働かせようとたくらんだことに吐き気を催した」という。父親の怒りは、娘の愛している当のマンソンなる男が、彼女が危篤状態で病院に運ばれた夜、リタを誘惑したと知って、恐怖に変わっていった。

一九六〇年二月二十九日、父親は告訴のためにマンソン担当の連邦保護観察官を訪れた。腕ききの保険調査員である彼は、マンソンに関するデータを集めて精力的に動きまわっていた。娘の荷物を渡せという要求をけったマンソンに激しい怒りを覚えた父親は、パサディナ市警察に彼を逮捕させようとしたが、断わられている。

保護観察官に面会した日の午後、怒り狂った父親はパサディナにあるマンソンの下宿にかけつけたが、すでに彼はメアリー・ジョーの荷物を持って行方をくらましたあとだった。部屋に残されていた数枚のセミヌード写真を見て、父親は悪感を覚えた。近所に住む警察官は、マンソンを「セックス・マニアック」と呼び、他の州で売るポルノ写真をとっていたかもしれないとほのめかした。

マンソンには逃げ道はなかった。司法機関が彼を追って精力的な活動を開始した。一九六〇年四月、キャンディ・スティーヴンスが連邦大陪審に密告し、四月二十七日、連邦法第一八条第二四二一項「売春の目的で女性を各州間に移送」した容疑でマンソンは起訴された。確かに彼は、盗んだトライアンフ・コンバーティヴルにキャンディとエリザベスを乗せ、一九五九年十二月十二日、カリフォルニア州ニードルズからニューメキシコ州ローズバーグまで運んでいた。

連邦保護観察局の要請により、メイジス判事は先の小切手偽造の件における保釈処分を撤回した。五月二十三日、保釈保証金一万ドルが積まれた。裁判所の逮捕状が発令されてから一週間後の六月一日、マンソンはテキサス州トレドで別件逮捕された。

マンソン法（白人奴隷法として知られる）違反容疑だった。数日後マンソンはロサンジェルス司法当局のもとに戻された。

六月二十三日、メイジス判事により、ワシントン州にあるマクネイル・アイランド連邦刑務所での懲役十年の刑が宣告された。一九六〇年七月十日、売春幇助容疑は棄却されたが、マンソンはすでに連邦保釈法違反で刑を宣告されていた。

マンソンは一年八カ月と二日間、自由の身だった。十年の宣告に控訴した彼は、約一年を裁判所の最上階にあるロサンジェルス郡拘置所で過ごした。十年後に殺人罪で裁かれることになる、同じ裁判所だった。

一九六一年六月、控訴が認められなかったマンソンは、あきらめてマクネイル・アイランド刑務所に送られた。

一九六三年十二月、再婚してワシントン州スポーケンに移り住んでいた母親は、仮釈放の担保物件として持家を提供したいとメイジス判事に手紙で申しでた。同判事は、九十日を経過したのちでは判事に懲役期間を改める権限がない旨を秘書に書き送らせている。

六〇年代の大半をマンソンは刑務所内でひっそりと送った。外部ではさまざまな解放運動が渦巻いていた。暴動、暗殺、ベトナム戦争の勃発、平和集会、性の自由解放、ロックンロール、ビートルズ大売り出し、ビーチ・ボーイズ、ナパーム、ハーレ・クリシュナ、そして性的に利用されることを拒否する女性たちの増加（この運動に関してマンソンはほとんど気づいていなかった）――こういった混乱の間中、彼はじっと坐ったまま雑誌や噂話を通して世の中の動きを傍受していた。

マンソンが魔術や魔法、催眠術、天体図、フリーメイソン*の研究、サイエントロジー**、自我《エゴ》ゲーム***、潜在誘因、音楽、バラ十字会《ロジクルシアニズム》の神秘思想などについて調べはじめたのはマクネイル・アイランドで過ごしていたこの時期である。

特に催眠術と潜在誘因は彼の興味をひいた。自分の利益のために他人をコントロールする手段にこれを用いようと決心したらしい。

マクネイル・アイランド刑務所でマンソンの囚人仲間だった男は、有名な〝チャーリー・マンソン・イヤーホーン作戦〟をいまでもなまなましくおぼえている。

刑務所内のラジオ放送設備を利用して、マンソンはその男がいうところの〝後催眠暗示〟を同刑務所にいるすべての囚人に植えつけたのである。

＊　中世からつづく秘密結社。
＊＊　本章後出。一種の霊魂再来の宗教。
＊＊＊　ＬＳＤ教のティモシー・リアリーが唱えた麻薬常習者用語で、多数派社会の活動や労働や組織を侮蔑、軽視する言葉。

各囚人は監房内の寝棚の上にかかっているイヤーホーンによって放送を聞くことができた。マンソンは、午前三時にイヤーホーンを通じてメッセージを放送するという陰謀を極秘裡にたくらんだ。メッセージまたは指示は何度も繰り返して放送された。

夜間はイヤーホーンのヘッドセットを寝棚の枠に吊るしておくようにという指示が出された。こうすれば看守に気づかれずに、眠っている人間の耳に充分メッセージが届くというわけだ。

当時この刑務所に、めったに勝ったためしのないバスケットボールのチームがあった。マンソンはイヤーホーンを通じて、マクネイル・アイランド・チームのために立ち上がって応援せよというメッセージを、眠っている仲間の耳に吹き込んだ。

次にチャーリーは、こうして新しくつくりあげた熱狂的ファンに対して賭けをしかけ、自分は相手チームに賭けてまたたく間にアメリカの刑務所では通貨に等しいタバコ二百箱を勝ち取ったのだ。

もうひとつ、拍手作戦とよばれる企てがあった。刑務所内のタレント・コンテストでマンソンが歌うとき、全員拍手をし続けるようにイヤーホーンを通じて暗示をかけたのである。実際にマンソンはコンテストに優勝し、全員が起立して長い間拍手するという光栄に浴している。

皮肉なことに、マンソンは禁酒法時代のギャング、アルヴィン・カーピスの刑務所内の子分となったらしい。カーピスは、十四人の犠牲者を殺害した凶悪なマー・バーカー・ギャングの一味だった。カーピスは、チャーリーにスチールギターの弾き方を教えたほか、あれやこれやのカウンセラーの役割も果たしていたようだが、マンソン逮捕後のインタヴューで、彼はマンソンが「大量殺人などに首をつっこむ」ような男とはとても思えなかった、と述べている。

「チャーリーはサイエントロジーという新しい分野に熱中していた」とカーピスはいう。「これを応用すれば何でも好きなことがやれるし、思い通りの人間になれる、と考えていた。彼は正しかったのかもしれない。四人仲間にサイエントロジーの効能を納得させようとしたが、結局はわかってもらえなかった」

サイエントロジーとは、過去の生命を経験し、肉体を離れる（霊魂の具象化）ことを個人的に体験させることによって、偉大な能力と不死が得られるという、一種の霊魂再来の宗教である。マンソンはこのサイエントロジーの教えを、同刑務所でマンソンと同房だったレニエ・レイマー、ジーン・ディートン、ジェリー・ミルマンからさずけられた。

マンソンの信奉者によれば、レニエ・レイマーという男はサイエントロジーの熱心な研究家でサイエントロジーの博士号の肩書きを持っていた。この称号はサイエントロジー運動の初期に設定されたもので、現在では廃止されている。

レイマーはサイエントロジーから離れて自分の宗派を結成したが、散弾銃による強盗罪で逮捕され、マクネイル・アイランドに送り込まれていた。

マンソンは刑務所の見学者に、レニエ・レイマーから百五十回の実地講義を受けたと話している。

自分の「心が素直だったおかげ」で、サイエントロジーの理論と方法をごく短時間で吸収できた、と満足げに語っているのだ。しかし、マンソンはけっしてサイエントロジーの〝産物〟ではなかった。ただアイディアをいくつか借りただけなのだ。サイエントロジストたちは、これを〝スクワレリング〟*と呼んでいる。つまり、サイエントロジーの常套手段や理論と方法を借用してそれを自己流に変えてしまうことである。

マンソンは、サイエントロジーで用いられる常套句や新しい言葉、手段などを多数えらびだし、のちに若い信奉者たちの精神を再構築するさいに、自分に都合のよいように応用した。

たとえば、〝擬態《モック・アップ》〟〝在ることをやめよ《シース・ツー・エグジスト》〟**〝いま《ナウ》によみがえる〟といった用語や〝像を結ぶ〟***という概念などは刑務所内におけるレイマーの講義に端を発していると思われる。

マンソンは、フリーメイソンについても研究し、手を用いた独特の暗号についての知識を得た（のちに彼は法廷で、判事にむけてこれをちらっと見せている）。

彼はまた、サイエントロジーの認識記号の研究もしたらしい。のちに恐怖の爬行活動《クリーピー・クローリー》****時代に入ってから、マンソンは手と体を使う複雑な暗号システムを作り上げるようになる。これが、信奉者たちに、殺人を命じる唯一絶対の言語だったのだ。

読み書きが不得手なものにしては珍しく、マンソンはある種の催眠術と精神病学の書物に深い関心を示した。友人の話によれば、『ゲームズ・ピープル・プレイ』の著者エリック・バーン博士の『トランザクショナル・アナリシス』*****を特に愛読していたという。改宗の勧誘者、チャーリーは、自分の発見した本を友人にも読むように熱心に説得した。

この本を学んでいるうちに、マンソンは〝幼児心理〟の教養を自己流に曲解して展開させていったらしい。初期の集団療法理論からもアイディアを多数借用している。

---

*　リスの早業。

**　のちにマンソンは同題の曲を作詞作曲し、レコードに吹きこんでいる。

***　精神統一によって頭の中に特定の像を思い描くこと。

****　一般には、ゾッとするという意味だが、本書ではファミリーの特定の活動を意味する重要な用語として用いられている。下巻「訳者あとがき」参照。

*****　六一年刊の精神分析学の実用書。

マンソンの友人にマーヴィン・ホワイトという男がいて、同刑務所から釈放されたのち、黒魔術や同類の本をチャーリーに送る便宜をはかっていたようだ。

マンソン・ファミリーを形成する理論づけの基礎の一助となった本には他にも、ロバート・ハインラインの『ストレンジャー・イン・ア・ストレンジ・ランド』*がある。新しい宗教運動への改宗を勧めながら、押えがたい性の渇きを抱きつつハレムの女性たちを従えて地上をさまよう、テレパシー能力と権力渇望を秘めた火星人の物語である。はじめは、マンソンはこの本から数多くの用語やアイディアを借用したが、幸いなことに、中に記述されている食人儀式は含まれていなかった。

マンソンは物語の主人公、ヴァレンタイン・マイケル・スミスと自分を同一視していたふしがある（マンソンの最初の信奉者が生んだ子供は、ヴァレンタイン・マイケル・マンソンと命名されている）。物語の主人公は宗教活動を盛りあげてゆくなかで、敵を殺したり〝分解〟したりする。この物語の中で、スミスは最終的には怒った群集になぐり殺されてしまう。

最近まで、マンソンの信奉者たちは〝聖水〟を共に拝受する儀式を行なっていた。獄中のマンソンが神秘的な力を発揮し、車座に坐った信奉者たちがみつめている遠く離れたコップの水を倒すという儀式である。

彼が一番親しんでいたと思われる書物は聖書で、長い文章を引用することができた。

歌うこと、歌詞をつくることにも時間をかけるようになる。歌手になるという考えは彼の興味をそそったようだ。マンソンはある時期自分のギターを持つことを許された。「あるメキシコ人がギターを教えてくれた」とマンソンは書いている。ロサンジェルスのシルバー・レイクの近くでブティックを経営していたある若い女性は、刑務所から釈放されたのち、ギターを持って店に現われたチャーリーが、「きれいなラヴ・ソングをスペイン語で」うたってくれたことを憶えている。多分、刑務所内で覚えた歌だろう。

まだ駆け出しのビートルズは、一九六三、四年の「抱きしめたい」がヒットしたころから、マンソンの心をとらえていた。

バーカー・ギャング一味のアルヴィン・カーピスはこう語っている。「チャンスさえあれば、ビートルズのように成功できると、いつも人に話していた。フランキー・カーボやデイヴ・ベックなどの大物を紹介しろとせっつかれたもんだ。刑務所を出たときにすぐ契約して売り込める相手を探していたのだ」

マクネイル・アイランドでの五年間が過ぎたころ、〝囚人弁護士〟と呼ばれるほど法律知識が豊富だった数人の友人が、合法的な策略を用いた結果、一九六六年六月二

＊　邦題『異星の客』。

十九日、チャーリーはワシントン州マクネイル・アイランド刑務所から、ロサンジェルスに近いサンペドロにあるターミナル・アイランド刑務所へ移された。ターミナル・アイランドのほうが早期釈放のチャンスを期待できると考えたからにちがいない。ターミナル・アイランドで、マンソンは本格的に大スターになる作戦準備を始めた。その年の大部分を彼はこの刑務所で送った。友人たちは、音楽と歌うことに異常に熱中していたマンソンを覚えている。

連邦マリワナ法違反容疑で入所中のフィル・カウフマンという男が、マンソンの音楽的才能に感心して、釈放されたら、その筋へのコネをつけてやると申し出た。マンソンがつくらせた伝説的なポルノ・ヴィデオを所有していると警察に信じられているカウフマンが、マンソンにハリウッドのユニヴァーサル・スタジオのある人間を紹介し、六七年後半にマンソンはここで歌を吹き込むことになる。

刑務所生活の最後の七年間に彼は多勢の人間と近づきになった。刑務所仲間の話だと、マンソンは母性文化の影響に「気づかずに」いる社会の落伍者たちを大招集する計画を練っていたという。彼のことをぞっとするほど薄気味悪い人間だというものもいるが、好感をもって思い出した多くの人々は、殺人結社のリーダーになったことを知って驚愕した。

釈放された時期がマンソンにとって時宜を得ていたといっても過言ではないだろう。

屈折した、長期間の悲劇が、それまでのチャールズ・マンソンを真向から痛め続けてきた。だが一九六七年という年は、ラヴ（愛）が戦争にとりつかれたアメリカの心をとらえ、病める戦争世代のさまよえる若者たちを魅きつける吟遊詩人や逍遙派《さすらい》を受けいれる風潮が、国中に広まっていた時期だったのである。

2　監房を逃れて

三十五ドルと〝衣類〟のいっぱい詰まったスーツケースを手に、六年九カ月の刑期を終えたマンソンは、一九六七年三月二十一日出獄した。三十二歳半になっていた。伝えられるところによると、マンソンは本気でもう一度刑務所のなかへ戻っていこうとした、あるいは、正面玄関のところでしばし逡巡していたといわれる。しかし、いったん街に出たマンソンは、以後二年半のあてどない放浪生活をはじめることになったのである。

ターミナル・アイランド刑務所を出てから三日間ほど、チャーリーは、ロサンジェルスの街をぶらぶら歩きまわったり、バスに乗ったりしていた。やがて彼は、刑務所で知り合った仲間たちを訪ねようと、バークレイに向かった。

マンソンは、吟遊詩人、逍遥派《さすらい》の歌手として世間の関心をひきたがっていた。彼はギターを片手にカリフォルニア大学バークレイ校のキャンパスで過ごした。

ギターを手に、マンソンはバークレイの街中を盗みまわるようになっていった。カリフォルニア大学の図書館で働いていた、ウィスコンシン州オークレア郡出身のすらりとした赤毛の女、メアリー・ブランナーに出会ったのは、ある春の日、カリフォルニア大学構内のサザー門近くの遊歩道に腰を下ろし、歌を口ずさんでいたときだった。そのころ、やはりバークレイにある、カリフォルニア大学の美術館で働いていた女性に、フォルジャー・コーヒー財閥の女相続人アビゲイル・フォルジャー*がいた。

マンソンはブランナーとすぐさま親しくなり、彼女のアパートに移り住むようになった。

仮釈放中のマンソンは、保護観察官とつねに密接に接触を保つ義務があり、自分の居所、職業、行動について観察官に知らせなければならなかった。マンソンにはロジャー・スミスという連邦保護観察官が担当としてついていた。チャーリーはハインラインの言葉――たとえば〝認識する《グロック》〟〝汝は神なり《ザウ・アート・ゴッド》〟〝水をわけあう《シエア・ウオーター》〟あるいは、『異星の客』に出てくるその他の言葉づかいを好んで使っていたので、この小説に出てくる慈悲ぶかい保護者ジュバル・ハーショーにちなんで、ロジャー・スミスにジュバルという仇名をつけた。

仮釈放中の人間は収入のある定職に就くように要請されているので、マンソンも芸

＊ 後出。シャロン・テート事件の犠牲者の一人。

人の仕事を捜したり、紹介されたりした。実際彼はサンフランシスコの盛り場のあるクラブで演奏したり、ノースビーチのあるクラブでも演奏したといわれている。彼の保護観察官によれば、カナダからも歌い手としての職を周旋されたことがあった。

マンソンは出獄後直ちに放浪生活に入ったので、一九六七年の初めのころの彼の行動を追うのは、ほとんど不可能に近い。それに、だれにせよ、一九六七年初期のある週の一部始終をよく覚えていられるものではない。

マンソンは、何度も母親のキャスリーンの居所を突きとめようと試みている。何回か州外への旅行許可を保護観察官から出してもらい、母親を捜して一度は北のワシントン州へ、さらには、東のウェスト・ヴァージニア州にも足を運んでいる。

リン・フロムという若い赤毛の女が、メアリー・ブランナーにつづいて新たに内輪のサークルに加わった。カリフォルニア州ヴェニスの海岸沿いを走る道路の歩道にしゃがみこんで泣いている彼女を、マンソンはなだめすかしてうまく仲間に引き入れたのだ。伝えられるところによると、彼女はレドンド・ビーチにある父親の家から喧嘩のあと放り出されてしまったのだという。

リン・フロムはマンソンの教義をたたきこまれた。「おれはセックス《ファック》の神だ」というのがチャーリーの教えだった。

マンソンと女たちはサンフランシスコに移り、メアリー・アンという昔は尼だった美しい女性といっしょにヘイト・ストリートの近くで住むことになった。マンソンは、ヘイトの街中にたむろするフラワー・チルドレン*の間を何時間もさまよい歩いて過ごした。家もなくひとりぼっちの十六歳のフラワー・チャイルドが、チャーリーになにくれとなく友情を示した。こんなに若い子がヘイト＝アシュベリー近くにあるゴールデン・ゲート公園で眠っているということは、若い時代を刑務所で過ごした男にとっては驚異だった。

ヘイト・ストリートにいたころのマンソンについては何百という逸話が残されている。しかもそれらの大部分が美化されて伝わっているが、実際の彼は、ギターを片手に――ヘイトでは使い古された手である――神秘主義とたわごとのようなお説教を得意げにひけらかして若い娘を誘惑していた口達者な浮浪者にすぎなかった。

マンソンにいわせれば、彼は家出人をかくまってやる宿の主人になったのだった。そもそものきっかけは、家出をしたある娘に会い、彼女を友人の家に泊めてやったことだった。友人の家を出ると、彼は髪に花をさした別の娘に出くわした。そこでその娘を自分の家政婦にすることにしたのだ。

伝えられるところによると、マンソンが初めてLSDを飲んだとき、彼は人生観が

＊　髪や体を自然の花で飾った若ものたち。

変わるほど強度の〝十字架の道行き〟のトリップを経験し、イエス・キリストの磔《はりつけ》の刑を体験したという——ＬＳＤを服用した者にはよく起きる幻想のひとつだが、マンソンにとっては、混沌とした心にひとつのまとまりをあたえてくれるものだった。それは彼が真に待ち望んでいた経験だった。チャーリー・マンソン、神よりこの世に遣《つか》わされた子——というわけだ。

ファミリーの中で広まった、このイエスの再来という伝説は、つまるところは、イエスとイエスの弟子たちの姿が、チャーリーと女たちに酷似していたということだった。彼らは、キリストについてこんなふうに信じていたのである——つまり、キリストが昇天してから九十年後、えせ僧侶どもは肉欲的・官能的なキリスト教徒を絶滅させ、もともとキリスト教がもっていたそのような衝動を抹殺し、黒いローブをまとった彼らの、性を否定した死の息《デス・ブレス》ととりかえてしまったのだ、と。

ヘイト・ストリートでマンソンは、それまでの十年間にアメリカ全土に育ちつつあったあらゆる種類のアングラ文化の流れに出くわしたといってもいい。サイキデリック・ミュージック。麻薬。フリー・セックス。精神の高揚《ターン・オン》。精神的融合《チューン・イン》*。ドロップ・アウト。自由の政治学。平和行進。プロヴォ**。ゲリラ劇場。コミューン。長髪。アンダーグラウンド・スーパースターの概念。占星術。オカルト。アングラ新聞。共同家屋《クラッシュ・パッド》。そして、デイグロ美術《アート》***。

アヴァロン・ボールルームで催されたグレイトフル・デッドのコンサートで、マンソンは、ダンス・フロアの中央に胎児のようにうずくまっていた。ストロボが点滅し、彼は陶酔感に酔いしれていた。

ヘイト・ストリートで、彼はだんだん古馴染みの顔になっていったらしい。パンハンドル公園で毎日の食糧を無料供給しているディガー****たちといっしょにあちこち歩きまわったと彼はいっている。ウォーラー通りにあるディガーたちの共同家屋の裏にある家にしばらく泊まったこともあった。のちに、サイキデリックな悪魔主義の時代がやってくると、彼が住んだこのウォーラー通りの家は、〝悪魔の家《デヴィル・ハウス》〟と命名されることになる。

チャーリーは、彼と会った人びとにとてつもない影響をあたえた。彼はあけっぴろげな性格だった。自分の個性の一部を相手のなかに植えつけてしまうという、おどろ

---

*　いずれもLSDなどの向精神薬を服用したときの精神状態。

**　六〇年代後半、オランダを中心にひろまった社会変革運動。同名の機関誌（挑発の短縮形）を刊行した。

***　LSD体験に類似した色彩感を強調する、蛍光塗料を用いた作品やボディ・ペインティング。

****　貧民に食糧を与えた十七世紀の英国の農夫たちにちなんで名づけられた集団。

くべき才能の持主だった。相手の弱点をえぐりだすのもうまかった——弱味を押えて相手を混乱させ、自分を指導者として崇《あが》めさせるようにしてしまうのだ。どんな事がらに対しても、饒舌な口調で、しかも口早に、ちょっと聞いただけでは理解しにくいような解答をあたえた。誰に対しても、自分自身のことをなせ《ドゥー・ゼア・オウン・シング》、自分自身であれと教えていたが、彼自身の個性的な吸引力は、つねに信奉者を集めようとする態度とともに、指導者に飢えていた人びとを魅きつけていった。解放を、自由を、と叫んでいたにもかかわらず、チャーリーはどんな場合に対処するときも、支配力ということを忘れなかった。

「おれはひじょうに強い力なんだ。ひじょうに強力な世界なんだ。だから弱者たちがおれのところに集まってくる」。のちに彼は、友だちの弁護士にそう語っている。

彼が人生の大半において経験したものといえば、醜さ、露天掘り、監獄、貧乏、退屈以外の何ものでもなかった。そんな彼がいまや自分自身の宇宙を手中にしようとしていた。彼はひどく不安だった。追随者たちの称賛もなんの慰めにもならなかった。

一九六七年七月のある日、カリフォルニア州サンノゼに行ったとき、マンソンたちはモアハウスという牧師とその妻、十四歳の娘ルースアン（別名ウーイッシュ）に出会った。伝えられるところによると、小型のヴァンに乗っていたモアハウス師はチャーリーを拾い、チャーリーは言葉巧みに相手をもちあげ、ふたりの長い——つまり、それから一年あまりのちに、モアハウスが十三歳の少女にＬＳＤをあたえた廉《かど》で投獄されるまで――友情がはじまったのである。

マンソンの保護観察官は、マンソンたちがサンノゼにあるモアハウス師の家にいたときに訪れている。チャーリーはそのときモアハウス家にあったピアノを弾いてみせたりしたが、まもなくこのピアノはフォルクスワーゲンのキャンピング・カーに化けてしまった。どうやら、この素晴らしいピアノをモアハウスからもらったチャーリーは、すぐＣＳＹ０８７というナンバー・プレートのついた六一年型フォルクスワーゲンのマイクロバスと取り替えてしまったというのが真相のようである。

一九六七年七月の終りごろ、マイクロバスに乗ったチャーリーたちはサンフランシスコの北、メンドシーノ海岸に向かい、ここでメアリー・ブランナーは妊娠した。

このメアリー・ブランナーの妊娠は、ファミリーの歴史のなかにあって、マンソンによってもたらされた唯一のケースといえるが、考えてみればかなり奇妙である。というのも、マンソンの女たちによってもたらされたデータによって計算すると、二年半のあいだに三千回くらいの性交がおこなわれ、マンソンは一日平均三回ほどのオーガズムを経験したことになり、このデータからいけばもっと数多く妊娠させていてもいいと考えられるからである。

一九六七年七月二十八日、マンソンは、警察から追われていた逃亡者をかくまおうとした容疑で逮捕され、執行猶予の判決を受けた。

一九六七年の春と夏のサンフランシスコのヘイト＝アシュベリー地区を知るには、そこをおおい包んだ狂った熱気を理解しなければならない。ラヴとフラワーを求めてサンフランシスコに行こう、という合言葉がアメリカ全土をおおった。カリフォルニアは、ニューヨーク・タイムズが名付けた〝ヒッピー〟たちで満ちあふれた。

しかし一九六七年の春と夏には、カリフォルニアだけでなく、アメリカの何百という都市で、ラヴ・イン、ビー・イン、シェア・インなどの集会*が開かれ、平和を象徴する花がみちあふれたのである。そして、五〇年代後半のビート・ジェネレーションのときと同じように、サンフランシスコはふたたびこれらすべての運動の中心となった。おそらく、フラワー・パワーは、現代史における最も強力な力、変革をもたらした力《パワー》のひとつといえるものだった。サンフランシスコのディガーたちの仕事、フリー・クリニック**、音楽の世界、当時のアングラ新聞サンフランシスコ・オラクル——これらを含めるさまざまな動きを通して、フラワー・パワーの焦点はサンフランシスコに定まっていった。それは崇高な実験であり、〝フリー〟という概念の政治的実践だった。ディガーたちは毎日パンハンドル公園に食糧を運んだ。ヘイト＝アシュベリーにある〝病院〟は無料で診察を行なった。公園では、野外での無料コンサートがつねに開かれていた。人びとは街路や公園に住み、それを愛した。まさに〝フリー〟だった。規則は何もなかった。しかし、ひとつだけ弱点があった——傷つきやすさという点からいえば、フラワー・ムーヴメント*は、何千匹ものまるまる太った白いウサギたちが手負いのコヨーテたちに囲まれて住む谷のようなものだったのだ。たしかに、〝指導者〟たちは不屈であり、さらにそのうちの何人かは天才であり、偉大な詩人であった。しかし、デモイン***からやってきた、麻薬にひたった中流階級の子供たちは、傷つきやすいウサギだった。

長い髪を伸ばした凶悪な犯罪者たちもヘイトに魅かれて集まってきた。オートバイに乗ってやってきた者たちは、汚い残酷なやり方で、LSDの販売組織を乗っ取ろうとした。質の悪い麻薬が、あばた面をしたメセドリン****中毒の浮浪者たちによって売られた。悪魔主義者たち、悪魔主義者の強姦・殺人狂の群で、がたぴしの共同家屋のベッドはあふれた。人びとは徐々にそこかしこの公園から追い出されていくようになっ

* いずれも愛、セックス、自由、解放、マリワナ解禁などを謳った学生やヒッピーの集会、運動。

** 無料診療所。

*** アイオワ州の州都。

**** 入手しやすい廉価な興奮剤。メス、スピード、ズームなどと呼ばれる。

た。人種間のいざこざもあった。麻薬中毒症状の緩和剤と称する吐気を誘う粗悪品が売られた。醜悪そのものだった。

そこでマンソンは、自分のフラワー・チャイルドたちをヘイト地区から立ち去らせる決意をかためた。フラワーの夏も終わりごろになると、ヘイトの街中は灰色に薄汚れ、えたいの知れない食い物を売る屋台が混乱のなかから突然変異のように現われだしたからである。カリフォルニアの海岸沿いを徘徊していたチャーリーは、ヒッチハイカーや家出人たちに会うたびに、ヘイトには行くな、と注意をあたえた。

ターミナル・アイランド刑務所でいっしょだったふたりの囚人仲間が、一九六七年のラヴの夏のあいだ、ヘイト地区でチャーリーといっしょに過ごした。そのうちのひとりが、伝説的な贋札作りの名人、ダニー・Mだった。ファミリーのメンバーたちは、ダニーの二十ドル紙幣は平均して九六パーセント完璧だった、と自慢していたくらいである――もっとも財務省の見解では、贋札鑑定器にかければ、その精密度は九四パーセントどまりだということだった。

ふたりは卑劣でひじょうに荒っぽい男たちだったが、いったんチャーリーの影響を受けたあとは、まるである方向に吹いていた風がすうっと風向きを変えていくように、髪を長く伸ばし、フラワー・パワーのなかにすすんでとけこんでいった。

たとえば、ラヴの夏のことだったが、ゴールデン・ゲートからの拳銃落しの儀式という逸話が伝えられている。夏の終わりごろ、チャーリーとフラワー・ガールたちは街中をぶらぶらしたり空地を歩きまわったりしていたが、チャーリーの親友たち、つまりふたりの前科者は、どうやら彼らの散歩に入りたがらないようすだった。チャーリーは、男たちに彼らが持っているはずの拳銃を渡すようにいった。彼は拳銃を受け取ると布で包み、なにやら儀式めいたことを行ない、それからゴールデン・ゲート・ブリッジに行って、布にくるんだ拳銃を数百フィート下のサンフランシスコ湾に投げ捨てたのだ。

ラヴの夏が終わりを告げるころ、マンソン・ファミリーは、ヘイトをあとにし、海岸沿いのハイウェイをあてもなく旅することになった。

彼らは洗濯屋で働いたり、仕事ならどんなことでもやって飢えをしのいだ。この時期にいちはやく伝わったもうひとつの逸話に、チャールズ・マンソン――偉大なる乞食、というのがある。彼はいともたやすく物をせしめることができたのだ。つかつかと玄関に近づいていくと、人びとはつい彼に何かをあたえてしまうのだった。これはおそらく、彼のキリスト的な風貌によるものだ、というのがその伝説である。

一九六七年八月ごろ、チャーリーとリン・フロム（別名スクィーキー）、それにメアリー・ブランナーは、サンフランシスコの南三百三十四マイルのところにある、カリフォルニア州サンタバーバラのベイズ通り七〇五番地に住んでいたことがあった。

一九六七年九月八日前後、チャーリー、リン、メアリー・ブランナーの三人は、ロサンジェルスの近くのマンハッタン・ビーチでアパートを経営していた、グリーンという名のかつての囚人仲間を訪ねている。もうひとり同行した女がいたが、彼女はパトリシア・クレンウィンケルという、ロサンジェルス警察から手配されていた、ひとりぼっちの家出娘だった。内分泌腺関係の病気にかかっていて——体毛が著しく長かった——彼女の初期の日記によると、高校のダンス・パーティなどでも男性から誘いのかからないような娘だった。

カリフォルニア州イングルウッド出身のパトリシアは、当時十八歳で、日曜学校の先生をしていたことがあり、バイブル狂だった。彼女は、聖書の文句をひっきりなしに引用しながら、麻薬の浸みこんだマンソンの聖書の世界《バイブルランド》へ深く足を踏み入れていった。

パトリシアは、妹のチャーリーンといっしょにマンハッタン・ビーチのアパートに住んでいた。女たちがマイクロバスに乗って北に向かっているあいだ、マンソンは四日間、パトリシアといっしょにマンハッタン・ビーチにとどまっていた。

やがて、スクィーキーとメアリーが戻ってきた。パトリシアは北アメリカ保険会社の法手続《プロセス》関係の事務員をしていたが、仕事はおよそ楽しいものではなかった。一九六七年九月十二日の夜、彼女は給油所に車を乗り捨て、チャールズ・マンソンの馬小屋で働く女の一人になったのである。マンソン伝説のなかでも最もポピュラーなもののひとつであるこの話で特筆すべきことは、パトリシアが最後の給料小切手をもらわずに北アメリカ保険会社を辞めてしまったということである。いわゆるアメリカ人らしいアメリカ人が、給料小切手をそうかんたんにあきらめてしまうものだろうか？

パトリシア・クレンウィンケルは、形を成しつつあったファミリー――もちろん、〝チャールズ・ガールズ〟として知られた女たちを指しているわけだが――に対して、自分の魂だけでなく、素晴らしい贈り物、シェブロンのクレジットカードもプレゼントした。彼女を熱愛する父親によって支払いが保証されているクレジットカードだった。彼女はそのほかに電話のクレジットカード番号も教えた。

彼らは、パトリシアの父親のクレジットカードを使いながら、サンタバーバラを経て、その北方にあるサンフランシスコへ車を駆っていった。そして一九六七年九月十五日には、オレゴン州に向かっていた。フォルクスワーゲンのヴァンは、ワシントン州とオレゴン州のあいだを二週間ほど往ったり来たりした。特にシアトル周辺には長く滞在したが、この北方旅行の目的のひとつは、おそらくチャーリーの行方不明の母親を捜すことだったと思われる。

この旅の途中で、マンソン・ファミリーは、ブルース・デイヴィスという二十五歳になるルイジアナ州モンロー出身の青年に出会った。ほどなくこの青年は、マンソンの最初の男性信奉者になった。彼は以前、テネシー州キングストンで自分の高校の年鑑編集者をしており、その後三年間テネシー大学に通学し、そのあとさまざまな職業を転々としていた。そして、一九六六年十一月、彼は既成社会からドロップ・アウトし、アンダーグラウンドに入っていった。

一九六七年十月一日、マイクロバスはネヴァダ州のカースンシティを通過し、サンフランシスコに向かった。サンフランシスコとバークレイ周辺で十日間ほどぶらぶら過ごしたあと、サクラメントに向かい、ここで二週間ばかり滞在している。おそらく、尼だったことのあるあの美しいメアリー・アン――彼らはフラワーの季節のときには、彼女といっしょに過ごしている――のサクラメントの家で過ごしたのにちがいない。

一九六七年十月六日、ヘイトの住人たちは、サンフランシスコのブエナ・ヴィスタ公園で、マス・メディアの子、ヒッピーに別れを告げる埋葬式を催した。この儀式はきわめて象徴的だった――崇高な試みの終りを告げ、ブタ《ピッグ》の時代の到来を示す儀式にほかならなかったからである。

招待状にはつぎのように書かれていた。

葬儀告示

埋葬者、ヒッピー

この市のヘイト＝アシュベリー地区で生まれた
マス・メディアの愛すべき申し子ヒッピーのために
一九六七年十月六日、ブエナ・ヴィスタ公園において、日の出を期して始まる儀式
に友人たちの出席を待ち望みます。

ファミリーのメンバーは徐々に増えていった。フォルクスワーゲンのマイクロバスではもはや快適に睡眠をとることができなくなり、動くことすら不自由になっていた。冬がもう間近だった。

ほどなく彼らはスクール・バスを手に入れる機会にめぐまれ、さらに旅をつづけることができるようになった。

一九六四年から六五年にかけて、きらびやかにペンキを塗りたくったスクール・バスに、飾りたてた放浪者たちを満載して旅行するという思いつきを流行させたのは、ケン・ケーシーと彼のバンド、メリー・プランクスターズ（そのなかにはあの素晴らしいニール・キャサディもいた）だった。

LSDのトリップを集団で試みたのもケーシーと彼のバンドであり、さらに重要な

ことは、彼らはＬＳＤを飲んで神秘的な世界へ没入したりもした。この放浪の模様を彼らはフィルムに収めている。しかしケーシーのグループの性格は、本質的に善であった。

この形式をマンソンは、悪をその本質として模倣した。いわば赤いテンプラを犬の血に変えるように、ゆっくりと色合いを変えていったのだ。ＬＳＤの好奇な試みはサイキデリックな悪魔主義《サタニズム》へ、幸福を写すはずの映画撮影は、南カリフォルニアの海岸で白い肌をした女性に加えられた無慈悲な殺人を写す行為へと変化していった。しかし、これはゆっくりとした緩徐な変化だった。このような無気味な精神のゆがみは、表面に現われてくるまでに、何カ月も何年もかかるものなのである。

彼らはサクラメントでフォルクスワーゲンのバスを売り払い、大勢の若者たちを収容できる古い黄色いスクール・バスを現金で買った。

一九六七年十月十六日、サクラメントにあるスチュワート・Ｅ・ミラーのスタンダード・シェブロン給油所で、彼らはこのスクール・バスのバッテリーを三十九ドルの新しいものに取り替え、タイヤも二百十六ドル二十セントの８２５—20型のものを二組買い入れた。

後部座席を取り払って居住スペースを作り、バスの屋根の上には、大きな長方形の貯蔵室を備えた。時が経つにつれ、バスの内部は冷蔵庫、ステレオ・セット、針金でつるされたコーヒー・テーブル、まくらの山などでうまっていった。バスの壁面は次第に、〝初期LSD《アシッド》アメリカ・デイグロ芸術〟を象徴する渦巻き状に塗られていった。神の目玉や孔雀の羽根、楽器などが、麻薬自動車《ドープモービル》を陽気に飾りたてた。バスは黄色のままだったが、スクール・バスに関する法律に反するということで警察に停車を命じられることがしばしばだった。どこかの海岸で、彼らは黒色のスプレー用のペンキ塗料を大量に手に入れた。そして、窓までも一面に黒く塗りたくった。彼らはバスに白いペンキでHollywood《ハリウッド》 Productions《プロダクションズ》と書くつもりだったが、フランス人の女の子が発音どおりに書いたためにlが一字脱落し、Holywood Productions*になってしまった。

映画のロケ隊を偽装しようとしたのだろう——これは明らかに、三十三歳の男が大勢のミニスカートをはいた十代の女の子とバスに乗っていれば目立ちすぎるし、特に警察の目につきやすいという問題を避けるためだった。

十一月、マンソンの保護観察の管轄はサンフランシスコからロサンジェルスの事務所に移された。これは、マンソンが活動本拠地を南カリフォルニアに移したことを示すものである。一九六七年十一月七日か八日ごろ、マンソンはサンフランシスコに向かい、ライム通りにあるアパートでスーザン・アトキンスという若い美しい女性に会

* holly はひいらぎ、holy だと聖なる、という意味になる。

った。このアパートは、のちにマンソンの信奉者となるサンディ・グッドのものだったと思われる。

スーザン・アトキンスはカリフォルニア州サンノゼ出身のあまり目立たない十九歳の女性だったが、暗い争いのつづいた過去を背負っていた。家庭では酔っぱらい騒ぎや喧嘩が絶えなかった。母親はスーザンが十三歳のとき癌で死んだ。彼女は母親の棺が置かれた部屋の窓の外で、教会の聖歌隊の先頭に立ってミサの鎮魂曲を歌った。母の死後、父親は癌で死んだ母の莫大な治療費を払うために家を売らなければならなかった。

十四歳のとき、スーザンは学校を中退し、一九六四年、十六歳のとき、サンフランシスコに向かい、そこに住みつくようになった。

一九六六年、彼女はウェイトレスをしながら、ひとり寂しく、サンフランシスコでホテル住まいをしていた。そして武装強盗をした二人の男と知り合ったのである。

一九六六年八月、十八歳のとき、スーザンはサンフランシスコでアル・サンドという男に会った。アルともうひとりの男クリント・タリオフェローは、盗んだビュイック・リヴィエラで、スーザンを連れて北方のオレゴン州セーラムへ向かった。

警察に追いかけられていると知って、彼らは森の中に隠れ、他のキャンパーたち――同じように荒野をさ迷う無法者たちから食糧を分けてもらったりした。

一九六六年九月十二日、彼女はオレゴン州警察に逮捕された。三カ月間拘置されたのち、十二月に執行猶予二年の刑をいい渡された。その後彼女はもときた道をたどり、かつてウェイトレス、トップレス・バーのダンサー、女中などの仕事をしていたサンフランシスコに向かった。

サンフランシスコに戻ると、彼女はトップレス・ダンサーやカクテル・バーのウェイトレスなどの仕事をふたたび始めた。ＬＳＤを覚え、新しい生き方の実験をするようになっていった。男がつぎつぎと彼女に近づき、おもちゃにした。そんなとき彼女は〝神《ゴッド》〟にめぐりあったのだ。

マンソンに会う前日、彼女は、ダンサーの仕事をつづけていきたい、と社会奉仕家に告げている。二人が出会ったとき、マンソンはスーザンに歌をうたってやり、それから彼女のあとについてアパートに行き、そこで二人とも裸になって横たわった。マンソンは性交中に、彼を父親と思えと彼女に命じた。彼女はいわれるとおりにした。そのあとで彼女は、その夜は過去十九年間の人生で最も崇高な経験を味わったと語っている。

伝えられるところによれば、スーザンとの最初の出会いのあと、マンソンはサクラメントに行き、新たに装飾を施したスクール・バスに乗り、ふたたびサンフランシスコに戻っている。

彼は自分の率いる浮浪者の群を引き連れて南へ旅しようとしていた。

いっしょに行く気はあるか、とたずねられたスーザンはうなずいた。のちに彼は、スーザン・アトキンスにサディ・メイ・グラッツという新しい名前をあたえて彼女の仲間入りを祝福した。

一九六七年十一月十日ごろ、スーザンはサンフランシスコにある彼女の担当保護観察官事務所に行き、ひじょうに興奮したおももちでチャーリー（彼女は彼の姓を知らなかった）という巡回伝道者のことを話している。この旅の一団には女が七人いて、うち二人は妊娠している、そして、自分たちはチャーリーに従ってロサンジェルスに行き、さらにフロリダに行くつもりだと述べた。

保護観察官は彼女の計画には関心を示そうとしなかった。そして、保釈人査問会に出頭しなかったという理由で、かわりに彼女を裁判所に出頭させるように要請する手紙をオレゴン州の当局に送った。しかしすでにそのときサディ（スーザン・アトキンス）は国道一〇一号線をバスに乗って南に向かっていた。

クレジットカードが使われた経路をたどってみると、十一月十日、マンソンは北ハリウッドにあるユニヴァーサル・スタジオに電話をかけている。スーパースターになるための演奏のレコーディングの打合わせをしたらしい。

ユニヴァーサル・スタジオにはゲイリー・ストロムバーグという人物がいて、彼はマンソンの囚人仲間のフィル・カウフマンと親しい間柄だった。このカウフマンを通じて、マンソンはストロムバーグに会ったか、あるいは何らかのかたちで接触し、ユニヴァーサル・レコードのためにレコーディングをする手筈が整えられていたのである。そして、会社側もそのレコーディングの費用を払うことに同意していたことは明らかである。

名声につながるその約束を果たそうと、バスは海岸線を走りつづけた。サンノゼにとまったとき、モアハウス師の十四歳になる娘ルースアンを拾い、彼女を仲間入りさせた。それを知ってモアハウスは烈火のごとく怒った。マンソンがその反抗的な娘と去ってから三日後、マンソンに最初のフォルクスワーゲンのマイクロバスをあたえた男と旅をしていたモアハウスは、ロサンジェルス近くでマンソンを突きとめ、決着をつけようとした。

「あの娘《こ》には、あんたがしたいと思ってることをしてやっているだけだ」。怒り狂った父親に向かって、マンソンはそう告げたらしい。チャーリーはそのとき彼に、ＬＳＤをいくらかこっそり手渡した。のちにモアハウスと離婚した妻は、ルースを取り戻しに行った旅のあいだに、マンソンが彼女の夫に逆に与えた影響力におどろかされた。ルースはチャーリーのもとにとどまったが、牧師は別人のようになってサンノゼに帰ってきた。怒りをどこかにおき忘れてきたらしい。夫はマイクロバス人生の教えになかば従う改宗者として帰ってきたのだ。

一九六七年十一月十二日、マンソンは三十三歳になった。

一家はサンタバーバラで数日を過ごし、そのあとレコーディングのために北ハリウッドのユニヴァーサル・スタジオに向かった。ユニヴァーサル・レコードで、マンソンは三時間の演奏を録音しただけで、さっさとそこを立ち去り、ストロムバーグがこの小柄な素足の吟遊詩人に演奏の録音をさらに熱心に勧めたにもかかわらず、モハーヴィ砂漠に向かって車を走らせていった。マンソンは、ユニヴァーサル映画のために台本の準備をしている脚本家たちに協力する約束になっていた。

聖書引用狂であり、キリストの再来を思わせる風貌をしたチャーリー・マンソンは、〝技術顧問〟として雇われており、脚本家たちは彼からアイディアをしぼりとることになっていた。その映画台本は、南部に黒人の姿となったキリストが再来したら、という〝仮想《イフ》〟ドラマになるはずだった。もちろん南部の白人たちは、唇をしまりなく半開きにしたローマ人を演ずることになっていたのだろう。

お偉方たちがこのアイディアを買わなかったので、ユニヴァーサルは結局この黒人キリスト劇映画を製作できなかった。しかしこのキリスト劇の計画に参加したことは、マンソンに強い印象をあたえたものと思われる。ほどなく歴史の中の河原石の一つとなる現代の拝金主義者白人を退廃したローマ人になぞらえた、キリストの再来という理念が、のちのマンソンの数々の教義の底に深く沈潜していたことは事実である。

マンソンの麻薬譫言症の遊牧民のあいだでは、絶対的服従が重要な因子だった。映画製作のための自由討議がひらかれたとき、議論のあいだずっと、チャーリーと、ヒップがつんと突きでた二十歳のリン・フロムは、たがいに足キスをしていたことがあった。彼の足にキスをするために、彼女は身をかがめ、彼も同じようにした。

相互間の愛情と絶対的服従を示す足キスは、一九六七年から六八年全般にかけて、マンソン特攻隊のお気に入りの流行だった。マンソンが、撃った相手の足にキスをするようになるのは、一九六九年になってからのことである。

ユニヴァーサル社の有名なお偉方たちとマンソンのあいだに、ある種の関係があったという噂もあり、そのことについて尋ねられたとき、マンソンは、名前は憶えていないが、「ユニヴァーサル映画の人間はたくさん知っていた」と書いてよこした。

ちょうどマンソンが例の試作テープをユニヴァーサル・スタジオでつくっていたころ、ロサンジェルスの海ぞいのマリブ・ビーチに住んでいたロマン・ポランスキーは、『ローズマリーの赤ちゃん』の最後の仕上げにとりかかっていた。そのあと彼はロンドンに向かい、この悪魔的叙事詩のワールド・プレミア・ショーにのぞみ、シャロン・テートと結婚することになっていた。

ファミリーは、ロサンジェルス地区に約一週間滞在し、それから旅にでた。車に揺られて北方のモハーヴィ砂漠に向かい、六七年の十一月二十六日、ふたたびロサンジエルスに戻ってきた。その翌日、一行はサンタバーバラにあらわれ、すぐにサンフランシスコに向かい、そのあと州を横断し、モハーヴィ砂漠を越え、ネヴァダ州ラスヴエガスに到着し、十二月のはじめの四日間をそこですごした。彼らはアリゾナ、ニューメキシコ州を横断して、十二月六日に、テキサス州エルパソにたどりついた。そこからニューメキシコに逆戻りして約一週間過ごし、こんどは最南部のミシシッピー、アラバマ州に向かった。パトリシア・クレンウィンケルは、一九六七年十二月十四日に、アラバマ州モビールに住む母親を訪ねている。黒いフラワー・バスはロサンジェルスにひき返し、十二月十九日ごろ到着した。そしてトパンガ・キャニオンに四日間滞在し、またアリゾナに向かった。悪魔よ、退散せよ。

　トパンガ・キャニオンは、太平洋に面したトパンガ・ビーチから曲がりくねった山道をのぼり、サンフェルナンド・ヴァリーを見おろす高地にまでつづいている。丸石を散りばめた河床を、左右に点在するキャビンをながめながら、清流が谷から太平洋に注いでいる。この渓流にそって走るトパンガ・キャニオン大通り《ブールヴァード》は、海岸からトパンガの頂きを越えてサンフェルナンド・ヴァリーに通じ、さらに北に数マイル直進すると、ヘルター・スケルターの故郷、サンタスザンナ間道に通じている。

　ウッディ・ガスリーはかつてこの渓谷に住んだことがあり、彼のキャビンはいまでものこっている。突然変異種のようなロサンジェルスの街の状態とは対比的に、渓谷はひなびた美しさを維持しつづけ、そこに住む住人たちは国中のどこで出会う人間よりも知的にすぐれた人種である。

一九六七年十二月に、ファミリーがロサンジェルスにはじめて垂直な深い根をおろしたのは、このトパンガ＝マリブ・キャニオンだった。信奉者の数が増えていたので、大地に根をおろし、親切な隣人の住む近くに野営し、テントを張って散開することが、ファミリーにとっても必要になったのだ。

〝ラヴの夏〟、マンソンはトパンガ・キャニオンの海岸よりに住むジーナという女性と知り合った。いつでもロサンジェルスに訪ねてきてほしい、と彼女はマンソンを招いた。このジーナという女性は、渓谷の入口近くにあるラフト・レストランの裏手にあたるトパンガ・キャニオン・レーンに、有名な、古い二階建の家を持っていた。

大きな螺旋階段がついていたので、その建物は、朽ち果てて以後、たんに螺旋階段《スパイラル・ステアケイス》の家と呼ばれていた。そこはやがて、ファミリーが占拠する巣になった。黒塗りのバスをとめ、出たり入ったりしながら、彼らはそこに数カ月滞在した。螺旋階段の家には、ときたまロールスロイスに乗ってやってくるスターの卵もふくめて、ありとあらゆる種類の人間が集まってきた。

スパイラル・ステアケイスでひらかれたあるライト・ショー・パーティに、先端をとがらしたあごひげをのばし、手彫りの骨パイプを吸う、サンタバーバラからきた二十一歳の俳優兼ミュージシャン、ロバート・K・ボーソレイユという若い男があらわれ、いっしょに歌っているチャーリーと娘たちの群をみつけた。彼は仲間に入り、チャーリーといっしょに演奏をはじめた。それから数日後、着古したツイードのジャケット、ツイードのキャップにステッキといういでたちのチャーリーが、そのころゲイリー・ヒンマンの家に住んでいたボーソレイユに会いにやってきた。ヒンマンはコロラド州出身の三十歳になる音楽教師で、社会学の博士号をもっていた。

　ボーソレイユは音楽と作詞にかなりの技能をもち、悪魔崇拝と魔術にはひとかたならぬ関心をもった青年だった。一九六七年に彼は、サンフランシスコの高名な作家であり、奇怪な映画製作者でもあるケネス・アンガーと親しくしていた。事実彼は、〝ロシア大使館〟と呼ばれていたサンフランシスコの古い建物で、アンガーといっしょに住んでいたことがある。その家でアンガーは、彼に魔術の世界を引きあわせた。そのなかに、アレイスター・クロウリー*の狂気の縞模様の宇宙がふくまれていたことはいうまでもない。アンガーは『立ちあがった悪魔《ルシファー・ライジング》』という秘教《オカルト》映画の製作に加わり、その映画の中でボーソレイユは悪魔ルシファーの役を演じた。そのころボーソレイユは、完全肉食をとり、自分が悪魔であると信じていた、といっている。また彼は、この映画の音楽のためにケネス・アンガーが結成した十一人編成のロック・アンサンブル、マジック・パワーハウス・オヴ・オズのリード・ギターとシタールをうけもっていた。

一九六七年の九月二十一日、マジック・パワーハウス・オヴ・オズは、いわゆる〝神の彼岸節《エクイノックス》〟を祝うために、ヘイト・ストリートのストレイト・シアターの集会で演奏を行なった。映画『ルシファー・ライジング』の完成も間近ということで、その夜はその祝いも兼ねていた。アンガーは、その夜の会場の出来事をフィルムにおさめたが、のちにボーソレイユが証言したことによると、アンガーは催しものの途中でとつぜん異様に興奮し、性的魔術の王、アレイスター・クロウリーのかつての持物だった、二匹のヘビのまきついた握りのついている安物の杖を打ち壊したということである。

そのあとまもなく、ボーソレイユは、アンガーの車やカメラ器材を壊したり、とりわけ貴重な『ルシファー・ライジング』の撮影フィルムをめちゃめちゃにしたりしたらしい。やがて二人は別れた。ボーソレイユは、自分の物であったものにしか手をださなかったといいはっている。

二人の離反は、一九六七年の十月末に起きたものと思われる。そのときケネス・アンガーは、有名な〝祓魔式《エクソシズム》〟と〝ペンタゴンへのデモ行進〟の行なわれていたワシン

＊ 英国の教祖的魔術師。著作も多い。一八七五〜一九四七年。

トンDCに滞在し、ペンタゴンの正面にとめた平底のトラックの下で行なわれた名高い魔術の儀式の指揮をとっていた。

数人のディガーや悪魔払いの祈禱師《エクソシスト》たちが、平底のトラックの上に立って「悪魔よ、退散せよ」とわめいているあいだ、上半身裸体となったアンガーは、胸の上の、悪魔ルシファーの刺青とおぼしきものを見せながら、神聖な五角星形《ペンタグラム》の魔除けの中の悪魔の像を燃やし、誓いの言葉を叫び、マイクロフォンを突きつける記者団に魔法の指輪をちらつかせては、威嚇的な音を歯のすきまからもらし、地面にうずくまった。

ボーソレイユが自分から去っていったことを知ったアンガーは、ボブによく似た顔の飾りのついたロケットをつくった。その表面には、ヒキガエルのような顔があり、「ケネス・アンガーによってヒキガエルにされたボブ・ボーソレイユ」と刻まれていた。

アンガーと別れたあと、ボーソレイユは六七年の秋に、トパンガ・キャニオンに移り、ゲイリー・ヒンマンと親しくなった。マンソンにはじめて会ったとき、ボーソレイユはガールフレンドのローリーといっしょに、旧トパンガ・キャニオン通り《ロード》九六四番地の丘の斜面にあるヒンマンの小さな家に住んでいた。ヒンマンは、通りすがりの連中に自分の家を短期間の仮眠場所として提供したがるくせがあり、ファミリーのメンバーも何度もそこをねぐらにしていた。

ボーソレイユとチャールズ・マンソンの関係は円滑なものではなかったろう。ボーソレイユには彼の率いる女たちの群があり、チャーリーにも彼の女たちがいた。キリストの再来というチャーリーの妄執も、二人のあいだにかなりの摩擦をおこした。ボーソレイユは孤高を保ちたがったが、マンソンにとっては、それは悪徳だった。二人の男にはおどろくほど似通ったところがあったが、乱世を治めるということにかけて、ロンメル将軍*のような熱情をもっていたのは、マンソンだけだった。

もうひとりの改宗者、ダイアン・レイクは、当世風の両親をもった十四歳の赤毛娘だった。彼女は、スパイラル・ステアケイスで、チャーリーと娘たちに会った。ダイアンと彼女の両親は、ロサンジェルスでずっと〝ホッグ・ファーム〟といっしょに生活してきた。この集団はすぐれた重要なコミューンで、のちに世界平和部隊として世界各地を漂泊することになる。十四歳のダイアンは、なぜかファミリーに強く惹かれ、バスの旅に参加することになった。スクィーキーとパトリシアが、砂漠にまで同行する気があるかと尋ねると、ダイアンはついてきた。そしてほどなく彼女は、スネイクと改名した。性交中に彼女がみせたジグザグ型のへビのような身振りにちなんだものにちがいない。

ダイアン・レイクの両親は、自分自身の道を歩もうとする娘の自由を高く評価して

＊　下巻第21章参照。

いた。両親はダイアンに、ファミリーとの旅を許したが、のちにレイク夫人は娘を取り戻そうとスパーン・ランチを訪れ、チャーリーの〝高弟〟のひとりであるスクィーキーに、すげなく拒絶されることになる。ある話によると、スパイラル・ステアケイスの女主人ジーナが、マンソンの麻薬バスに乗ってダイアンが旅立つときに、彼女の両親に弁明したという。ダイアンは十四、マンソンは三十三、というわけだ。

ともかくこのバスには、かなりの説得力があった。殺戮時代にさしかかる前までのファミリーのメンバーの外見は、こざっぱりと、きちんとしていて、非常に清潔だったらしい。それでダイアンの両親は、ルースアン・モアハウスの両親と同じように、娘に自分の望むことをさせることにした。

十二月二十二日、ファミリーは蕾がやっとふくらみはじめたばかりの若いスネイク・レイクをつれて、アリゾナをぬけ、ニューメキシコの砂漠への旅に出発した。五日後の一九六七年十二月二十七日、バスはアリゾナ州ウィンスローの近くで故障し、シェヴロンの給油所に牽引されることになった。何人かのメンバーはヒッチハイクでトパンガ・キャニオンに引き返し、修理がおわったあと、バスもロサンジェルスに戻り、そこに六八年の四月はじめまで、三カ月半とどまった。

黒塗りのバスの乗客たちはトパンガ・キャニオンのあちこちで、勝手気ままに暮らした。ある夜はここ、次の夜はあそこという具合だったが、人数は日ましに増えていった。彼らはあちこちの廃屋や、谷の仮設キャンプに定着しようとしたが、結局移動しつづけた。数週間、彼らのバスはスパイラル・ステアケイスの前にとまっていた。〝花の奇形児たち《フラワーロイド》〟には、いつも見知らぬドアが開かれていた。娘たちを満載した黒塗りのバスをもったひとりの男が、一夜の宿をどこに見つけるか、知っているものはいなかった。洞穴か城か荒野の温泉のほとりかマリブの丘の邸宅にある温水プールのプールサイドか、誰にもわからなかった。チャールズ・マンソンと彼のファミリーにとって、ロサンジェルス中いたるところにドアは開いていたのだ。

マリブの警察は、マンソンの存在に気づきはじめていた。ラフト・レストランの裏手にあるトパンガ・キャニオン・レーンのスパイラル・ステアケイスの前に駐車していたバスが目をつけられた。ファミリーが、マリブ＝トパンガ地区のあちこちの邸宅で、なにかをやっていたことに、警察は気づいていたのだ。

一九六七年十二月、ビートルズが『マジカル・ミステリ・ツアー』を発表し、その映画も登場した。救助部隊ビートルズ。このレコード・アルバムは、マンソンが哲学的な指導要領をひきだした、ビートルズのはじめてのアルバムであると思われる。マンソン一行の黒塗りのバスの旅は、やがてそのアルバムの題名と同じように「不思議な魔法の旅」と呼ばれることになった。神秘的な変身の旅に出るようになってから、ファミリーはＬＳＤの秘力、精神的苦役、役割遂行、集団乱交、魔術、過去破壊、コミューン主義などを通じて、すべての人間の中には原型的な人格が存在するということを信じるようになったらしい。これが、不思議な魔法の旅だった。

六八年初頭の大半を、ファミリーはロサンジェルス周辺で過ごした。彼らはあちこちを点々と、せわしなく移動しつづけた。六八年はじめの、この小移動の旅のどこかで、スーザン・デニーズ・アトキンス（別名サディ・グラッツ）が、ニューメキシコのブルースタインという男によって妊娠させられた。

六八年二月、ジェリーという給油所の従業員を通じて、マンソンはメルバ・クロンカイトという女性と知り合った。彼女は、マリブの古い保安官分署の近く、マリブとトパンガ・キャニオンの間の丘に、ぜいたくな牧場《ランチ》をもっていた。この女性が、当時裕福だったことも、ファミリーと知りあったあと困窮生活をおくるようになったことも明らかである。彼女は、マンソン特攻隊に魅惑され、親しい友人になった。彼女の持っていたマリブの温水プールの周囲でどんなことが行なわれたかは、記述できないし、公開もされなかった。彼女はファミリーと非常に親しくなり、ファミリーのメンバーがのちに検挙されたときには、身元保証人として利用された。

断続的にファミリーは、マリブのメルバを訪れていたようだ。彼女のために働いたりもした。マンソンは彼女にいくらか金をやったと述べている。彼はメルバに、六七年型のフォード・ムスタングもあたえた。この車のほかにもいろいろな品物を奪われていたマイケルというニューヨークの男が、マンソンにあたえた車だった。

ミセス・クロンカイトは、大きないくつもの厩舎と調教場をもっていた。オージアス王の馬小屋をきれいにしたヘラクレスのように、数百という馬小屋の数えきれないほどの飼葉桶を、彼らも一週間がかりできれいにしたことがある。

六八年の二月、マンソンと彼の一隊は一時的にねぐらを失った。ゲイリー・ヒンマンの家に滞在したあと、ロバート・ボーソレイユは、トパンガのファーンウッド・パシフィック通りの北、ホースシュー・レーン一九八四四番地の急勾配の丘の斜面にある自宅に移っていた。この建物はポルノの本拠地で、地階に火事で焼けた住居があり、下方に粗末なつくりのプールがあった。ボーソレイユが、「いいとも、ここに来て住めよ」といったので、丘の斜面にジプシーのテント村ができあがり、ファミリーはプールを〝考古学的〟な遺留品でいっぱいにした。このがらくたはのちに研究調査のさいに収集された。彼らはホースシュー・レーンのその土地に約六週間滞在したが、その時期は彼らがはじめて〝映画製作〟に加わった時期だったようだ。映画製作といっても、人々に彼らの行動を撮影することを許した、という意味なのだが。

この頃ファミリーには、新しい二人のメンバーがふえていた。マリブのブレンダ・マッカンと、リトル・パティ（別名マデリーン・コテッジ、シャーリー・アマンダ・マッコイ、リンダ・ボールドウィン）の二人の娘は、これから一年半後の終局にいたるまで、新生活の刺激に浸りきることになった。この頃、ＬＳＤのモザイク模様にじわじわとのめりこんでいった美しい娘に、エラ・ベス・シンダー（別名エラ・ベイリー、愛称イエラー）がいた。ダニー・デカーロというモーターサイクリストは彼女を、ほっそりと均斉のとれた、グレタ・ガルボ風の娘だったとのべている。

いまはちりぢりになってしまったが、名前も知られていない数多くの娘たちが、ファミリーといっしょに暮らした。名前だけはわかっているが、どこへともなくひらひらと飛び去っていってしまったものも百人以上いる。この数字は、加入審査の過程を経て、ファミリーといっしょに生活したものの数である。

やっと思春期になったばかりの少女たちの中で宝石のように輝いていたのは、女優のアンジェラ・ランズベリーの娘、十三歳のディディ・ランズベリーだった。性的な魅力をふりまく未成年の娘を誘惑したという容疑をあらかじめ回避させるために、ディディは、チャールズ・マンソンとの交際を承認した当局あての母親の手紙をいつも携行していた。しかしマンソンは、アンジェラ・ランズベリー当人には一度か二度しか会ったことがないといっている。

マンソンは芸能人の子女や親戚に当たるものと親交をもとうとしていたらしい。ロサンジェルスでは、有名人の子女はたがいに親しい交友関係を形成する傾向がある。マンソンにとっては願ってもないことだった。巣立ち前のひなを殺すお気に入りのコヨーテ*のように、彼は有名人の子女にピタリと狙いをつけ、誰でも使えるクレジットカードや現金、施し、名声欲、コネなどをまきあげた。とりわけ重要だったのは、彼自身を認めさせることと、彼への追従だった。

ファミリーがホースシュー・レーンにキャンプを張っているあいだ、ボーソレイユとマンソンは、〝ミルキーウェイ〟という名前の六人編成のロック・バンドを結成した。マンソンはギターを、ボーソレイユはギターとバス・クラリネットをうけもった。ある週末に一度だけ公開演奏をしたことがあったが、ミルキーウェイは長つづきしなかった。

ミルキーウェイがリハーサルを行なっていたある日、トパンガ・キャニオンのカントリー・ミュージックのナイトクラブ、トパンガ・コラルの男がこのグループの演奏をききにやってきた。〝いける〟と踏んだ男は、彼らを週末の仕事に雇った。

その週末に、彼らはクビになった。その理由をボーソレイユは、演奏が悪のりしすぎ、マリワナ常用者ばかりがクラブにやってきて、ビールを飲む客が充分集まらなかったからだといった。さらば、ミルキーウェイよ。

六八年三月末のある日、ファミリーは、トパンガ・キャニオンの谷向うにある、サ

＊ 第6章参照。

ミット・トレイルとハイヴェイル・トレイルの頂きに住む男から家をいくつか買った。住居用の建物は森の中の迷路のような小道の上方にあった。彼らはそこに黒塗りのバスをとめ、キャンプを張った。

　マンソンの四人仲間、フィル・カウフマンが、その三月に刑務所から釈放された。数週後、彼はファミリーを探しにトパンガに向かった。カウフマンはしばらくしか滞在しなかった。彼は〝理解ある同胞〟となり、正式メンバーにはならなかったが、神権政治がかなり強圧的に行なわれていることに気づいた。

　フィル・カウフマンには、ハロルド・トルーという友人がいた。この男が彼を訪ねて、六八年の三月にトパンガにやってきた。ハロルド・トルーは、ロサンジェルスのシルヴァー・レイク地区に近いウェイヴァリー通り三二六七番地のぜいたくな邸宅に住んでいた。トルーの家の隣は、ウェイヴァリー通り三三〇一番地で、レノとローズマリーのラビアンカ夫妻*の家族が借りている家だった。

　ハロルド・トルーは、カウフマンを通じて、チャーリーとそのファミリーに会った。六八年八月にウェイヴァリーの邸宅から引っ越すまでに、マンソンは夏のあいだに四、五回、ウェイヴァリー通りを訪れ、二度泊まっていったことがある。トルー自身はその春、ほぼ十回、麻薬中毒者のねぐらを探しにトパンガに足を運んでいた。

　〝ラヴの夏〟の、例の贋金づくりの名人、ダニー・Mが、印刷したばかりの二十ドル紙幣の束をもって車であらわれた。チャーリーは彼に、ファミリーのために身元を明らかにする証明書や運転免許証を印刷させようとした。トパンガ周辺の噂によると、ダニーはのちにウッドランドヒルズでその仕事にとりかかり、逮捕されて、刑務所に送られたということである。

四月一日《エイプリル・フール》の前夜、リンドン・ジョンソン大統領は、再任を求めないと宣言して、退任した。

その翌日、一九六八年四月一日、トパンガの森の、サミット・トレイルの小屋の中で、メアリー・テレサ・ブランナーはヴァレンタイン・マイケル・マンソンを生んだ。出産中、気分を和らげるため、彼女は肺のなかを麻薬でいっぱいにした。出産は友人たちにつきそわれて行なわれた。

メアリーの出産日の夜、サンディエゴの株式仲買人の二十四歳になる娘、サンディ・グッドが、サンフランシスコから個人専用機で一人の友人とロサンジェルスに到着し、レンタカーを借りて、ファミリーのねぐらに向かっていた。チャーリーは彼女を身近に引きよせ、バスをとめていたハイヴェイル近くのキャンプで、二人は体を鳴らし合わせた。性交のあと彼女は、チャーリーのけっして萎えることのない、持続的な勃起

＊　後出の殺人事件の犠牲者。

力に大声で感嘆の声をあげた。ほかの娘たちは、おあずけをくっていたことに気づかなかったのだ！

頭がよく、学識もある短大卒の娘で、公民権運動にも積極的に参加していたサンディは、いつでもマンソンに服従する準備ができていた。サンフランシスコの彼女の友人たちのあいだでは、「彼女が誰かのハレムに加わった」という噂がもっぱらだった。サンディはまた、富裕な父親から金をくすねる卓越した腕前も身につけるようになった。その腕前は、マンソンによって、その後いっそう磨きをかけられた。

このころ、ポール・ワトキンスという、高校を中退した十六歳の小柄なベビーフェイスの放浪少年が、サミット・トレイルのファミリーのねぐらに新たに加わった。いくつもの丘をさまよい歩いているあいだに、黒塗りのバスと六人の裸体の娘たちの姿を見つけたのだ。ほどなくリトル・ポールという愛称をつけられることになる若いワトキンスにとって、そこが楽園に見えたことはいうまでもない。彼の愛称は娘たちによってつけられたものだった。

その夜は全員がＬＳＤを服用し、あらゆる開孔に付属突起物を無差別に結合する集団性交を経験した。ＬＳＤは、ミサに用いる薄焼きパンのかわりだったらしい。集団性交のサイコドラマの前、残飯漁りのあと、自分自身をキリストと信じている男が、聖餐用のパンのかわりに一同にＬＳＤを分かち与える瞬間を、そのときファミリーははじめて経験したのである。

四月のはじめ、メアリー・ブランナーの出産後数日たったある日、不思議な魔法の旅の一行は、トパンガ・キャニオンを去ることにきめた。メンバーの総数は二十人前後にふくれあがっていた。ファミリーの歴史中、この比率だけはつねに一定だったのだが、男一人に対して女四人の割合だった。

一九六八年のはじめ、トパンガ＝マリブ・キャニオン一帯における警察の取締りがいかにきびしかったかを、付近の住民たちはいまも憶えている。それは、アメリカ中いたるところが不安に揺れ動いた年でもあった。マンソンと彼のファミリーも、当然そのあおりをくった。ことにマリワナに関する愚かしい法律が、新たな憎悪を生みだした。〝フラワーからナイフへ〟のファミリーの転換の一因子も、明らかにその憎悪の産物だった。そして、ベトナム戦争がもたらした、不幸な、憎しみに満ちた世相が、アメリカ中をおおっていた。

ベトナム戦争は、一九六八年のアメリカに呪いのようにおおいかぶさっていた。同年三月、カリーと戦友たちの一団がミライという村にひそかにしのびより、両膝をついてうずくまりながら祈る白衣の仏教僧の首を吹きとばした。ほとんどの人が知らされもしなかった出来事だが、これもその呪いの一つだった。

一九六八年四月十四日、愚かな狂信的な放浪者が、おそらく誰かの依頼をうけて、テネシー州メンフィスでマーチン・ルーサー・キング師を暗殺した。

　パンサーズは、そのころすでに警察をブタ《ピッグ》と呼ぶようになっていた。〝ホッグ・ファーム〟の主力である、ウェイヴィ・グレイヴィという温和な指導者は、この卑しい動物を大統領候補にたてようと提案した。この思いつきは別のところに受け継がれていった。民主党の大統領候補選出党大会というつきそい人さえいない患者の患部に巻かれた包帯をひきはがすために、イッピーたちは「大統領にはブタを！」の提案を採択した。かくして、ブタ《ピッグ》は誕生した。

　英国では、六八年の夏のいつか、ビートルズのジョージ・ハリソンが「ピッギーズ」という歌をつくった。十二月に発売される予定の、まだ誰も知らない歌だったが、その歌はすでに完成していたのだ。ブタはテレビの環境公害キャンペーンの広告にも登場し、海辺で残飯を漁っていた。長いあいだ警察官をデカ《ファズ》とかおまわり《コップ》と呼んでいた上品な人種も彼らをブタと呼ぶようになった。

　あるときは楽しげに、あるときは悲しみに沈みながら、チャーリー〝軍曹〟の率いる麻薬部隊は、ウェスト・コーストをさまよいつづけた。

　一行はしばらくのあいだ、レオ・カリーロ州立公園の海岸にキャンプを張り、テントを立てた。レオ・カリーロ・ビーチは、ロサンジェルス郡とヴェンチュラ郡の境界線のすぐ南にあり、犬の血にまみれた海岸として名高いところである。のちにこの海岸で、ロサンジェルスの悪魔信仰家たちは、犬や小動物をいけにえにし、殺した動物の血をすすった。*

数カ月前に、ワシントン州でファミリーが出会ったブルース・デイヴィスという男が、このころモーターサイクルに乗って現われ、熱心なメンバーの一人になった。ブルース・デイヴィスは、宗教や哲学についてのマンソンの話に注意深く耳を傾け、苦労せずに、一言一句まで正確にマンソンの言葉を繰り返すことができるようになった。マンソンの声色《こわいろ》までできた。だが渓谷の観衆は、チャーリーがいるところではデイヴィスが、いつものテネシー訛りでしゃべったことを憶えている。

六八年四月の第二週ごろ、彼らはレオ・カリーロ・ビーチのキャンプをたたみ、海岸にそってさらに北上し、カリフォルニア州ヴェンチュラ郡のオックスナード近くの森林地帯に向かった。ここは、四月二十一日に一斉手入れが行なわれたところである。黒塗りのバスが溝にはまるか故障をおこすかして、ファミリーは近くの森林にキャンプを張った。ヴェンチュラ郡の郡保安官が調査のために立ちより、森の中をぶらついている一群の裸体のヒッピーたちを見つけ、びっくりしてとびあがった。

偽造屋から手に入れた運転免許証を所持していたという理由で、チャーリーとサデ

＊　第13章参照。

ィと数人の者が逮捕された。翌日、全員が各十ドルの罰金刑を宣告された。メアリー・ブランナーも、掘割の中で母乳を飲ませていたという〝重罪〟を理由に逮捕された。公衆の面前で、ヴァレンタイン・マイケル・マンソン、愛称プー・ベアに母乳を飲ませるという、不用意で恥知らずな行為に、どぎまぎした警察が腹をたてたのだとファミリーの中では語りつたえられている。

オックスナードの一斉手入れの顚末は、ロサンジェルス・ヘラルド・エグザミナー紙の二面を飾りたてた。「森で発見されたヌードのヒッピーたち!」という見出しがつけられていた。もちろん地方のラジオ局も、最新緊急特ダネ速報として事件を報道した。

オックスナードの掘割での逮捕の一件のあと、ファミリーはトパンガ・キャニオンのサミット・トレイルに引き返して野営した。六八年の五月二日ごろまで、そのあたりで数日過ごしたが、ふたたび警察の手入れをうけて、マリワナ不法所持容疑で、マンソン、サンディ・グッド、スネイク、パトリシア・クレンウィンケルをふくむ多数のメンバーが逮捕された。彼らは数日間留置されたのち、釈放された。起訴はとりさげられた。

ミュージシャンのゲイリー・ヒンマンが、保釈金をつんでスネイクとサンディを留置所からだしてやったのはこの時だったらしい。一同はヒンマンとともに彼の家に向かい、休養と回復のために数日間そこに滞在した。そのころ、旧トパンガ・キャニオン通りにあったヒンマンの家は、若い短期滞在者たちを囲う、数少ない半共同家屋の一つだった。ヒンマンは、一度も〝心のなかで死んだり〟*、ファミリーに加わったりしようとしなかったが、〝同情的な同胞〟の一人だった。それも彼らが、彼の血でポスターを塗りたくる日までのことだったが。

一九六八年五月六日ごろ、黒塗りのバスは、はじめて、カリフォルニア州チャッツワースにある荒廃したスパーン・ムーヴィ・ランチに向かった。西部劇映画のためのメイン・セットから、凸凹した泥道を半マイルほど行ったところに、〝裏の家〟と呼ばれる腐食した木造の建物があった。裏の家に行って、そこに住んでいる、サンディ・グッドの知り合いのジョンという男と、話をつけようとしたのである。

ジョンは、当時八十一歳のジョージ・スパーンと、スパーン・ランチにある各種の車やトラックの修繕をつづけるという条件で、建物を借りる契約をしていた。

ジョンが黒塗りのバスの修繕を手伝ってくれているあいだ、彼らは四日間そこに滞在した。マンソンは金を与えつづけた。女たちの数人にクレジットカードをもたせ、古いクライスラー用の再生タイヤを買いにいかせた。その車は、裏手にあるランチの

＊ Die in his mind. マンソンの教義のひとつ。

持主、リチャード・キャプランという男のもので、マンソンはそれを自分のものにしようとしていた。

このころボーソレイユは、トパンガ・キャニオンのハッピー・トレイルの近くで、『ラムロッダー』という、成人向の品の悪いポルノ映画の撮影に加わっていた。

それまでボーソレイユは、トパンガ・ショッピング・センターにあるトパンガ・キッチンというレストランで、そこが火事になるまで働いていた。『ラムロッダー』の製作者たちは、時間給一ドルで彼に映画用のセット作りの仕事を提供した。ボーソレイユはその仕事をもらい、ガールフレンドのゲイルといっしょに、ロケ先のテントで住みはじめた。

撮影中に、ボーソレイユはキャシー・シェア（別名ジプシー）という、その映画に出演している娘と出会った。ボーソレイユの役は、あたかもその後の事件を予告するかのように、インディアン娘を強姦した白人男を責め殺すインディアン青年の役だった。

ジプシーとゲイルとボブの三人は、別れて暮らすことができなくなり、映画セットのテントの中でいっしょに住んだ。〝大地の母〟の役を演じていたジプシーは、女二男一の三角関係の頂点の一つを占めるようになった。この関係は、やがてファミリーの夜の生活のひな型となるのである。

ボーソレイユは狂暴な男だった。目隠しをつけた鷹を肩にのせ、大きな黒犬をつれていた。マンソンと同じように、この青年も、愛と憎しみの重なった、言葉にならない感覚的な振動《ヴァイブス》＊を発する男だった。ボーソレイユは『ラムロッダー』の製作者の妻とも明らかに性的関係があり、撮影隊と縁をきるはめになった。彼はテントのキャンプをたたきこわし、ジプシーを身内の一人にしたあと、また数日間をゲイリー・ヒンマンの家で過ごしはじめた。

そのあとしばらくたって、彼はスパーン・ランチにでかけ、数日、前と同じような仕事をもらってから、女たちをひきつれ、ジョージ・スパーンにもらった古いダッジのパワーワゴンで、サンフランシスコ地区に向かって北上した。

一方マンソンの一団は、スパーン・ランチをあとにして、黒塗りのバスでサンフランシスコに向けて北に進み、ロサンジェルスに戻る前に、メンドシーノ郡にでかけていた。それからトパンガ・キャニオンに戻り、スパイラル・ステアケイスの近くに車をとめて数日間を過ごした。

このころにファミリーは、デニス・ウィルスンの持物であるサンセット大通りの豪邸に移った。ウィルスンは、当時すでに全世界のファンに数百万枚のレコード・アル

＊　相手を無言で共鳴させる神秘的な力。

バムを売りつくし、大成功したシンガー・グループ、ビーチ・ボーイズの一員だった。

ビーチ・ボーイズのシンガーでありドラマーだったウィルスンは、ウィル・ロジャーズ公園の近く、サンセット大通り四四〇〇番地の三エーカーの土地に住んでいた。ファミリーがどうやってウィルスンにつきまとうようになったのかについては、彼らのなかでも意見が割れている。あるものは、ヒッチハイキングをしていたデニス・ウィルスンを、かつらの行商人テックス・ワトソンが車に拾ったのだという。ちょっと眉つばな話だ。別の説によると、ヒッチハイクをしていたときに、ガルボ風の美人エラ・ベス・シンダーが、ウィルスンに拾われ、彼女がウィルスンをファミリーに紹介したことになっている。マンソンは一時期、ウィルスンとはサンフランシスコで知り合ったといっていたようだ。

なにがあったにせよ、とにかくある日、すでにマンソンの磁場の一部と出会っていたウィルスンが、ビーチ・ボーイズの演奏旅行から家に帰ってきたとき、黒い〝ハリウッド・プロダクションズ〟のバスが家の外にとめられ、居間は二十五人の人間で占拠されていることを発見することになった。大半は、まだ若い、魅力的な女性だった。

サンセット大通りで、マンソンは成功したロック・ミュージシャンたちの落ち着きのない世界に深く潜入し、映画や音楽産業の大物たちの子女の、錯綜したサークルのなかで冒険をつづけた。それは、社会病質者の楽園だった。地下の水脈を見つける魔法の占い棒のように、小柄な催眠術中毒患者チャーリーは、二つのアメリカ的シンボルにくいついていった。

その一つは、ビーチ・ボーイズ。透明で、卓越した、高度なハーモニーと、サーフィン、ホットロッドとつづくヴァイブレーションのよくきいた一連のヒット曲を生みだした、完璧といってもいいシンガー・グループ。そしてもう一つは、いつまでも頰の赤い生娘のような女の息子、テリー・メルチャーだった。

テリー・メルチャーは、一九四二年二月八日、本名テリー・ジョーダンとしてこの世に生をうけた。当時、ドリス・デイは、レス・ブラウンの率いるバンド・オヴ・レナウンの歌手で、アル・ジョーダンという音楽家と結婚していた。両親が離婚したのち、テリーは父方の祖母によって、オハイオ州シンシナティで育てられた。

ドリス・デイ*の三人目の夫、マーティ・メルチャーは、テリーを養子にした。彼はビヴァリーヒルズ高校（六〇年度生）に通学した。そして一年間、イリノイ州のプリンシピア・カレッジに在学した。メルチャーは自分も歌手になろうと企てたが、短い単調な一時期のあと、コロンビア・レコードのためにシンガー・グループを養成する仕事をはじめた。彼は、バーズの初期のすぐれたレコードをプロデュースし、そのあ

＊ ドリス・デイのこと。

と、六〇年代後半にかなりの成功をおさめたワシントン州のシンガー・グループ、麻薬中毒の〝ポール・リヴィアとレイダーズ〟のレコードをつくった。

一九六六年に、彼はロサンジェルスのシエロ通り《ドライヴ》一〇〇五〇番地のひっそりとした家を借り、デニス・ウィルスンのパシフィック・パリセイズの家でマンソンに出会った六八年の夏は、そこに住んでいた。メルチャーの義父マーティは、六八年四月に死亡し、共同遺産相続人のひとりだったテリーは、カリフォルニア、テキサス、オクラホマにちらばるホテル、石油、不動産などの巨額の富を継いだ。当時人気上昇中だった母親ドリス・デイのCBSのコメディ・シリーズの権利だけでなく、音楽出版、テレビ関連企業も資産の一つとしてあった。

マンソンは、メルチャーの仲間で作詞家のグレッグ・ジャコブスンにも会っている。その当時ジャコブスンは、メルチャーの音楽出版社の一つで働いていた。彼は、ファミリーともかなり親交を深めていった。マンソンの歌を数回レコーディングし、数年間にわたって、ファミリーの血なまぐさ さのともなわない性的な催しものには人目をさけて関係をもっていた。

メルチャーがマンソンと娘たちにはじめて出会ったとき、マンソンは歌っていた。彼はメルチャーの家を何度も訪れ、ときたまメルチャーのジャガーを借りたこともあった。あるとき、メルチャーがウィルスンを訪ね、デニスとグレッグが、メルチャーをシエロ通りの家に送りかえしたことがあったが、マンソンはそのとき、ロールスロイスの後部座席に坐って、ギターをかき鳴らしながら歌っていたのだ。

ファミリーとメルチャーの関係は、世間に知られているよりずっと広範囲にわたっている。その件については、ウィリアム・バローズが〝沈黙の領域〟と呼んでいる部分がつくりだされてきた。マンソンとの深い関係のために、テレビ・シリーズの評判が落ちたからといって、視聴者が責められたりすることはないのだ。

ほどなく白髪の元牧師、モアハウス師がロサンジェルスにあらわれたが、彼が、十四歳の花のような娘、ルースアンを連れ戻そうとしていたことは明らかである。ルースアンをとり戻すために、彼はウィルスンの家の人間の手を借りようとしたが、うまくいかなかった。そしてどういう風の吹きまわしか、自分もウィルスンの家で、ファミリーといっしょに住みはじめた。モアハウスはゲスト・ハウスに住みつき、マンソンとデニス・ウィルスンから、庭師と管理人のような仕事を世話してもらった。

モアハウスについて、ほかに残されている話はLSDである。彼はチャーリーの秘教にとり憑かれた愚かな息子たちの中で最も誠実な信奉者になった。そしてマンソンにとっては、へりくだりものの当惑の種子となった。モアハウス自身が、LSDのトリップの中で、キリスト体験を経験したからである。一つの教団のなかに、そう何人ものキリストが存在するわけにはいかない。モアハウスは、重症のLSD中毒になり、薄い白髪を長くのばし、その夏、メルチャーやウィルスンの家で催されたパーティでは、自分はキリストであり、悪魔でもあると宣言して、とてもたのしそうにしていた。

彼は信心深いLSD教徒だったので、山地で一度、別れる以前の妻のオレンジ・ジュースのなかにこっそりとLSD数錠を混入し、一人でトリップさせるために荒野に置き去りにしたことさえあった。ありがとう、牧師様。

モアハウスは、テキサスからきたブルックス・ポステンという若いミュージシャンを同行してきた。この男はのちに、命令に従って、自分自身を昏睡状態におちいらせる術によってファミリーの伝説をつくりだすことになる。ポステンは、母親のクレジットカードをマンソンに手渡した。このクレジットカードは、六八年のファミリーの旅行中、各地で広く使用された。

ポステンもすぐに、マンソンがキリストであるということを信じるようになった。そしてその夏の大半を、モアハウス師の〝庭仕事〟を手伝いながら、ウィルスンの家でファミリーとともに過ごした。

だがマンソンの最も偉大な魔術は、チャールズ（テックス）・ワトソンの人格改革だった。ファミリーがデニス・ウィルスンの家で、六八年の春にはじめてワトソンに会ったとき、彼はシカゴのスチュワーデスとデートをしているプレイボーイだった。

現在まで、テキサス州の障害競走の記録保持者であるテックス・ワトソンを、別人につくりかえたことを、ファミリーは誇りにしていた。モッズ風の自由なみなりをし、かつら店を持っていたワトソンが、いまや厳格な人間に生まれかわり、プレイボーイ風な面はぬぐい去られた。数年後、一一〇ポンドにまで目方が減り、アタスカデロの精神病院に送られる直前、毛布にくるまって、監房の中で泣いてはいたが、とにかくいまはまっとうな男になった、というわけだ。過去はもはや存在しない――時は燃え失せ、書物は燃え失せ、過去は燃え失せた。すべての橋は、麻薬と熱情によって溶け去ってしまった。時の因子は、すべて〝いま〟の中にある。チャーリーの〝いま〟の中に。

テックス・ワトソンは、一九四六年十二月二日、テキサス州コープヴィルで生まれた。テキサス州中部の綿栽培を中心にした農業地帯で、まともな少年時代をすごした。コープヴィルの人たちは、自転車に乗ったり、綿畑で働いたり、町にある雑貨屋兼給油所の家族の店で父親の手伝いをしたりしていた彼を憶えている。その少年が殺人者に変身したことを知って、町の人たちは呆然とした。

彼は、テキサス州ファーマーズヴィルにある高校で、平たい学帽をかぶり、髪型はダック・テイルにしていた。その高校で彼は、障害競走のエースであり、フットボール・チームの花形ハーフバックだった。

その後数年間、ノース・テキサス州立大学《カレッジ》に在学し、経営学を学び、寄宿舎に入った。典型的なアメリカ人だった。

ワトソンは六七年にカレッジを中退し、その年のはじめにはロサンジェルスに姿を見せていた。六七年にロサンジェルスのカレッジにほぼ一学期通い、またドロップ・アウトした。住まいは、グレンデール大通り、ワンダーランド・ロード、ドラシーナ、麻薬で悪名高いノース・ララビーなどを転々としていた。

マンソンに出会う前、彼はベネディクト・キャニオンの入口にクラウン・ウィグ・クリエーションズ社という安手なかつら店をひらき、商売をはじめた。テキサス州デントン出身の相棒と共同ではじめた事業だった。その店は、ビヴァリーヒルズの近く、サンタモニカ大通り九四九九番地にあった。

マンソンに会ったころ、ワトソンはパシフィック・コースト・ハイウェイ一八一六二番地のビーチハウスに住んでいたものと思われる。彼は一九三五年型の、優雅なダッジのピックアップ・トラックに乗っていた。

とるべき道は数億とあったのに、ワトソンが選んだのは、チャーリーとの同一化だった。「おれはチャーリーだ、チャーリーはおれだ」というリフレインが彼の日常になった。ファミリーのメンバーは、彼の模像だった。ワトソンは、自分は本当にチャーリーだと考えていた、と不服をもらしつづけた。ワトソンはマンソンの名を借用したこともある。あるときメンドシーノ郡で、テリー・メルチャーのクレジット・カードを用いてガソリンを買ったとき、彼はマンソンの名前でサインした。

南カリフォルニア大学の神経精神科研究所のテストによると、マンソンを空しく真似たトリップの結果、おそらく有毒植物ベラドンナ類の薬物の服用によって、彼の知能指数は三十ほど低下したことがわかっている。もしこのマンソンの秘法をペンタゴンが公式化していたら、世の中はたいへんなことになっていたろう。

ウィルスンの邸宅の住所は、保護観察官を相手にするときは非常に有効だった。事実マンソンは、そこから他に移動したあとも長いあいだ、身元を証明するカードにサンセット大通りの住所を記入していた。マンソンは、自分のキリスト的イメージに悪のりしていた——足に接吻したり、かつてないほど〝不滅〟を高く評価したりした。「いますぐにでも死ねるか？」と彼は尋ね、もしイエスという答えがかえってくると、「それならばよし。永遠に生きつづけよ」というのだった。

彼はたえず麻薬服用後の睡眠を求める者たちのために仮の宿を探しつづけてきた。眠そうな連中を束にしてスクィーキーにあずけ、一夜のベッドを探させに彼女をトパンガ・キャニオンやスパーン・ランチへやった。

ウィルスンは、ロック・スターの戦利品をいくつも所有していた。フェラーリ二台、ロールスロイス一台、ベネディクト・キャニオンの邸宅、ロック・スターの豪華な衣装一式、レーダーを装備した船などである。お金持ちだったのだ。

　女たちはロールスロイスに乗って、残飯漁りにでかけた。ロールスロイスの後部座席に、スーパーマーケットの捨てられた屑を積みこんでいる光景は、一種異様に映ったにちがいない。

　しかしデニス・ウィルスンは、なるがままにさせていた。その夏のある日、ビーチ・ボーイズがコロラド州の音楽祭で演奏することになったとき、ウィルスンはスネイク、リン、ウーイッシュの三人をいっしょに連れて行った。のちに、ビーチ・ボーイズの英国巡業のとき、「レイヴ」というロック誌のインタビューの中で、ウィルスンはチャールズ・マンソンをしばしば〝大魔王《ウイザード》〟と呼び、ビーチ・ボーイズが所有しているブラザーズ・レコードからレコード・アルバムをだすことになるだろう、と語っている。あるときマンソンはトパンガ・キャニオンで会ったロバート・ボーソレイユをウィルスンの邸宅に連れてきた。豪華なプールで泳がせてやるためだった。

　ウィルスンの私有物に関するかぎり、当時の光景はまさに農作物に群集したイナゴの大群を見るようだった。二、三カ月のあいだに、ファミリーは、ウィルスンがそのとき持っていた富の大半を投げすてさせてしまったのだ。しかしその年は、ヒンズー教の聖者マハリシの超越的瞑想の年でもあり、ウィルスンはマンソンの説く至福千年説の物質からの超脱説にすっかり共鳴していた。その年の秋に、ノース・ビヴァリー・

グレン通り《ドライヴ》にあるグレッグ・ジャコブスンの、みすぼらしい一室きりの地下のアパートに引越したときには、ウィルスン自身も困窮生活をおくるようになっていた。

マンソンが一種の前立腺異常だということが明らかになったのは、ウィルスンの邸宅に住みついていた一九六八年のその夏のことだった。当時ファミリーによって、熱心に、広く流布されていた伝説の一つは、チャーリーは一日に七回性交するという話だった。食事か軽食の前後にそれぞれ一回ずつ、そして欲望に目覚める深夜に一回。そのたびに新しい女たちが、数時間におよぶ変化に富んだ性交をマンソンとわかち合い、マンソンは例の「自分を父と思え」という暗示のほかにも数多くの倒錯《パーヴ》性行為を織りまぜた。倒錯性行為は、ロサンジェルスの音楽の世界では、ごくごくありふれている。この言葉はかなり広まっているにちがいない。消耗性交と呼んでもいいだろう。セックスがほんとうによくなってくるのは、最初の三、四時間がすぎてからで、女が〝忘我〟の境に達し、自我を完全に失ってからはじめて、性行為は〝魂《ソウル》〟の行為になる、とマンソンは感じていたらしい。それは正しかった。ロサンジェルス地区の女性たちによる無数の口頭宣誓供述書のなかで、マンソンが性交の途中で不能になったと申し立てた女性はたった一人しかいなかった。

大半の女たちは、マンソンがまだ若い男だと思っていた。二十代の前半だと思っていたものもいた。そう思われてもチャーリーは苦にしなかった。彼のめあては、思春期前の娘たちだったからだ。年端もいかない娘たちだったのだ。

だが、どんな相手もごまかせたわけではない。数インチの距離に近づいて見ると、彼の顔には生物学的な衰えの徴候がおのずとあらわれていた。

「とても若々しい顔つきをしてたけど、近づいてみたら、しわだらけだったわ」。あるご婦人は、マンソンのことをそう記憶している。

3　暴力への旅を駆りたてたもの

「チャーリーに会いにロサンジェルスに行きなさい」と、出会う者ごとに特に熱心にすすめたのはサディだったというのだが、いまとなっては、起こったことのすべてがじわじわと過去に吸いこまれ、あいまいになってしまった。恒久的に根をおろす土地を見つけるために、チャーリーが黒塗りバスの踏査隊を北のメンドシーノ郡に派遣する決心をしたのは、とにかく一九六八年の五月末ごろのことだったらしい。サディ・グラッツ（スーザン・アトキンス）が、その旅のリーダーであり、バスの運転者でもあった。

チャーリーは、えらばれた花の子どもたちの一群に取り囲まれ、おたのしみに興じるためにウィルスンの家に残った。サンセット大通りでのこの怠惰な数カ月のあいだ、チャーリーの身近にはべるためにえらばれた娘たちは、マリブ・ブレンダ（ブレンダ・マッカン）、サンディ・グッド、ウーイッシュ、スクィーキー、そしてスネイク・レイクだった。

メンドシーノ郡への旅に出発する前、サディのグループは、クレイトン通り五三二番地のコミューンにしばらく住んでいた。そこはヘイト＝アシュベリーの無料診療所《フリー・メディカル・クリニック》から数軒上にのぼったところだった。メアリー・ブランナーの、生後七、八週の赤ん坊プー・ベアは、その無料診療所で酵母菌による伝染病の治療をうけた。

ファミリーを乗せたバスは、周囲からかなりの同情を得た。警察のひんぱんな干渉や、マリワナ服用者の逮捕という愚行がすでにパターン化しており、バスの娘たちは、けなげな改宗者のように映ったらしい。とても熱狂的な娘たちで、メンドシーノに住みつくと、メンドシーノの魔女たちとして知られるようになった。

ヘイト＝アシュベリーのクリニックの所員たちは、マンソンの元連邦保護観察官で、職をしりぞいたのち、六八年一月に同クリニックと協力して麻薬患者の治療計画をすすめていたロジャー・スミスの口から、ファミリーの娘たちのことを耳にしていた。

クリニックは、クレイトン通りのパンハンドル公園のちょっと先の四階建の建物のなかにあった。所員の何人かは、このグループの観察をすでにはじめかけていた。所長のアル・ローズは、娘たちがメンドシーノの留置所に収容されたときにデータを集め、スパーン・ランチに移ってから直接訪れてもいる。彼は同診療所の医学部長、デヴィッド・スミス博士と共著で、のちに、一九六八年当時のファミリーについて、「症例報告・集団婚姻コミューン」と題した公式論文を発表した。この論文は、高級誌ではあるが、いわゆる麻薬文化《ドラッグ・カルチュア》を分析した興味ある出版物、ジャーナル・オブ・サイキデリック・ドラッグズの一九七〇年十一月号に、豊富な脚注と医学用語解説を付して掲載されている。

このフリー・クリニックは、一九六六年末、フラワー・パワーの開花に先だって、タイミングよく開所された。数えきれないほどの子供たちの治療に専念し、クリニックは一九六七年を勇敢に闘いつづけ、生きのびた。

六七年に一度だけ、資金難のために短期間休診を余儀なくさせられたが、まもなく診療を再開した。つまり、有意義な活動を継続させるに必要な基金を得るために、財団のいくつかと仲良くせねばならなかった、ということである。それまでの一、二年間のあいだに、サンフランシスコのロックンロール・グループのいくつかが、フリー・クリニックを支援するためにときたま慈善公演を行なったこともあった。

このフリー・クリニックに関するエピソードを略述しておこう。サンフランシスコの由緒ある〝パレス・オヴ・ファイン・アーツ〟において、四月十五日の復活祭の日曜日、同所主催によるロックンロールの慈善公演がひらかれると予告された六八年の春、各紙はひかえめながら賞賛の記事を掲載した。この催しによって、クリニックが必要としていた一万二、三千ドルが募金されることになっていた。

ジャニス・ジョプリンが立役者をつとめるビッグ・ブラザーとホールディング・カンパニーと、クイックシルヴァー・メッセンジャー・サーヴィスが、この慈善公演に出演が予定されていた。*サンフランシスコのある市民たちが、みやびやかなパレス・オヴ・ファイン・アーツを、ロックンロールの催しものなどに使用させるべきではない、ことにそれが、悪臭の漂う梅毒もちのヒッピーのための慈善公演とあっては、断じて許すわけにはいかない、といいだした。そしてぎりぎりの時点で彼らの主張がとおり、会場はカルーセル・ボールルームに変更を余儀なくさせられた。

アビゲイル・フォルジャーの母、ミセス・イネス・フォルジャーが、このヘイト＝アシュベリーのフリー・クリニックへの援助をはじめたのは、六八年の春か夏のことだったと思われる。ロジャー・スミス博士の麻薬中毒患者治療計画に、ヴォランティアとして協力をはじめたのだ。ミセス・フォルジャーは、クリニックの重要な地位にある所員の話によると、クリニックがボーシン・ファウンデーションからの基金をうけ、メリル・トラストから二万五千ドルをもらえるようにはからったということだ。彼女は、そこで働いていたあいだに何度か、基金集めの慈善パーティもひらいていた。テート大佐やその娘のシャロン・テートといっしょに、娘のアビゲイルも両親が主催する慈善パーティのひとつに出席した。そしてそのカクテル・パーティに、ファミリーのメンバーの一人か数人が出席し、あるいはマンソン自身も顔をだしていたらしい。

ある所員は、マンソンが殺人容疑で逮捕されたことを報じた新聞を読んだとき、その日の慈善パーティのことを思いだした。

六月前半のある日、娘たちは住家を求めて、サンフランシスコから北に向かい、メンドシーノ郡にバスを走らせた。〝麻薬の巣〟として知られているこの郡の、ウカイアの北西、州道一二八号線をちょっとはずれたところにあるファイロの町の近くのコミューン風の家に、娘たちの一行はしばらく滞在した。

一九六八年六月二十一日の深夜十二時すぎ、カリフォルニア州ブーンヴィルに住むミセス・ローゼンタールという婦人が、メンドシーノ郡の保安官補に電話をかけ、十七歳の息子に麻薬をあたえたものがいるから、ただちに係官を派遣してほしいと頼んできた。現場に到着した係官は、その婦人の息子のアレンが、自分の両足を実際に蛇だと思いこんでいるのをみつけた。少年は、極彩色の幻覚をみていたのだ。彼は警察に、ファイロのヒッピー・ハウスに住んでいるメンドシーノの魔女たちが、小さな青い錠剤を飲ませたと告げた。

その夜、保安官補たちは、五人の女性によって占拠されていたヒッピーのねぐらを手入れした。そのほかに男性が三人と、赤ん坊のプー・ベアがいた。建物と周囲の隣

＊　一九七〇年死亡。

接した丸太小屋などを捜索した結果、大麻《キャナビス》をいれた小さなフィルムの罐や、青い粒状のLSDをいれたプラスチックの袋がみつかった。麻薬を所持した〝アカ〟のやつらをつかまえたのだ！　逮捕されたのは、エラ・ベス・シンダー（イェラー）、メアリー・ブランナー、パトリシア・クレンウィンケル（ケイティ）、サディ・グラッツ、身元不明のメアリー・アン・スコットの五人の娘と、ロバート・ボムス、ピーター・コーンバス、ユージーン・ネイグル、そして生後十一週のヴァレンタイン・マイケル・マンソン（プー・ベア）だった。

逮捕のあと、娘たちの一人が、チャーリーに手入れの一件を告げるために、ロサンジェルスのデニス・ウィルスンの家に電話をかけた。

翌六月二十二日、サディたちは、三つの罪状によって起訴された。危険薬物所持の再犯に関するカリフォルニア州の健康と人体安全法《ヘルス・アンド・セイフティ・コード》第一一九一〇項違反、未成年者に対する麻薬の不法投与に関する同法第一一九一三項違反、マリワナ所持に関する同法第一一五三〇項違反である。

ケイティは、キャサリン・スミスの名前で検挙された。メアリー・ブランナーは有罪を宣告されることをおそれ、幼いサンストーン・ホーク（太陽石の鷹、別名プー・ベア）はケイティの子供だと、口をそろえて警察に申し立てた。彼女だけは、釈放される公算が強かったからである。彼女たちは、メアリー・ブランナーがごく最近、カリフォルニア州オックスナードの掘割の中で母乳を公然と授乳していたところを逮捕されたことが知れれば、プー・ベアを連れ去られてしまうのではないかと懸念したのだ。

もちろん彼女たちは保釈金を積むことができなかった。プー・ベアは母親からひきはなされ、養父母の家に移された。えらばれたのは、フリー・クリニックのロジャー・スミス夫妻だった。

ゾッとするようなことがわかった。赤ん坊は出生証明書を持たないだけでなく、割礼さえうけていなかったのだ。二つの手続きと処置がただちに行なわれた。

娘たちは留置所の中で元気を失っていた。七月二日の査問会で容疑のいくつかは棄却されたが、〝修正告訴〟という名目でメンドシーノの魔女たちは法廷で再逮捕され、そのまま留置所暮しをつづけることになった。

メンドシーノの魔女たちが北で檻の中にとじこめられているあいだ、マンソンは六八年の六月と七月の大半をロサンジェルスで過ごしていた。

女を憎む小柄な男は、女たちを征服し、コネをつけることにはげんでいたのだ。

彼の用いた偉大なテクニックのひとつは、信奉者たちに幼児意識への崇拝心をうえつけることだった。なぜかわからないが、とにかく幼児こそが理想像だった。幼児は、文明の呪いをうけておらず、魂の命ずるままに無意識に行動する、というのだ。ファミリーのメンバーが、魂の再来と、過去の生命の再体験を信じていたことを思いおこす必要がある。だからこそ幼児は、進化という生命の鎖の頂点であったのだ。

チャーリーは出産を奨励した。コンドーム《ラバー》、ピル、IUD（子宮内挿入避妊器具）、ペッサリー《ダイアフラム》だけでなく、なんとヴァセクトミー（輸精管切断術）までが禁じられた。マンソンの信奉者たちの話によると、女たちは魂をもたず、子供を生んで男に仕えることを義務づけられた、意識を越えた奴隷だった。だが皮肉なことに、ファミリーの中ではめったに妊娠する女はいなかった。サンディ・グッドによると、その事実がいつもチャーリーをいらだたせていたということだ。

二十人の女が一人の男を愛するような状況だったのだから、その男が一人一人の女にどれだけかまってやれるかが問題になるはずだ。マンソンは心の切りかえが早く、信奉者たちの一人一人と、親密な慰撫するような関係を維持しつづけた。とにかく全員を満足させていたのだ。

娘たちのあいだに嫉妬心はなかったのかという興味ある疑問があるが、その点に関してはマンソンは偉大だった。もし彼をほんとうに愛しているのなら、自分よりももっと可愛くて若い娘を彼のために連れてこなければいけない、と命じたのである。じつにうまくやっていた。彼は、迷信深い心をもつ、小柄でやせ細った、マゾヒズムの傾向のある赤毛娘に目がなかった。両親に痛めつけられて育った小娘も彼のお気に入りだった。

そういう娘たちが、やってきては、また去っていった。「しっくりとけこむことができれば、いつまでいてもいい」というのがファミリーの公式であり、適応するためになんとも愚かしいふるまいをした娘たちもいた。

これが、彼の信奉者たちが世間の目に映った姿である。しかしマンソンの人生は、ハレムをつくり、スターへの道にいそしむことだけに費やされていたのではなかった。もう一人の、別のマンソンがいたのだ。それは、ロサンジェルスの薄汚れた暗黒街と数年にわたってかかわりをもっていた、もう一人のマンソンだった。何年ものあいだ、彼は犯罪者タイプの連中と関係をもちつづけていたらしい。彼が一九五五年にロサンジェルスにやってきたこと、カリフォルニアでそれからの十四年間を、囚人、売春婦のヒモ、バーテンダー、詐欺師、窃盗犯、そして吟遊詩人と導師《グル》として過ごしたことがわかっている。

マンソンは、友人を何千人ももっていると称していた。たとえば、放浪の旅をつづけるファミリーの一団が、一九六七年の後半に数日間訪れたことのある、サクラメントに住むピートという男がいた。ピートとマンソンは、一九五八年にマリブのバーでいっしょに働いていたことがある。それ以後ずっと友好関係をつづけていた。

マンソンは、チャック・サマーズと名乗って、サンセット・ストリップ*をようくうろ

＊　ロサンジェルスのハリウッド近くの繁華街の一画。

ついていた。悪と暴力の温床のようなバーやカフェがサンセット・ストリップの界隈に立ち並んでいた。ギャラクシー・クラブとか、オムニバスとか、六八年にチャック＊・サマーズがひんぱんに出入りしていたメロディ・ルームなどの店である。バイカーや売春婦、ケチな犯罪者やポルノ類のモデルたちがこういったクラブにたむろしていた。

　ギャラクシー・クラブは、チャック・サマーズのお気に入りの店だった。サマーズを名乗っていたマンソンは、同地域のクラブのマネージャーの話によると、午前中からよく姿をあらわしたということである。このマネージャーはのちにハリウッド催眠術センターをひらいた催眠術芸人でもあった。彼とマンソンは、催眠術について話し合うことが多かった。ギャラクシー・クラブは、ウィスキー・ア・ゴー・ゴー＊＊から、一本北の通りにあった。マウスとかヴィーナスとかいった名前の、比較的知られていないマンソンの女友だちの何人かも、これらの店の常連客だった。

〝悪魔の奴隷《サタンズ・スレイヴス》〟〝地獄から来た野郎ども《ジョーカーズ・アウト・オヴ・ヘル》〟〝純正悪魔団《ストレート・サタンズ》〟〝棺桶《コフィン》メーカーズ〟といった名前をもつ、暴力志向の若者たちがつくっている悪魔崇拝狂のバイカーたちとマンソンがはじめて接触をもったのは、このサンセット・ストリップだったらしい。こういったこけおどしの不吉な名前をもった集団とひんぱんに接触をもつようになったことが、マンソンの中に大きな暴力〝像〟を形成させたことは否定できない。ことにストレート・サタンズ、サタンズ・スレイヴスといったグループとマンソンは、これにつづく暴力の年に、たがいに深いかかわりをもつことになった。

その前には、愛と平和のフラワーの年もあった。だが一九六八年の春から夏にかけて、ファミリー内部に一つの変化がおこった。フラワーとセックスの放浪共同体に、悪魔崇拝と暴力が具体的に入りまじってきたのだ。多分それは、人びとを強力にひきつけておく磁力を維持しつづけようとする、変革の意志によるものだったのだろう。チャーリーは流血に心酔するようになっていった。

なにかが起こったのだ。パトリシア・クレンウィンケルは、セックスとかドラッグとかコミューンといった要因のために、命令に忠実に従い、眠りから覚めて、まっすぐポランスキーの邸宅に車を走らせていったのではなかった。そんなことじゃない。

マンソンは、自分はたんに、自分自身の周囲にあるものを映す鏡であり、〝頭の中では死んでおり〟、魂の命ずるままに行動したのだと主張しつづけてきた。こういう考えをいろいろな資料から借用していたことに疑いはない。彼はつねに熱心な聞き手であり、妖しげな情報に広く通じていることを誇りにしていた。

だがマンソンの殺人への旅の誘因は実際のところ何だったのだろう？　あの暴力的

＊　モーターサイクル狂。

＊＊　ゴー・ゴー・クラブの草分け。

な狂気の体験《フリーク・アウト》*を培養したいくつかの要因を、ここでは仮にスリーゾー・インプッツ（駆動力）という言葉に置きかえてみよう。

ロサンジェルスの街をじっとみわたしてみれば、この強力な、暴力を駆りたてる力をマンソンと彼のファミリーにあたえた数少ない死の旅のグループをみわけることは容易である。ロサンジェルス一帯には、ゾンビー**のような信奉者をつくりだすことを専門としているグループがいくつか存在する。それぞれの結社の秘伝や門弟の地位には段階がある。あるときは催眠術に非常に似通った教化の方法を用いる。大聖《アデプト》の心の中にある秘教偏執症《オカルト・パラノイア》がさらに拡大され、それによって秘教の信者の心をとらえる妖しげな信仰の網をはりめぐらすために、教化の方法のひとつとしてある種の薬物が用いられることもある。

これらの秘教結社の構造はファッショ的であり、集団の指導者クラスがすべての権力を吸いあげるようになっている。たいていの場合、指導者は、命令と服従の社会体制からとりのこされた、権力崇拝狂の、屑のような独裁者タイプの人間であることが多い。

明らかにマンソンの暴力志向の駆動力の一つといえる、抑圧的なある秘密結社グループは（カリフォルニア警察の記録によると、そのグループの指導者はファミリーのメンバーと親交があった）、英国教会派の作成した報告の中で、「（その結社は）世間にたいして二つの顔をもっている。一つは、敬虔で、尊厳な顔であり、もう一つは放縦で邪悪な顔である」と記述されている。このグループは、悪魔からキリストにいたるまでのあらゆる種類の神々を崇拝している。まさにoo-ee-oo《ウー・イー・ウー》***のエッセンスともいうべき結社なのだ。

女性が率いる暴力志向のグループもあった。指導者たちの言葉によると、彼女は、モリーという名で知られている秘薬の力で『オデッセイ』にでてくるオデュッセウスの部下たちをブタに変身させてしまった、あのギリシャ神話の魔女サーシ****の再来として、信者たちにあがめられていた。この魔女キルケの結社は、記録によると、サタンズ・スレイヴスというバイカー・クラブのメンバーを、大聖待遇の会員にしていた。このクラブは、マンソンおよび彼の〝教会〟とひところ密接な関係をもっていたクラブである。

ロサンジェルスのさらに別の暴力志向グループに、ジーン・ブレイトンという女性

---

* 連続虐殺事件を指す。
** 霊力によって生き返った死者。
*** 後出。悪魔の儀式で唱えられる、不吉なつぶやきのような呪いの言葉。
**** ギリシャ語のキルケ。

と彼女の夫によって率いられているOTOつまりオルド・テンプリ・オリエンティス*のソラー・ロッジ**と呼ばれる秘教結社***があった。このグループは、英国の魔術師でセックス・マジックの父といわれるアレイスター・クロウリーの伝統を引き継ごうとしていた。しかしブレイトンの結社は、クロウリーのもっていたユーモアと知性を悲しいほど欠いており、結社の経営している不動産部門の部屋を借りさせるために、迷信深い、若い門弟たちにすべてを貢がせようとする、イカサマ宗教でしかなかったのである。

刑務所で学び、ほとんど無学といってもよく、極端な遅読家だったマンソンは、教育という点ではすべて導師《グル》まかせだった。つまり身につけた情報の大半は、友人たちからの耳学問だったのである。

たとえばフラワー・パワーのころの導師は、一九六七年当時、ロサンジェルスからサンフランシスコにかけてのアンダーグラウンドのコミューン社会でよく知られていた人物だった。この人物に従って旅していたマンソンの姿が、州内のあちこちでみかけられている。もし彼が、この導師の教えをほんとうに身につけていたら、それ以後のカリフォルニアはもう少し安全な土地になっていたかもしれない。しかしブタ箱のような刑務所の産物であった、この病める神の選民には、救いの道はなかった。

連邦刑務所から出所する以前に、すでにマンソンの計画表には、黒魔術のイカサマな概念が根をはっていたのである。彼は、刑務所の中で悪魔崇拝主義者たちに出会ったといっており、友人が監房の中のマンソンに黒魔術の秘法に関する書物を郵送したことが明らかにされている。

マンソンと彼の仲間は、一九六七年の夏の前に、サンフランシスコの北のメンドシーノ郡で、〝悪魔の使徒《デヴィルズ・デサイプル》〟というグループと連絡をとっていた。この悪魔主義者グループは、親しい筋の話によると、のちにサンフランシスコに本部を設立したということである。

のちにゲイリー・ヒンマンを殺害することになるロバート・ボーソレイユは、一九六六年から六七年にかけて、サンフランシスコで活動していた悪魔崇拝結社とひんぱんにかかわりをもっていた。マンソンもこの結社の悪魔の儀式に参加したことがあるらしい。

一九六八年に、このサンフランシスコの悪魔結社とかかわりをもっていたと称する人物の話によると、結社内のマンソンの導師はP神父だったという。彼は、「この死

*　Ordo Templi Orientis 東方の聖堂騎士結社の意。
**　太陽神の結社支部。
***　第9章参照。

の結社は、四十五歳前後の、熱情的な、異様な男に率いられていた」と書いている。「六十六世P神父と呼ばれ、医学博士号、哲学博士号をもっており、魔術師だといっていた。世間から隠れたわれわれの寺院では、P神父が、町の教会に火をつけて北カロライナ州を追われ、カストロ前のキューバから追放され、最近、シリアのダマスカスから帰ってきたという噂がささやかれていた」

「〝悪魔の家〟の信者たちは、自分たちのグループは宗教的な結社であり、古代から伝わるいくつもの名称をもっており、たとえばその一つが〝生命の友《コンパニオンズ・オヴ・ライフ》〟であり、もう一つが〝最後の審判の教会《ファイナル・チャーチ・オヴ・ジャッジメント》〟であるといっていた。この〝最後の教会〟という呼称は、マンソンが設立しようとしていた彼の教会のためにえらんだ名前だった」というのである。

一九六八年のなかばに、マンソンは、自分はキリストであり悪魔《サタン》である（あるいは魔神《デヴィル》）といいはじめた。マンソンのファミリーが、自分たちを初期キリスト教徒と考えるようになっていたことは前にも述べた。勝手にそう解釈していたにすぎないキリスト教徒であり、社会の枠組の外で生活する性的共同体ということである。これに加えて、彼らは魂の再来、占星術、数々の血の儀式を信じるようになった。マンソンは、自称〝最後のなんとか教会〟のなかで、キリストと悪魔が一体となった存在だった。ゾッとするような考えにとりつかれていた。信奉者たちの宗教細胞によって形成される、複合社会構造をつくりあげようとしていたのだ。あるいは、思いどおりにやりとげたといえるかもしれない。

しかし、それは病める思想だった。一九七〇年十月五日に、スーザン・アトキンスの同囚の一人が、ロサンジェルスの地方検事との長いインタヴューの中で、スーザンが生血をすする儀式について洩らしたことを証言している。

「チャーリーは機会あるごとに自分の体を十字架にかけさせた、と彼女（スーザン）は話してくれました。一人の娘が十字架の下にひざまずき、チャーリーはうめき声をあげ、拷問をうけているかのように泣きさけぶのです。あるときは動物をいけにえにし、受胎の儀式として生血をすることもありました」。まさに、ウー・イー・ウーである。

ファミリーの証人の一人は、怪奇じみた儀式のあいだ、黒い頭巾をかぶっていたと証言している。彼は夜遅く、友人と黒装束に黒頭巾姿でスパーン・ムーヴィ・ランチの周辺を面白半分に歩きまわり、ファミリーの警備体制を突破できるかどうか試してみたときのことを物語ってくれた。

モアハウス師の証言によると、一九六八年六月のはじめ、マンソンはすでに〝教会〟の設立のために信者たちを派遣する計画をすすめていたということである。インタヴューの中でモアハウス師はこう述べている。「私はチャーリーが、世界を、自分のことは好きなように自分でやる人間たちだけで分割しようとしているのだと思いました。しかし私は、何ももらえませんでした――彼はそれ以上私を仲間に引き入れてくれようとしなかったのです。仲間に入れてもらえなかったことは、ほかにもたくさんありました」

マンソンは、一九六六年六月に、オーストラリアに向かっていた信奉者の一人（あるいは仲間）に、最後の教会の支部を設立するように命じていた、という。オーストラリアで教会を設立してどうするつもりだったのだろうと質問されたモアハウスはこう答えている。

「彼は、チャーリーの真似をするつもりだったのです。チャーリーはいつも私に、さあ、組織しろ、教会を組織しろとはげましてくれました。私にそれをやらせたがっていたのです。なにができるか、計画を立ててみろ、といっていました。まず小グループの人々を握り、彼らの解決しない悩みをとりのぞいてやって、めざめさせ、男たちを二人ずつ、フォルクスワーゲンのバスかなにかに乗せて送りだすのです。とにかく旅にださせ、心をひらかせようというのです。その連中は、ハイウェイをいったりきたりしながら、別の小さな町にたどりつき、そこに支部をつくります。そこからまた何人かを次の土地に送りこみ、同じことをさせるのです。それをつぎつぎにひろげていこうとしたのです」

モアハウスは、最後にやっとマンソンのめざす教会の一つを組織しはじめたが、一九六八年末か六九年のはじめに、長い懲役刑をうけて、計画は中断されてしまった。

一九六八年の夏の終りごろ、マンソンは、サンフランシスコの南数マイルのサンノゼに本拠をおく〝ジプシー・ジョーカーズ〟というバイカー・クラブと接触をもちはじめたらしい。カリフォルニアの警察の記録によると、ジプシー・ジョーカーズのある者は、一九六七年以前に、国際的に知られた宗教結社のメンバーに加えられていた。新会員のバイカーたちは、この結社内では〝悪魔の使者《エージェント・オヴ・サタン》〟として知られていた。この結社は新会員を集めながら、一九六六年以降、アメリカ各地に細胞を形成し、それ以後もカリフォルニアで活発な活動をつづけた。

しかし、ファミリーの秘教生活におけるいけにえの風習に関する最も胸のむかつくような情報を教えてくれることになったのは、カリフォルニアの北部、南部の、人里離れた山岳地帯で活動する悪魔崇拝主義者たちである。

人間の犠牲者の心臓を食べている現場を逮捕され、殺人容疑で起訴されたある男は、一九六七年から一九七〇年にかけて、サンフランシスコの南のサンタクルス山脈と、ロサンジェルスの南のサンタアナ山脈で活動していた悪魔＝魔神の結社について証言している。この結社内では、吸血行為や人肉嗜食その他の野蛮な行為が行なわれていた。彼らの陰惨な活動を詳述することによって、このページをより醜悪にすることもできるのだが、ひとまず筆をとめることにしよう。

　この結社は特殊な専門用語をもち、星占いの迷信に基づく時刻表にのっとった儀式をとりおこなっていた。結社の指導者は、グレート・チンゴン（大聖）、ヘッド・チンゴン、あるいはヘッド・デヴィルという呼称をもっていた。マンソン自身も、数人の信奉者たちから、グランド・チンゴンと呼ばれていた。しかしサンタクルスの大聖《チンゴン》はマンソンではなかった（結社が活動をつづけていたあいだ、マンソンは殺人容疑で刑務所に留置されていた）。その指導者は、もう少し年配の別人で、狂った行為をやらせる〝奴隷〟の手下をもっていた男だったらしい。

　ある情報によると、この結社は、〝トータルな悪の崇拝〟に捧げる4P運動としても知られていた。携帯用の火葬設備や花づな《フエスツーン》装飾の木製の祭壇、持ち運びのできる〝死体置場テーブル〟や刃の六枚あるいけにえ用のナイフといった器具をとりそろえ、野外儀式も行なっていた。人間を殺し、焼いていたのだ。吐気をもよおす光景である。

　一方でマンソンは、一九六八年の六月、病んだ自分の心を集約して、悪魔の教会の設立にむけていた。

　そして、ファミリーが、サンセット・ストリップで盗みをやったり、サンセット大通り一四四〇〇番地で歌ったり、足にキスをしていたりしていたころ、ビヴァリーヒルズを見下ろす、有名な丘陵地にあるサミット通り一六〇〇番地の邸宅に、シャロン・

テートとロマン・ポランスキーが移り住もうとしていた。

4 ポランスキー夫妻

登場人物と極度の恐怖こそが、映画においては最も重要な要素なのだ。
——ロマン・ポランスキー

シャロン・テートは、一九四三年一月二十四日テキサス州ダラスに生まれた。父親は職業陸軍将校で、そのため一家はヨーロッパおよびアメリカのさまざまの土地を転々とした。彼女はダラスでひらかれたちびっ子美人コンテストに出場させられ、優勝した。彼女が成長してのちも、両親は各地を転々とし、サンフランシスコ、ワシントン州、ワシントンDCといった土地に移り住んだ。ワシントン州のリッチモンドでは、ミス・オートラマにも選ばれたことがある。

彼女の一家は、イタリアのヴェロナに渡ることになり、彼女はヴィチェンツァ・アメリカン・ハイスクールという学校に入学した。そしてここでは、同窓会の女王および最上級生舞踏会の女王に選ばれた。舞踏会の女王という栄光の座についたアメリカ人少女が、いったいこれまでに何万人、ハリウッドに切ない望みを託してきたことだろう。彼女はイタリアのヴェロナに家族とともに住んでいたとき、この地で映画撮影中のエリ・ウォラック、スーザン・ストラスバーグ、リチャード・ベイマーなどに出会うことになった。

ベイマーはテートに、お定まりの「きみは映画に出るべきだ」という言葉をかけたが、彼女に女優になる決心を固めさせたのはまさしくこの言葉だったようだ。

父親が転任でアメリカにもどることになり、テート一家はハリウッドからわずか数マイルしかはなれていない、カリフォルニア州サンペドロに移り住んだ。このサンペドロを基点に、彼女は行動を開始した。彼女はあちらこちらの撮影所にヒッチハイクで出かけた。スターに憧れるこの柔らかな声をしたミス・テートは、〝サンペドロから来た少女〟として知られていた。

吸血鬼退治を題材にした映画『吸血鬼』*のセットで行なわれた、彼女のハリウッドでのデビューに触れた記憶すべきインタヴューがある。彼女は次のように語っている。「ロサンジェルスでは、あらゆる撮影所にヒッチハイクで行ったものです。タクシー

＊　現題名 The Fearless Vampire Killers 後出。ポランスキーが監督、脚本、出演の三役をつとめた吸血鬼パロディ。

代を払う余裕がなかったから。みんなはよくしてくれました。トラックの運転手は特にね。あの人たち、だれでも乗せてくれたものよ。最初の仕事はテレビのコマーシャルだったわ――パパには、ハリウッドで危険な目にあうおそれはないってことを納得させたんです」

ミス・テートは、エージェントのハル・ジェフスキーと契約し、順調に自動車や葉巻などのコマーシャルに出演し始めるようになった。一九六三年、彼女が二十歳のとき、マーティン・ランソホフと彼の会社、フィルムウェイズ社の製作によるCBSテレビの連続シリーズ『ペチコート作戦《ジャンクション》』の端役を獲得するオーディションを受けさせるために、エージェントは彼女をニューヨークへ送ることにした。

セットに現われたランソホフは、この若い美貌の少女を試験したのち、採用を決定した。ロンドンのある新聞記事におけるコラムニスト、ロイド・シアラーの証言によれば、ランソホフはシャロンに次のような常套句を用いて話しかけたという。

「可愛こちゃん、きっと私がきみをスターにしてあげるからね」。この言葉の中で強調されていたのは、もちろん私がという部分だった。

ミスター・ランソホフは、あの『じゃじゃ馬億万長者《ビヴァリー・ヒルビリーズ》』という爆笑テレビ連続コメディのプロデューサーでもあった。考古学の世界ではナンセンス文化《スロップ・カルチュア》として知られているトロイの時代以来、この『じゃじゃ馬億万長者』のようなしろものもめずらしかった。ランソホフはシャロンとの間に七年契約を結んだ。そして、二年半にわたって、彼女を自分の手元から離そうとしなかった。美しいナツメヤシが急速に生長するように、彼女はスターダムにのし上がっていった。歌と踊りと演技のレッスンも授けられた。『じゃじゃ馬億万長者』『ペチコート作戦』といった作品で、かつらをかぶり、実習のための端役を演じる機会を与えられた。このほかにも、ランソホフの製作した『アメリカナイゼーション・オヴ・エミリー』や『いそしぎ《サンドパイパーズ》』などに顔をだした。

彼女はかなり長い期間にわたって、カリフォルニア州ビッグサー地方に滞在したが、この美しい海浜地区は大のお気に入りだった。そしてランソホフがエリザベス・テイラー主演の『いそしぎ』を製作中、彼といっしょにそこに滞在した。

一九六三年のあるとき、男性映画スター専門のヘア・スタイリスト、ジェイ・セブリングはハリウッドのあるレストランで、シャロン・テートと出会った。二人の仲はすぐに愛人関係にまで進み、のちには婚約までした。ジェイ・セブリングはビジネスの面でも熱心で、成功を収め、またたく間にヘアカットの王者の地位を獲得した。

世間を相手にする芸能人は、顔だけでなく髪型にも大いに神経を用いるべきだ、と強調するだけで充分なのだ。顔と髪型だけでいい。けっこうそれでやっていける。多くの場合、タレントにとっては顔と髪型だけが、職業上の注意を払わねばならないことなのだ。セブリングは、ハリウッドにおいて名誉と財力を備えた多くの人々の関心をひきつける方法を知り抜いていた。シャワーを浴びても髪型が崩れないように保つ技術にかけては、まるで魔術師のような冴えを示した。そして海兵隊スタイルから長髪のモッズ・スタイルにいたるさまざまの髪型の変化に手腕を振うには、実に最適の時代に登場したといえる。

ちょうど二人が出会ったころ、セブリングはベネディクト・キャニオンにある有名な邸宅を購入し、死ぬまでここで暮らした。セブリングの家は、かつて女優のジーン・ハーロウの隠れ家だったことがあり、イーストン通り《ドライヴ》九八六〇番地にあるこの家は、一九三二年にジーン・ハーロウの夫ポール・バーンが銃で自殺を遂げた不吉ないわくつきの家だった。

二年間にわたる予備期間ののち、このスターレットのデビューの準備は完了した。一九六五年の末に、ランソホフは、映画『13』別名『悪魔の眼《アイ・オヴ・ザ・デヴィル》』＊の中でデヴィッド・ニーヴンとデボラ・カーの相手役として、シャロンに最初の〝大役〟を与えた。『13』は、悪魔を崇拝し、いけにえのための殺人行為を重ねる、頭巾をつけた秘密宗教結社を扱った物語だった。

この映画の撮影はロンドンで行なわれた。ジェイ・セブリングはロンドンを訪れ、二人はイートン・スクエアのアパートで生活するようになったが、彼は仕事上の必要からロサンジェルスにもどらねばならなくなった。

ランソホフがロンドンで『悪魔の眼』を撮影中に、映画会社ではテクニカル・アドヴァイザーとして、アレックス・サウンダース、通称〝妖術師の王〟という英国人魔術師を雇うことにした。アレックス・サウンダース、別名〝高僧〟ヴァービアスは、アレイスター・クロウリーが自分の十回目の誕生日に刺青をしてくれた、と主張している。彼はイギリス諸島において、二百にものぼる魔女の集団を創設し、訓練を施したともいい、この悪魔映画のセットでシャロン・テートの友人となった、ともいっている。撮影が終了する以前に、サウンダースはミス・テートを魔法の世界にひきずりこんだ、といっているのである。彼は、ミス・テートが聖なる魔法円陣**の中に立っていることを示す写真を所有している。

一九六六年のはじめにマーティン・ランソホフは、ある作品を監督させるために、ロマン・ポランスキーという名の男と契約した。この映画『吸血鬼』はポランスキー自身によって書かれ、『恐れを知らぬ吸血鬼退治屋たち』、あるいは『吸血鬼の踊り』、あるいは『ねえ、ちょっと、あなたの牙があたしの首に食いこんでいるわ』などといった、その時々に応じて異なる題名で呼ばれているものである。ランソホフはシャロ

---

* 最終的に Satan Eyes と変更されて公開された。日本では未公開。
** この中に入ると悪魔も魔力を失う。

ン・テートがこの映画に出演することを熱心に望み、ロマン・ポランスキーとシャロンを引きあわせる機会を作ってやった。

ポランスキーの多数の作品の中でも、『水の中のナイフ《ナイフ・イン・ザ・ウオーター》』と『袋小路《ク・ド・サック》』それに『反撥《リパルション》』は多大の成功を収めた。『反撥』は、映画史上における最も恐怖に満ちた映画の一つとして、厳然たる評価を獲得した。

ロマン・ポランスキーは一九三三年八月十八日、パリでポーランド人の両親のもとに生まれた。一九三六年に一家はポーランドに帰り、クラクフに居を定めた。五年後、彼らはナチの強制収容所に収容され、母親はガス室で死亡した。監禁の直後に、ダヴィデの星に勇気づけられたポランスキーの父は、若年の息子をクラクフ・ゲットーの周囲を包囲する有刺鉄線のところへ連れていった。父親が鉄線を切断し、少年は脱出して、ヒットラーがポーランドから放逐される日まであちこちの家庭を転々とし、独力で生活し続けた。

戦争の恐怖が支配する間、映画が彼の逃避の場所となった。そしてごく若年のうちに、彼は俳優兼映画作家となった。五年間ポーランドのルージにある、ポーランド国立映画大学で教育を受け、ここでヴォイティック・フライコウスキーと知り合ったらしい。

彼の初期の作品は、短く物悲しい、ベケット風の映画だった。一九六〇年に十八カ月間フランスを訪問し、『肥った男と痩せた男《ザ・ファット・アンド・ザ・リーン》』を監督し、同時に俳優もつとめた。一九六一年には、妻のポーランド女優バーバラ・ラスと離婚した。一九六二年にポーランドに帰国し『マンマルズ』*という題名の十一分の短編映画を製作した。また一九六二年には長編大作『水の中のナイフ』を製作したが、この作品によって彼は西欧での一大名声を獲得した。

『水の中のナイフ』は、一九六二年度ヴェニス映画祭批評家賞を得た。一九六四年に、この作品はついにアメリカに輸入され、最優秀外国作品としてオスカーに輝いた。

一九六三年、オランダにおもむき、ここで『世界詐欺物語』という題のオムニバス映画のエピソードの一つを監督した。彼はまた同年、『女性はお好き？《ドウー・ユー・ライク・ウイメン》』のためのシナリオを執筆したが、これは美女を料理して嗜食するパリの〝食人鬼結社〟を描いた映画だった。ウー・イー・ウー！　これは『ローズマリーの赤ちゃん』のフェイド・インで用いられたサウンドトラックの音響効果だ。

六〇年代の初めに、ロマン・ポランスキーはジラルド・ブラックと共同して、三つの映画のための台本を書き上げた。『反撥』『吸血鬼』『袋小路』の三作品である。『水の中のナイフ』を高く評価していたプロデューサーのジーン・ガトウスキーは、ポラ

＊　哺乳類の意味。

ンスキーを連れて英国に渡り、ここでポランスキーは最初の英語版映画『反撥』を一九六五年に完成させた。

『反撥』は、カトリーヌ・ドヌーヴ演ずる、美貌のマニキュア師の物語だが、彼女は恐るべき被虐妄想に苦しんだあげく、二人の男友だちを傷つけ打ちのめし、ついには死に至らしめる。『反撥』は成功を収め、ポランスキーは、海辺の城における殺人と奇怪な事件を扱った物語『袋小路』を製作する資金を手に入れることができた。

ポランスキーは、神経の行きとどいた、完璧な職人としての声価を得た。彼の血で飾られた映画の成功と卓抜な手腕は、マーティン・ランソホフの注目をひき、彼はMGM映画のためにポランスキーの台本『吸血鬼』映画化のプロデューサーをつとめることに同意を与えた。この映画において、シャロン・テートは女吸血鬼を演ずることが予定されていた。

いつでも持ち出される話だが、ロマンとシャロンが出会った夜、二人はある一部屋に二人きりになったという。ポランスキーは口実をつくって部屋から出ていった。その後で、フランケンシュタインの仮面をかぶり、シャロンが気づかないうちに背後に忍びより、「バーッ!」と驚かしたのだった。この騒ぎで、彼女はヒステリー状態におちいった。

『吸血鬼』は、大学教授とポランスキー扮するその助手の二人が、吸血鬼の棲む城の壊滅をはかり、トランシルヴァニアまで旅行するというコメディである。シャロン・テートは、吸血鬼の首領によって首筋に噛みつかれ、城に誘拐されてくる宿屋の娘サラを演じた。ここで彼女も吸血鬼に変えられてしまう。この『吸血鬼』のセットで、彼女は光った、動物の牙のような、吸血鬼特有の二本の犬歯をきらめかせ、宣伝用写真のポーズをとった。

一九六六年四月に、ジェイ・セブリングは、ロマン・ポランスキーに恋人を奪われたらしい、ポランスキーが美しいシャロン・テートを生活の伴侶として引っさらってしまったらしい、と友人たちに訴えた。セブリングはロンドンへ向かったが、一九六六年初夏には帰国し、彼とシャロンとの間のことはすべて終わった、と宣言した。

当時、ジェイ・セブリングとの別離についてシャロンが公的に表明した意見は、まったく弁解じみたものばかりだった。

「ロマンと会うまでは、ジェイを愛していたんだと思います。二人のむすびつきは素晴らしいものでした。だけどほんとうは、あたしはジェイにはふさわしい女じゃなかったんです。あたしは社会的に未熟な女です。気まぐれすぎます。ジェイの要求しているのは妻なのですし、二十三歳のあたしは妻としての生活の心がまえはできていないんです。あたしはこれからも生きて行かなくちゃなりません。そのやり方を教えてくれようとしているのが、ロマンなんです」

　シャロンは、トニー・カーティス、クラウディア・カルディナーレと『サンタモニカの週末《ドント・メイク・ウエイヴズ》』に共演するために、一九六六年に英国から帰国した。彼女がこうした地位を獲得するようになった段階でも、父親のポール・テート陸軍中佐（当時）はベトナムで自分の任務を遂行し続けており、軍隊風の知性をもって娘の活躍ぶりを見守っていた。

　プレイボーイ誌一九六七年三月号に、ロマン・ポランスキーの撮影で、裸の乳房をさらしたシャロンの〝テート・ギャラリー〟という組写真が掲載された。

　六七年には、シャロン・テートが映画『哀愁の花びら《ヴァリー・オヴ・ザ・ドルズ》』の中でジェニファーの役柄を演じ、注目を浴びた。ジェニファーは、この映画の中で自殺する若いスターレットだった。

　この時期におけるある時点で、『じゃじゃ馬億万長者』のプロデューサー、マーティン・ランソホフとポランスキーは、『吸血鬼』をめぐって反目状態に入った。ランソホフが、米国公開前に、この映画のフィルムをカットしたのだ。フィルムをカットするなら、映画のクレジット・タイトルから自分の名を外して欲しい、とポランスキーは要求した。ランソホフはまた、『袋小路』の米国内上映権を買いとり、この映画に大幅の改変を施したため、ポランスキーが激怒するという事態も発生した。このためシャロンも、ランソホフとの関係を断つことになり、伝えられるところでは、契約権を十七万五千ドルで買いもどしたといわれている。

ポランスキーの相次ぐ成功は彼を、いわゆる鉄のカーテン内の出身者でハリウッドで映画を監督することのできた最初の映画監督にした。幸運なローマ人よ！

パラマウント映画会社の首脳部は、アイラ・レヴィンの小説『ローズマリーの赤ちゃん』の脚本、演出の機会をポランスキーに与えようとした。『ローズマリーの赤ちゃん』は、狂信的な悪魔崇拝主義を素材とした怪奇物語で、悪魔万歳をとなえる秘密結社が、悪魔に、ミア・ファーロウ扮する罪のないいけにえを妊娠させるにいたる物語である。

ポランスキーはハリウッドに駆けつけ、一晩中かかってこの本のゲラ刷りを読み終えたのち、契約をかわした。ベテラン映画製作者のウィリアム・キャッスルが、この映画をプロデュースすることになった。

会社側がミア・ファーロウが主役を演じることを要求したので、ポランスキーはファーロウの出演した連続テレビドラマ『ペイトン・プレース物語』を見せられて、『ローズマリーの赤ちゃん』への彼女の出演にOKを与えた。ポランスキー夫妻とミス・ファーロウは、きわめて緊密な友人になったといわれている。

『ローズマリーの赤ちゃん』の撮影には、およそ五十六日間の日程が費やされた。そのうち十日間ほどは、ニューヨークのセントラル・パーク・ウェストのはずれにある、瀟洒なダコタ・アパートメントで、撮影が行なわれた。ダコタ・アパートメントは、撮影期間中は完全に悪魔の巣のようになってしまった。編集とダビングは、ロサンジェルスで行なわれ、六七年の後半がこの作業に費やされた。

ジェイ・セブリングとポランスキー夫妻は、友好的な関係を保ち続けていた。友人たちのある者は、セブリングは依然としてシャロンを愛し続けていた、と述べている。『ローズマリーの赤ちゃん』の製作中に、ポランスキーの友人たち数人がイーストン通りにあるセブリング邸でパーティを開いた。このパーティは明らかに魔術のミサ儀式を模したもので、客たちは白い衣を着けていたという。招かれたある英国人の新聞記者は、目隠しされ、そこで白い衣をまとったセブリングが、冗談半分を装って、片方にワイン、もう片方にネコイラズが入った骨董品の台付き酒杯を差し出し、選択を求めたという。

サンフランシスコの悪魔崇拝主義者、アントン・ラヴェイは、『ローズマリーの赤ちゃん』の〝相談役〟をつとめた。ラヴェイはこの映画の中で、悪魔の役を演じた。また現実に存在する黒ミサ信奉の狂信者たちが、ポランスキーがこうした映画を製作したことに激怒している、といった噂も広く伝わっている。映画の完成にあたって、出演者たちはポランスキーに彫刻を施した四五口径拳銃を贈ったが、これには悪魔万歳を唱える団体の不平に対する、冗談めかした魔除けという意味合いがこめられていたようだ。『ローズマリーの赤ちゃん』は、これまでに作られた映画の中で、最大の悪魔崇拝主義の宣伝だという評判をとることになった。ロサンジェルスでは、悪魔の子を生んだと称する憑かれた女性たちがあとを絶たなかった。

一九六八年一月二十日、『ローズマリーの赤ちゃん』の完成に引き続き、シャロン・メアリー・テートとロマン・ポランスキーは、ロンドンで結婚式を挙げた。ポランスキーは、新聞によれば「エドワード王朝風の美服」に身を包み、シャロンは白のミニドレスだった。二人はベルグレーブ・スクエアのはずれにあるとやにこもった。『ローズマリーの赤ちゃん』のワールド・プレミア・ショーは、ロンドンで行なわれたが、この映画が大成功を収めることは確実になった。

ポランスキーと新妻はロサンジェルスに向かい、シャトー・マーモント・ホテルに続き部屋をとった。この映画の成功によって、ポランスキーは有名人となり、お定まりのとりまきとおべっか使いたちが、この時の人を取りまくようになった。ポランスキー夫妻は、ハリウッドの成功者の中でもその絶頂にある、精力的かつリベラルな男優、女優、そして実業家のグループに加わった。飛行機で飛びまわり、荷物をまとめては、また駆けまわる、といった忙しい日常だった。しかもこの間中ずっと、仕事をし、さまざまなプランを組み立てていたのだ。

ポランスキー夫妻は二人とも、ＬＳＤを服用したことを認めているが、これは活字の形でも確認されている。ポランスキーはこれによって不快な気分になったといったが、妻のシャロンは「おかげで新しい世界が開けた」と語った。彼女は実際には、二度目のトリップを渋っていたのだが。

六八年五月、ロマン・ポランスキーはカンヌ映画祭に出席した。これと時を同じくして、フランスの学生たちが一斉に立ち上がり、政府は崩壊の危機にさらされた。ポランスキーは学生たちとの連帯を表明し、審査員の役をおりた。

一九六八年六月五日、ロマンとシャロンおよびその友人たちは、マリブのビーチハウスでロバート・ケネディと夕食をともにした。晩餐会ののち、ロバート・ケネディ上院議員はアンバサダー・ホテルまで車を走らせ、そこで狙撃された。

一九六八年六月十五日は、『ローズマリーの赤ちゃん』の西海岸におけるプレミア・ショーの行なわれた日だった。「ローズマリーの赤ちゃんのためにお祈り下さい」という、なかば伝説化した新聞広告が掲載された。ロサンジェルスではこの映画は非常な人気を呼び、劇場では追加上映を決定した。六月十九日、サンフランシスコで公開されたときにも驚異的な成功を収め、この映画は、総額一千万から二千万ドルの収益を上げた。

ポランスキーの書いた映画シナリオは、アカデミー賞を獲得した。ミア・ファーロウは、リオデジャネイロ映画祭の最優秀女優賞を獲得した。ルース・ゴードンは、この映画の演技によって、最優秀助演女優賞のオスカーを受けた。

一九六八年夏、シャロン・テートはディーン・マーティン、エルケ・ソマーと『サイレンサー・破壊部隊』で共演した。同じ年の六月に、ポランスキーは、ハリウッドヒルズのサミット・リッジ通り《ドライヴ》一六〇〇番地の邸宅を借りた。この邸は、若い女優パティ・デュークの所有するものだったが、シャロンは彼女と『哀愁の花びら』の撮影中に知り合っていた。ポランスキーは、ウィニフレッド・チャップマンという名の家政婦を雇い入れたが、彼女は翌年中もずっと、最初はサミット・リッジ、次にはシエロ通り《ドライヴ》と移りながら、この仕事を続けることになる。のちにあの惨劇を発見する運命にめぐりあわせるのは、この婦人である。

シャロンとロマンは、新しく借りたサミット・リッジの邸の新居披露パーティを催した。シャロンのある友人によれば、このパーティのとき、丘のふもとから現われた数匹の不気味な犬の群とポランスキーにまつわる、奇妙な出来事が起こったという。

ポランスキー夫妻は、この家を借りている間、パティ・デュークの羊番犬の世話をする約束をしていた。この番犬は時どき家を逃げ出したがる習癖があった。パーティの夜、番犬は丘を駆け下り、サミット・リッジ通り一三〇一番地にある老ジョン・バリモア邸の方向へ走り去った。

ポランスキーは犬を追ったが、丘を下る途中で、世界の終末を招くためにアメリカにやって来たと自称する、英国人秘教信奉者の一団と、彼らの連れた不気味なドイツ種シェパードの群に出くわした。ポランスキーは、ガレージに鍵をかけて閉じこもった。この異教徒たちの連れている狼のような犬の群から逃れようとしたためだったのだろう。彼はこのガレージから出るために、体当りで扉をぶち破らねばならぬ破目に追いこまれたほどだった。

5 スパーン映画牧場《ムーヴィー・ランチ》——一九六八年

一九六八年の夏、マンソンはビーチ・ボーイズのリーダー、ブライアン・ウィルスン（デニス・ウィルスンの兄で、彼らのアルバムのプロデューサーでもある）の自宅にある録音スタジオで、自分の歌をレコードに収めた。ロサンジェルスでは、完備した録音スタジオを邸宅内に持つことが新しがりやの一部の金持にとって重要なステータス・シンボルとなった。

ビーチ・ボーイズには、多くのロック・グループに共通したことだが内輪もめがあり、それを終結させるために、彼らに哲学的な歌を書いてやったとマンソンは述べている。この歌は、信じる信じないは勝手だが、「在《あ》ることをやめよ」と名づけられ、ビーチ・ボーイズがそのころ製作中だったアルバムに加えられ、のちに重要なマンソン・ファミリーの歌となった。筆者がはじめてファミリーと出会ったとき、ジプシー（別名マノン・ミネット）が歌っていた歌である。

この歌のキー・ワードである「在《あ》ることをやめよ」という言葉は、デニス・ウィルスンによって、あたかもこの歌が性的服従と関係あるかのように、〝抵抗することをやめよ〟とかえられた。タイトルも「愛さぬことを学ぶな」とかえられた。この歌はすぐれたハーモニーに支えられたビーチ・ボーイズの総がかりの仕事として完成された。それにもかかわらず、歌詞の改変はマンソンを怒らせた。彼は他人が歌詞に手を入れることをなににもまして嫌ったのである。

この歌はビーチ・ボーイズのシングル盤のB面に収められて発売されたが、売行きはかんばしくなかった。もし歌詞に手が加えられなかったら、歌は大ヒットしただろうとマンソンは思った。報酬としてマンソンは、ある程度の現金とBSAの単車を手に入れたが、単車はポール・ワトキンス（別名リトル・ポール）にくれてやってしまった。

テックス・ワトソンは一九六八年の夏、テリー・メルチャーの家に滞在した者のひとりだったらしい。元牧師のモアハウスがいっしょだった。モアハウスはメルチャーの家で催されるパーティではおなじみの顔だったが、むしろうすぎたない老人としてよく知られていた。

シエロ通りの家に五回ほど泊まり、メルチャーのジャガーを乗りまわしたとマンソンはいっている。のちにポランスキー夫妻が借りることになったシエロ通り一〇〇五〇番地の家の家主ルディ・オルトベリは、ショー・ビジネス・タレントのマネージャーとして成功した男だった。彼はマンソンの殺人裁判で、テリーとグレッグ・ジャコブスンが、マンソンと彼の哲学についてどのように語り合っていたかを証言した。二人は、オルトベリがチャーリーを成功へ導いてくれるものと期待して、マンソンと会うよう熱心に彼をくどいた。その夏、オルトベリはサンセット大通りのウィルスン邸で開かれたパーティでマンソンに会った。彼はチャーリーが歌うのをテープできいた。「彼らはそれこそなんども、マンソンのことを私に話した。モアハウスを呼んで話をさせようともした」。オルトベリはマンソンとそのグループから哲学の話をきかされるのはごめんだと、グレッグ、デニス、テリーにはっきり表明した。「彼らはマンソンの哲学や彼の生き方、それがどんなに素晴らしいかを私に語った」。しかしオルトベリは意に介さず、マンソンとその仲間の面倒を見ることに関心を示さなかった。

ママズ・アンド・パパズのジョン・フィリップスも話をもちかけられた。彼はこうのべている。「テリー・メルチャーとデニス・ウィルスン、それに彼の家でマンソンとともに生活していた連中が、たえず私を訪ねてきたんです。なんでもいいから話に乗れってね。むちゃくちゃでしたよ。私はいつもふるえてみせました。断わりつづけたんですが、どうやらそれですんだようでした」

マンソンとファミリーのいく人かは、実際にフィリップスに会ったが、それほど無茶な申し出をしたのではないというものもいる。ある目撃者は、マンソンのブルーのバスが一九六八年の秋、しばらくの間、ベルエア通り《ロード》のフィリップスの家にとめてあったと証言した。

事態はサンセット大通りのマンソンにとって奇妙なものになった。ファミリーは、彼らがのちに称《たた》えることになる黙示録にでてくる毛の長いいなご族《ローカスト》*のように、貪欲に獲物を貪り食った。デニス・ウィルスンの豪華なロックンロール衣装一式は、共有財産となり、マンソンはデニスの何枚かのゴールド・レコードを売り払った。ゴールド・レコードというのは、発表されたひとつのアルバムが百万ドル以上の純利益をあげたとき必ず与えられるものである。売られたゴールド・レコードのうち一枚は、デス・ヴァリーにバーカー・ランチという牧場を持つ女性のものになった。別の一枚はジョージ・スパーンの兄弟の手にわたった。このことは明らかにウィルスンにとって悲しみの種となった。

八月一日ごろ、デニス・ウィルスンとグレッグ・ジャコブスンは船を捨て、パシフィック・コースト・ハイウェイの海辺に近い家へ移った。ジャコブスンによれば、ふたりはサンセット大通りの家を、だれでも利用したい者に開放したという。

そのすぐあと、デニス・ウィルスンのマネージャーはマンソンとファミリーをサンセット大通りの共同住居から追いだした。

その年の秋、断続的に何人かの者がサンセット大通りの共同住居にあらわれ、残されていた財産を持ちだした。その家屋敷を買った新しい所有者は、夜の侵入者から建物と庭を守るために警備員を雇った。

八月の第一週ごろ、家なしのチャーリーは、車でスパーン・ランチへ行き、裏手のランチに住んでいた人々に、付近の通称無法者《アウトロー》小屋を使用してもいいだろうかと尋ねた。それは一九二〇年代から続く、つむじ風で痛めつけられたモーテルの建物群のようないくつかの移動可能の小屋で、裏手のランチ付近に散在していた。これらの小屋は、ランチで撮影された〝正義の味方対悪漢〟式の映画の全盛期に、大道具として使用されたものである。そこの住人の何人かは、マンソンをおくことを嫌ったが、結局チャーリーと男女の若者を〝数日間〟滞在させることに同意した。けっこうな残飯や一家の料理や家政のやりくり、クレジットカードの利用などが、マンソン部隊を滞在させる重要なきめ手となった。裏のランチの以前の住人、ジョンは引越してしまっていたが、ファミリーは新たに入ってきていた人々を知っていた。彼らはこのとき、およそ二カ月半にわたってスパーン・ランチに滞在した。

裏手のランチ付近の小屋で数日過ごしたあと、チャーリーは、彼のハレムの何人かの従順な浮浪者を従えて、目のきかないジョージ・スパーンに接近し、スパーンをだ

＊　第8章参照。マンソンはファミリーをこのいなごになぞらえた。

ましてファミリーが表のランチにある西部劇のセットそのものに住めるようにした。彼らは木製の格子がついた留置場の建物で最初の数日間を過ごした。

チャーリーがやった取引きは、ファミリーが料理をし、干草をつめ、観光客に馬を貸すのを手伝い、納屋、柵、敷地の掃除を手伝うというものだった。ついには、その建物の年老いた所有者であるカウボーイ・ハットのジョージ・スパーンのために、チャーリーは全裸に近い老人病看護班を結成した。

スパーン・ランチには、世話をしなくてはならぬ馬が六十頭前後いて、一頭あたり一時間およそ三ドルで週末の観光客に貸しだされていた。ランチには精神的な苦悩といってもいいくらいに、馬につく無数のハエが飛びかい、全裸に近い、傷つきやすい恋人たちにとっては耐えがたい脅威になっていた。

ジョージ・スパーンは一九四八年にこのランチを買った。かつてはサイレント映画の俳優ウィリアム・S・ハートのものだったこともある。

スパーンは映画用牧場《ランチ》を所有し、高校生などに馬を貸して生活してきたが、その視力は近年とみに衰えつづけていた。彼にはランチの管理をするルビー・パールという名の昔からの友人がいた。ファミリーの伝説によれば、ルビーの前歴は動物調教師とダンサーである。彼女は、カウボーイ・ハットに乗馬服といういでたちで一同の動きを監視していた。ファミリーがここに住みついたころ、彼女は四十代の後半だった。

ファミリーとの間に彼女は不安定な関係を保ったが、それはファミリーがぜひともジョージに気に入られようとしていたからである。ルビーはジョージから信頼されており、自宅にもどる夜を除けば、たえずファミリーの行動を監視していた。昼間はいくら監視されてもかまわなかった。ファミリーにとって重要だったのは夜だったからである。

ルビー・パールは、多年の間にスパーン・ランチを訪れたあらゆる種類の芸能人の署名がある大きな記名帳を持っている、と伝えられている。

スパーン映画牧場と呼ばれたこのランチは、サンタスザンナ間道の一二〇〇〇番地にあって、サンフェルナンド・ヴァリー西北のトパンガ・キャニオン大通り《ブールヴァード》の最北端地区の西側に面している。

このランチは荒れ地と市街地の中間点にあり、シャロン・テートの居間まで車で三十五分、サンタスザンナ山脈中のデヴィル・キャニオンの荒れ地までデューンバギーで十五分だった。それはまた麻薬取引がさかんな地区に位置していたことにもなる。サンフェルナンド・ヴァリー西北部のコミューンは当時、大都市周辺における卸売りの雑貨店や流通センターと同じような機能をはたし、ロサンジェルスの麻薬取引の倉庫となっていた。

スパーン・ランチは、西北に源を発し、このランチの裏手のサンタスザンナ間道に沿ってゆっくりと細く流れる渓流のすぐ前にあった。この渓流にはいくつかの滝があり、それはのちに彼らの温泉になった。スパーン・ランチの後方には、南北に走る玉石だらけの丘陵がある。このランチは一九四〇年代からB級西部劇のロケ地となり、ティム・ホルト*やデュランゴ・キッド**の亡霊が岩山のあちこちでヨーデルを鳴り響かせている。

映画がつくられた西部劇のセットは、サンタスザンナ間道をそれたところにあり、まっすぐ一列に並んだ安普請の建物の群から成っていた。セットと同じ長さの板道《ボードウォーク》が一本長くつづき、曲がった柱で支えられた薄っぺらな日除けが、実物に似せた西部のメインストリートの長さだけ続いている。ロック・シティ・カフェという名のみせかけの食堂、木製の格子がはまった独房のある留置場、鏡と長いカウンターとジュークボックスを備えたロング・ホーン酒場《サルーン》、古い馬車がつめこんである馬車置き場、葬儀店、映画セットのまっすぐ右側にあるジョージ・スパーンの小さな家を含む数軒の建物。これらすべてが初期アメリカのカンザス州の町のような造りで建てられ、未舗装の車道が映画セットとサンタスザンナ間道を結んでいた。ペンキを塗った映画の小道具があたりに散らばり、干草の山や柵に寄せかけてあることがよくあった。

そこはお伽の国だった。しかし陳腐な西部劇の時代は終わり、ランチを存続させるためには貸し馬をやらなければならなかった。週末の休日には、ランチの上がりが一千ドルに達することもあった。スパーン・ランチの場合、ときたま行なわれるポルノまがいの映画、テレビのコマーシャル、SFあるいは怪獣映画の撮影が、貸し馬以外の副収入をもたらした。

スパーン・ランチと道路をへだてて、〝神々の庭〟と呼ばれる玉石だらけの丘陵地がある。そしてサンタスザンナ山脈まで数マイルにわたって続く大地の割れ目のなかに、デヴィル・キャニオンとイバラ・キャニオンがあり、そこはやがてファミリーのお気に入りのヘルター・スケルターの本拠地になった。この地域には小さなランチが五つ六つあった。神々の庭にはワンダーランド映画牧場と呼ばれるランチがある。マンソンが殺人で逮捕されたのち、そこの所有者はファミリーから身を守るために檻に入れた一匹のジャガーを前庭で飼った。

スパーン・ランチでは、牧童のサラリーは食事、寝床、一日一パックの煙草だった。牧童のある者はランディ・スターのように、映画のスタントマンとして働いた。ランディ・スターは車の曲乗り、落馬、重力に挑戦する離れ業を得意とし、高度の資質を持った職人だと有頂天になっていた。他の者はロデオ・サーキットを受け持った。ラ

＊ 活劇映画のスター。
＊＊ 同右の登場人物。

リー・クレイヴンスという男は、スタントマンになろうとしていた。やがて殺される運命にあったショーティ・シアーは、彼らによって殺される日まで映画の仕事を熱心に続けたスパーン・ランチのスタントマン兼俳優だった。スタントマンたちは、スパーン・ランチを仕事上の連絡先として使った。

ファミリーは、カリフォルニアのサイミ生まれで十六歳のスパーン・ランチの牧童、スティーヴ・グローガン（別名クレム、スクランブルヘッド）と顔なじみになったが、彼はどのくらいの速度でカーヴを曲がれるか見きわめようとして、ウィルスンの赤いフェラーリをスパーン・ランチ付近の納屋にぶつけてしまった。ババーン！　サンタスザンナ峠の丘陵を暴走したのち、一万五千ドルのこのマシーンは捨てられた。

クレムはチャーリーの片腕的人物の一人となった。彼はチャーリーのギターの弾き方をほぼ正確にまねることができ、声もそっくりにまねさえした。クレムは現在（一九七一年）、スタントマンのショーティ・シアーを惨殺した容疑で告訴され、刑務所にいる。

マンソンはフアン・フリンという筋骨たくましいパナマ人の若い牧童と知り合った。彼はベトナムで戦ったのち、一九六七年からスパーン・ランチで働いていた。フアン・フリンはマンソンに多大の影響を与えたが、それはフアンが耐えがたいような流血の戦争経験を持っていたからである。ベトナムの血の浴場につかり、見るも無惨な戦友の死体の下で三日にわたって塹壕にとじこめられていたときのことを、ＬＳＤの影響下でフリンは衝撃的に詳しく語りながら叫び、悲鳴をあげた。

典型的な一日は、夜明けとともにジョージ・スパーンが起きだし、本来はスパーン・ランチの夕食を告げるための鐘を鳴らし、ヒッピーの馬の番人たちが馬にえさをやって、牧草地に放す仕事から始まった。彼らは朝食をかきこみ、ついで予想される貸し出しの準備として馬に鞍をつけた。ある者は客をさまざまな乗馬路へ案内するため表にでた。そのあと彼らは馬屋を掃除し、馬に与えるカラス麦と干草を準備しなければならなかった。

ファミリーの何人かが、あらゆることを経験するという計画の一部として、どのように馬の排泄物をあつかったかについての話がある。彼らは手にシャベルを持ち、緑色の馬糞を足の指の間いっぱいに認識《グロック》しながら、荒れ果てたスパーン・ランチの納屋を裸足で掃除してまわったというのである。

ファミリーは留置場の建物から出ると、ロング・ホーン酒場とその近くのみせかけの食堂、ロック・シティ・カフェに急遽移動した。これらの建物は映画のセットとして同じ坂道をわかちあっている。チャーリーはこの西部劇のセットの東端にある小さな建物に〝事務所〟を設けた。この建物は、ヘルター・スケルターの時代として知られる一時期、ファミリーの武器庫となった。

デイグロ美術のモザイク模様のように、ファミリーはスパーン・ランチ付近の森や渓流へ、お伽の国の建物の彼方へと散らばりはじめた。彼らは差し掛け小屋を建て、森の奥の空地にテントを張った。マンソンはたえず歩きまわって、この建設を指揮した。「私の女はみんな魔女であり、私は悪魔だ」と彼は裏のランチに住む人たちのあるものに語った。

彼らはランチを飾るために不可思議なものをつくりあげた。たとえば、ある人は裏のランチ近くの渓谷で、柱の頂におかれた屠牛の頭蓋骨――秘教の象徴的な紋章を描いた頭蓋骨を目撃したとのべている。マンソン自身のテントには、眼球の神秘的な大群、太陽のシンボル、気ちがいじみた調子のなぐり書きが描かれていた。

牧童たちは肉を食べたが、ファミリーは少なくとも菜食主義者だったので、通常は大きな円をつくって時計の針の逆方向にまわされる共用鉢で全員そろって食事をした。夕食ののち、麻薬がだされ、マンソンはやおらギターを手にとり、歌の指導を始めた。

食物のほとんどは残飯だった。ファミリーがこのランチで払った〝家賃〟の一部は、食糧の貯えだった。スパーン・ランチの西方のサイミ・ヴァリーから、東はチャッツワースまで、そしてサンフェルナンド・ヴァリーのいたるところで、ファミリーは毎日残飯集めに奔走した。サンフェルナンド・ヴァリーのスーパーマーケットでは、ニューヨークのスラムでなら一級品として売られそうな果物や野菜が惜しげもなく捨てられていたのである。

　殺人者たちがさまざまな殺人にでかけた車、ジョニー・シュワルツの五七年型の黄色いフォードでさえ、捨てられた食糧がつめこまれた果物籠を収めやすくするために、後部シートがはずされていた。

　たとえば、スパーン・ランチから数マイル離れたチャッツワースのバスケット・スーパーマーケットの裏にあるコンクリート製の積荷場には、四×四×六フィートの橙色をした車付きのくず箱が二つ置いてあった。たいてい左側の箱には、斜めに投げこまれた木製の籠、厚紙の箱、セロリー、レタス、薄く切った見本のメロン、わずかに変形したベル・ペッパー、とうもろこしの皮、ピンクの未熟トマト、見苦しくつぶれたレタスなどがぎっしりつまっていた。右側の箱には死んだ牛の厚い肉から切りとった油っこい組織の塊、古い桃の箱、ピンク＝ブラウンのしわだらけの脂塊が入っていた。これらの大部分が食用に適するかどうか区別するために彼らが知っていた唯一のテストは、嗅覚によるものだった。

　そして、憑かれた娘たちは、上質のものとそれより劣るものを類別するために腐りかけの野菜や肉の大箱の中に入り、腹ばいになることも厭わなかった。

　娘たちは、毎日の残飯集めを準備するときでさえ、魔女であることを利用したが、このときはどの店がすばらしいごみをだすかを知ろうと、頭の中に〝像を結んだ〟のだ。そして食料が一番つまった箱の位置を捜しだすために、魔女光線を虚空に放射し、それから車でその場所へでかけたのである。

いつもスパーン・ランチでは映画の撮影が行なわれていた。一部をスパーン・ランチでつくったマルボロの男性用煙草の宣伝映画の因縁が続いていたのだろう。そんなわけで彼らはゲームに興じた。カウボーイとインディアン、メキシコ人のナイフ使い、高地人に対する低地住民などを演じ、チャーリー・マンソンはサンディエゴからきた株式仲買い人の娘を犯すメキシコ人の悪漢を演じた。なりたくないと思っているものになれ、心を自由にせよ！

これらのゲームはいわゆる不思議な魔法の旅《マジカル・ミステリ・ツアー》の一部だった。それは、精神を解放するために考えられた、集団の魂の遭遇《エンカウンター》ゲームのように行なわれた。主要なゲームは、霊魂再来を通じて得られた特性と、両親と社会から与えられた特性の迷路の真っただ中で真の人格を発見することだった。種々のゲームでどのような役に〝徹し〟ようとも、それは演じる者の原型的な人格なのだ。チャーリーはそれを「一つの役柄に徹する」と呼んだ。たとえば、ポール・ワトキンスは使徒パウロを演じる役柄に――そして〝親父っ子〟と呼ばれる役柄に徹した。

マンソンはこの数年間に、スパーン・ランチの弟子たちに対して、かなりシニカルな見方をするようになってきた。「ランチでがきどもと遊びまわり」、みすぼらしい古トラックを拾い、汚いなりでデニス・ウィルスンの家へ走らせることがよくあった、と彼はのべている。そこでシャワーをあび、高価な服を身につけ、金をいくらかつかみ、金持ちのたむろするビヴァリーヒルズによくおたのしみにでかけたというのだ。

その直後ファミリーを去ったロバータという名の娘は、一九六八年の夏のマンソンについて次のようにのべている。「彼は多くの点でとてもビューティフルで、たくさんの愛をふりまきました」。彼らはたえず抱きあい、キスをかわし、性交した。性交は絶え間がなかった。そして、人里離れた、見かけは安全なお伽の国のようなスパーン・ランチの評判は日ましに高まり、人間が集まりはじめた。

他のどのような若者の運動《ムーヴメント》とも同じように、最多数の参加希望者は夏期にあらわれた。チャーリーはランチにあらわれた多数の人間に腹を立てて、誰を選ぶかをマッチ棒できめた。

ロバータは「チャーリーはあんまりたくさんの人がランチにきたので緊張してしまい、なんとか手を打たなければと考えて……たとえば、何人がそこに残れるかというようなことをきめるために……マッチの棒を手にとって、それを投げだし……その方角によって……」誰が残るかをきめることにしたらしい。かなりの数の女のこがそこを去ることになり、男たちは残ることになった。

チャーリーは周囲のだれかが気にくわなくなると、よくその人物の顔の表情をまねた。もっとひどくなると、その人物についての歌を歌った。男たちが恐がる例の切り札を用いて、娘たちは彼らを性交相手のリストからはずした。

さらにチャーリーにはゴリラ男たちの問題があった――セックスだけを目的にやってくる男があとをたたなかったのである。エラとかサディのような娘たちは、サンセット・ストリップのダウンタウンを歩きまわるのが好きで、たえずチャーリーが「ゴリラ」と呼んだ男たちを連れてきた――不適当な連中である。

娘たちの一人（マンソンはどうせサディだろうといっている）が、一九六八年の夏、ランチに強烈なベトナム淋病をもちこんだ。それはひどく悪質だったので、マンソンは医者を呼んで一掃してもらうことを余儀なくされた。ファン・フリンがこのやっかいものを持ちこんだ張本人であり、それを根絶するのに三カ月を要した。

なかば無学な予言者、マンソンによって書物は禁止された。マンソンはヨハネ黙示録の第一章第三節にある「幸いなるかな書を読む者」に無関心だった。しかし『シッダルタ』やもちろん聖書といった本を娘たちが読むことは禁止しなかった。

チャーリーは彼が「黒人奴隷の音楽」と呼ぶものに反対し、ジミ・ヘンドリックスのレコードをかけることを許そうとしなかった。それでいて自分の録音のときは、ちょっとだけだったが、ナット・キング・コールのように歌おうと努めたり、ブルースの反復楽節や和音進行を借りたりすることをためらわなかった。

チャーリーはドラムを演奏する能力ですべての者に強い印象を残した。しかしリチャード・キャプランによれば、「ドラムは下手くそ」で、音程は狂いがちだった。「音符を聞かせてくれ、おい」という言葉が、〝ファミリーの音楽集会《ジャム》〟の際の調子をあわせる休止のときしばしばきかれた。「どの程度ドラムに浸っているかは、啓発のテストだ」とチャーリーはリチャード・キャプランに語った。

　書物やジミ・ヘンドリックスのレコードばかりでなく、眼鏡さえも禁制品リストに載っていた。チャーリーはジョージ・スパーンが目が悪いということを信じなかった。元の妻の小言によって徐々に盲目にされるまでに、ジョージが多年にわたりどのように飼いならされたかを語るのが、チャーリーの口ぐせの一つだった。事実彼はスパーンの眼疾については何もしようとしなかった。ダニー・デカーロによると、メアリー・ブランナーは十四もの眼鏡を持っていたらしいが、それも禁止されていた。とにかく眼鏡は禁止、だった。＊

　チャーリーはまた、動物に対する力を人々に印象づけることでも異常だった。ヘビをつかみあげ、にらみつけて大声をだしたり、スパーン・ランチの馬バエが口にたかり、唇に群がるのを許すといった具合だった。娘たちは彼が自分を噛まないようハエ

＊　のちに眼鏡の一つが殺人現場で発見される。

にたのんだのだといった。

その後、驚くべきことだが、ファミリーの者たちは唇にハエがとまっても——馬バエは気が向くとほんとうに唇の内側に嚙みついてきた——気にしなくなった。

チャーリーは増加するファミリーのメンバーのために裏手のランチも獲得しようと切望した。この裏のランチは、主として石造りの壁炉と五×八フィートのいくつにも仕切られた大きなガラス窓のある、広い一室から成っているあばら家だった。このランチの電力は、郡の送電線からの盗電に頼っていた。水は、音高く流れる渓流の上流に自力で築いたダムから得ていた。小型の揚水ポンプによって丘陵の斜面のタンクに汲み上げられた水は、そこから緑色のプラスチックの水道管によって浴室へ送られ、さらに別の緑色の水道管が居間を横切って台所へのびていた。

砂漠の端にある場所はどこでもそうだが、スパーン・ランチは使い古した種々の自動車部品や機械設備の錆びた残骸を集めていた。ランチの建物は散らかり放題の、薄汚い、ぞっとするような、タール紙でおおった金属の屋根におおわれた、錆びついて、窓が破れた、下品な、色あせた一群の掘立小屋のような建物だった。チャーリーは彼の麻薬部隊を率いて乗っ取ろうと考えた。人里離れたところにあり、さらに重要なことは、ペテンにかけようと近づいてくるものや、例外なしに無償の忠告をする親類や知人の群にとりかこまれた、体が弱り、頭のぼけた盲目の老人の所有物だったことである。

マンソンはついに裏のランチから人々を追いだし、そこを乗っ取った。ファミリーの何人かがダウンタウンのギャラクシー・クラブで出会ったと思われる、トパンガからきたバイカーが、リチャード・キャプランにいくらかのLSDを与えたが、それはPCP動物用トランキライザー（麻薬取引で知られている呼称はスティーム）だった。それは奇妙に心をひらかせる薬だった。キャプランはスティームで夢見心地になって板道の端のチャーリーの事務所によろめきこみ、チャーリーと熱狂した二十人が、だれかの歌を録音したテープをきいているのに出くわした。チャーリーはその後、彼をつれてファミリーのキャンプを一巡し、裏のランチをファミリーにゆずってくれるかと尋ねた。彼はそこがものすごく欲しかったのだ。チャーリーはその代償として悪魔的な絵を描いたテントをやると提案した。そこで、麻薬に憑かれたキャプランはランチをあきらめた。その後、西部劇のセットからランチに引越したとき、ファミリーは祝賀のどんちゃん騒ぎをもよおした。いまでもキャプランはマンソンをしのぶ第一級の記念品として、この魔女テントを所有している。

本嫌いの人間にふさわしいことだが、ファミリーは魔術についての蔵書を含む書物をすべて焼いてしまった。一人の若い男は、彼の錬金術についての本とニーチェの『善悪の彼岸』が裏のランチの石造りの壁炉で火のなかにくべられるのを目撃したことを記憶している。

一方、北のメンドシーノ郡では、魔女の娘たちが留置所で五十五日過ごしたのち、彼女たち自身の誓約にもとづいて一九六八年八月十六日、ついに釈放された。チャーリーは新たに釈放された娘たちの残りをスパーン・ランチに呼ぶため、ブレンダとスクィーキーを北のウカイアへ派遣した。彼らは熱心に裏のランチを修理した。釈放された娘たちを近づきつつある公判日を待つあいだ住まわせるためだった。公判日は数週後の九月上旬に予定されていた。黒いバスでの帰途、ブレンダと娘たちはサンノゼを通過しつつあったが、そこでバスが故障したので、一行は前進できなくなった。

八月二十日前後のあるとき、カリフォルニア北部を自分の女たちと旅行中のボブ・ボーソレイユが、スパーン・ランチを訪れた。ジョージ・スパーンが彼に与えたトラックの所有権証に関してなんらかの混乱があったので、彼はその決着をつけるため訪れたのである。ボーソレイユが、バスがサンノゼで故障したときかされたのは、そのときだった。

一九六八年の六月、レスリー・ヴァン・ホーテンという名の十八歳の娘が、数人の女友だちと一緒にカリフォルニア州のヴィクターヴィルとアップル・ヴァリー付近のカレン・ランチに住んでいた。ナイフ投げで一同の心を惹きつけたボーソレイユがそこに加わった。彼はレスリー・ヴァン・ホーテンをさらって、レスリーのルームメイトの義父から提供された六二年型の青いフォルクスワーゲンで去った。その後、このフォルクスワーゲンは配線を切られ、サンフランシスコで捨てられた。

その年の夏の間、ゲイル、〝大母儀《マグナ・マーテル》〟*の化身である美しきジプシー、レスリー、ボーソレイユ、サンフランシスコからきた氏名不詳の二人の白人女性が、カリフォルニア州北部一帯を、以前はジョージ・スパーンのものだった古い黒のダッジ・パワーワゴンでまわった。

アイオワ州セダーラピッズに生まれたレスリー・ヴァン・ホーテンは、カリフォルニア州のモンロビア高校で一年生のクラスの会計係をやったことがある。彼女はジョッブズ・ドーターズという組織にいたことがあり、また教会合唱団で活動した。やがて神秘的なものに心を惹かれ、〝自己認識の宗派〟に参加するようになり、世俗社会を棄て、ボーソレイユと会い、殺人にいたる同意と服従と変容の世界にゆっくりとおちていった。

黒いバスがサンノゼで故障したことを知ったとき、ボーソレイユは車で救援に向かった。ボーソレイユと女たちは、サンノゼに行き、壊れたバスをプラムの果樹園まで牽引した。この出来事に関するデータは、ある点で混乱している。ボーソレイユは明

＊　古代小アジア北部フリギアの大地母神であるキュベレー女神。

らかにファミリーのために新たなバスを確保し、古いバスを捨て、新しいバスもまた黒く塗られたのである。

ボーソレイユたちがファミリーの立ち往生していたサンノゼについたとき、女たちの間である種の嫉妬が原因のいさかいが起こり、彼は自分のおたのしみの一団からジプシーとレスリーを追放することを余儀なくされた。「たとえ百人の女と寝たとしても、仲間に加えたりするのは、せいぜい一人だ」と彼はのべている。リトル・ポールとジプシーとレスリーはその後、サンノゼからスパーン・ランチへ車で向かった。

ファミリーの一部がまだサンノゼにいたとき、カリフォルニア州パロアルト付近をピカピカの新しい六八年型ダッジのヴァンで走行中のジョーン・ワイルドブッシュ（別名ファアニタ）という名の女教師が四人のヒッチハイカー、T・J・ウォールマン（別名恐怖《テリブル》のT・J）、テックス・ワトソン、エラ・シンダー、クレム（別名スクランブルヘッド）を拾った――とにかくあとになって彼女は警察にそうのべた。彼女は夏休み中の教師で、好奇心に富んだ、肉感的なタイプの若い女性だった。彼女は四人をサンノゼまではこび、チャーリーと会うためにスパーン・ランチへ行くよう説得されたのである。ファアニタは、警察の記録によれば、白人女性、身長五フィート四インチ、髪はブロンド、目はブルー、体重一五〇ポンド、生年月日一九四四年一月二十一日である。

マンソンはすぐさま彼女を弟子たちの集会に引きずりこんだ。おそらくは、例の終日におよぶラヴ・セッションの一つで、愛の光線《ラヴ・ビーム》によって彼女の魂をゆさぶったのであろう。彼女は、ニュージャージー州の弁護士である父親が彼女のために設けた信託基金から、一万一千ドルを引きだし、それを悪魔《サタン》*に手わたした。ファミリーは大喜びした。

このころ、南トパンガ・キャニオンでマンソンは新たな大型バス——ミッチという名の南トパンガ・キャニオンの女性が所有していたホワイトもしくはGMCの五六年型スクール・バスを見つけた。マンソンとキャプラン、ウーイッシュが用足しのために車で通りかかったとき見かけた車である。値段は六百ドル。マンソンはこのバスの支払いのために、ファニタから手に入れたばかりの獲物の一部を使った。

ファミリーはバスを明るい緑色に塗り、将来の旅のための準備を始めた。

モアハウス師はテックスとメアリー・ブランナーがテリー・メルチャーをさがしに新しい緑色のバスでシエロ通り一〇〇五〇番地に乗りつけるのを目撃したことをおぼえていた。しかし彼は家にいなかった。

マンソンの心を動かした別の衝動は、スパーン・ランチの西方、サンタスザンナ消

---

*　マンソンのこと。
**　ファウンテン・オヴ・ザ・ワールド。

防署に近いボックス・キャニオンに本拠をおいた教団、〝世界の泉〟**によって満たされた。彼はこの〝泉〟に強く影響され、そこを訪れて多くの時間をついやした。「愛と奉仕を通じての平和」に寄与する（礼拝場の上の丘にある看板にはそう書いてあった）教団〝世界の泉〟は、毎土曜日の夜ごとに大衆集会を催す黙示録的なキリスト教団だった。ショーティ・シアーを含むスパーン・ランチの牧童数人が〝世界の泉〟と関係をもっていた。牧童たちはよく〝泉〟の宗教集会とグループ・ソングの会合に出席した。ジョンという名の黒人が〝世界の泉〟の指導部に参加していて、マンソンは彼に数回にわたってその場所を自分にくれるよう望んだ。この教団の信者はローブをまとい、独身生活を実践していた。チャーリーは娘たちの何人かに教団の指導者を誘惑しろとそそのかしたが、明らかにそれは無駄な試みだった。

〝泉〟は暴力によって死んだクリシュナ・ヴェンタという名の聖者が起こしたものである。ファミリーは〝泉〟の波瀾に富んだ歴史に興奮した。宗教上の秘密の場所は、地下室や洞穴であり、彼らはそこで活動を行なった。教団が軌道にのるにつれて摩擦が起こり、正体不明の人間が、創設者クリシュナ・ヴェンタと九人の彼の信徒を、地下の墓地におかれた四十本のダイナマイトによって爆殺した。これは一九五八年十月十二日に起きた事件だが、その後〝世界の泉〟は悪戦苦闘しながら発展し、マンソンが出会ったときにも引き続き栄えていた。

チャーリーはキリストの磔儀式のアイディアを〝世界の泉〟からえたようである。ここには、頭蓋骨に驚くほど似た大きな岩があった。〝頭蓋骨〟のてっぺんに木製の直立した十字架がのっていた。信者たちは悔悟の黙想の間、十字架に彼ら自身を縛りつけることがしばしばだった、といわれている。まったく奇妙なことをやるもんだ。スパーン・ランチから遠くないところで、ファミリーは大きな玉石の自然の周壁によって守られた、秘密の空地を発見した。この空地の一方に〝苦難の丘〟があった。その名の由来は、この丘陵地の玉石で囲まれた秘密の空地で、おそらく世界で初めての、LSDによる野外磔儀式が行なわれたからである。

そこで彼らはキリスト役のチャーリーを本物の丸太でつくった十字架に縛りつけ（釘づけではなく）、彼に苦痛を与えるとともに、他の者は拷問者および使徒としてふるまい、あざけったり、泣いたりした。一人の選ばれた女が、十字架の根元でクロークをまとって泣く聖母マリアの役をやった。

そのあと、彼らはなんらかの形式の復活式ののち、集団性交《ファック》を行なった。

一九六八年の夏、ファミリーの一部は〝世界の泉〟で一週間の生活を過ごした。マンソンはファアニタからファミリーに贈られた金のうちの二千ドルを寄付したという話がつたえられている。

その発展段階のある時点で、とくに娘たちは、チャーリーがしゃべるときには必ず、彼の言葉が神聖なものでもあるかのように、「アーメン、アーメン」と唱えはじめた。

ある食事の途中マンソンは、たとえリオデジャネイロまで行くことになろうとも、ココナッツの実をもってこいとサディ・グラッツに命じた。彼は弟子たちに服従テストを公式化するようになっていた。彼女は回れ右し、速足で歩きはじめた。数歩足を運んだところで彼は呼びかえした。また〝世界の泉〟の集会で、弟子たちの従順さを〝泉〟の信者に印象づけようと試みて、彼は、十字架にかけられたまま一週間過ごすようリトル・ポールに指示した――リトル・ポールはいわれたとおりにしようと進みでたが、大魔王《ウィザード》*はあわれみを示し、彼を呼びもどした。

一九六八年八月二十日、身重のサディは、メンドシーノ郡最高裁判所の査問会に出席し、マリワナ不法所持に関する第一一五三〇条HおよびS項について有罪を認めた。彼女は法廷によって命じられた保護観察報告を条件に保釈され、判決のため八月三十日に出廷するよう命じられた。スーザン・アトキンス（サディ）がマリワナ不法所持を認め、その罪を負い、メアリー・ブランナーがLSDに関する罪を負うことによって残りの娘たちを釈放させるというとりきめが行なわれた。

サディは保護観察官をうまく丸めこんだらしく、観察官助手のデイヴィッド・マンデルという男が、傷ついた魂の記録とでも呼べそうな、同情的な保護観察報告を書いてくれた。その報告書の結論の部分は次のようにのべている。「裁判長、われわれの見解によれば、この被告を投獄したとしても、ほとんど意味がないか、社会もしくは彼女自身にとって無益なことになるはずです」

「未成年者であったときでさえ、彼女は他の傷ついた魂の慰めの対象として、あるいは苦難の身代りとして、未成年者の詐欺売春や高級売春活動、もしくは広い意味で自分自身を身売りする行為へと走っていったのであります」

メンドシーノの魔女たちは、その麻薬裁判に出席を余儀なくされるまで、わずか数日をスパーン・ランチで過ごせただけだった。

八月もやがて終わろうというころ、娘たちは新しい緑と白のファミリーのバスでスパーン・ランチから北方のメンドシーノ郡の裁判所へ向かう準備をした。彼女たちは海岸沿いのハイウェイをビッグサーの海岸を経由してメンドシーノ郡へ進んだ。サディがバスの運転手だった。

一九六八年八月三十日、カリフォルニア州ウカイアのメンドシーノ郡最高裁判所で、サディ・メイ・グラッツはカリフォルニア州の健康と人体安全法第一一五三〇条（別名マリワナ法）違反に関する、自認による有罪の判決をうけた。そして禁錮六十日の判決は留保され、三年の執行猶予を宣せられた。

＊　マンソンのこと。

彼女は他の者が一九六八年九月六日に裁判をうけるまで、ぶらぶらしながら待った。その当日、メアリー・テレーズ・ブランナー（別名聖女マリア）は、健康と人体安全法第一一九一〇条（別名LSD法）に関する罪を認め、ロバート・ウィンスロー判事はすでに拘留によって過ごした時間を含めて禁錮六十日の判決をいいわたした。メアリー・ブランナーも有利な保護観察報告をもっていたが、刑務所へ送られた。

残りの被告たち――スーザン・スコット（別名ステファニー・ロウ）、キャサリン・パトリシア・スミス（別名パトリシア・クレンウィンケル、ケイティ）、エラ・シンダーはメンドシーノ郡最高裁判所第一部で無罪の判決をうけた。もう一人のロバート・ボムスはマリワナ《ハーブ》不法所持で有罪を宣告された。裁判所のこの活動、すなわちヒッピー魔女の一秘密結社の粉砕は、メンドシーノ郡の住民にかなりの出費をもたらした。裁判所指定の弁護士に対する報酬だけでも、納税者は二千九百九十九ドル五十セントを負担した。

一九六八年九月六日の査問会ののち、スーザン・アトキンスと娘たちは、来た道をもどり、サンノゼを訪れて数日を過ごした。妊娠していたスーザンの腹はますます大きくなり、子どもは六週間後に生まれる予定だった。スーザンの父親は、マンソンとスーザン、それにファミリーの数人に、出産時には彼の家に泊まって数日を過ごすよう主張した。ごく少数のファミリーのメンバーもまた一九六八年の九月、あてもなくサンノゼをぶらついていた。

一九六八年九月のある日、マンソンはデニス・ウィルスンのマリブ・ビーチの家にあらわれ、彼とグレッグ・ジャコブスンにサイキデリックなビリー・グラハム調で決断の時がきたと宣言した。彼らにとって参加すべきか、参加すべきでないかの時であった。彼と行動をともにするか、彼に反対するか。彼はジャコブスンとウィルスンに選択をせまった。ファミリーは彼らをうけ入れるが、彼らは?

高校時代に学校年鑑のスポーツ記事の編集をやったことのある、テキサス州コープヴィル出身のテックス・ワトソンはその年の秋、ファミリーに永久的に参加した。彼はサンタモニカ大通りの自分のかつら店を捨て、マンソンに三五年型のダッジのピックアップ・トラックを贈った。

マンソンはウィルスンのビーチハウスで何人かの興味ある人びとに会った。一人はチャーリーン・カフリッツという名の金持の若い女性だった。カフリッツ夫人はウィルスンの家でマンソンと数人の娘の映画をいくつか撮った。この年の秋遅く、マンソンはネヴァダ州リノの豪華な観光牧場に二週間にわたって彼女を訪れるが、このことについてはのちにふれる。

メンドシーノ裁判のあと、サンノゼに滞在中のマンソンは、地方のアンダーグラウンド新聞の雇い人であるパタースンという名の男と偶然に会っている。マンソンは自分の衝動的な性向についての興味ある話をパタースンに語った。

マンソンは二、三カ月前のあるとき、いつでも切りかかれるようにナイフを握りしめ、ある父娘を街なかで追跡したこと、そしてそのときの殺人衝動を、炎症を起こした歯からでた毒が脳にしみこむ際の歯痛のせいにしたことなどをパタースンに語ったが、これは彼を驚かせた。なぜなら彼には、マンソンがまさにフラワー・パワーの一員のように見えたからである。

ヴィクター・ワイルド（別名ブラザー・イーリー）という男がひらいた革製品の店は、州立サンノゼ大学付近の高級な商店地区にあった。ワイルドはバイカー・クラブ相手に〝革製品〟すなわち革のズボンとジャンパーをあきなっていた。〝ジプシー・ジョーカーズ〟のメンバーがこの革製品の店に姿を見せるようになった。そのうちの一人が店とかかわりのある娘の一人に興味を示し、店とこのクラブとの関係が生まれたのだ。

サンフランシスコ警察によれば、ブラザー・イーリーは事実、彼らと親しくつきあい、ジプシー・ジョーカーズの〝パッチをひるがえす〟（クラブの紋章をつけたジャンパーを着ること）ほどだった。

マンソン・ファミリーはジプシー・ジョーカーズの何人かとともにサンノゼに滞在した。チャーリーは〝ストレート・サタンズ〟の一人に、ファミリーはその年の九月、ジプシー・ジョーカーズのものである数軒の家に滞在したと語った。その後、ファミリーはマンソンやワトソンのために、ヴィクター・ワイルドにいくつかの革製品をつくらせた。

ジプシー・ジョーカーズは極度の暴力主義者の集団で、バイカー・クラブのエリートのなかに属していた。ワイルドの昔の友人によれば、彼はこのグループが犯す暴力行為を見るのが好きだった。

ジプシー・ジョーカーズのメンバーは、セオ、ダーゴ、ダーティ・ドウグ、ジプシー・ジャック、ザ・サンパー、フレンチー、ビッグ・リッチといった名前を使い、偽名の世界で生活した。このグループには、狂った死に方をすると決めこんだ最終段階のがん患者と、木製の義足にショットガンを仕込んだガーベッジ・キャン*という名の片足の男がいた。ある目撃者によれば、一九六八年九月、メンドシーノ郡への労働記念日の**〝遠征〟のさい、ブラザー・イーリーはこれに同行し、きわめてサディスティックな〝ターン・アウト〟（集団強姦を意味するバイカーの隠語）を冷静に見つめていた。娘は殺されかけた。四人の男が地面におさえつけて、彼女がさからうと顔を殴りつけ

---

*　ごみを入れる罐の意味。
**　九月の第一月曜日。

た。彼女は顔や体をはげしく殴打され、口腔性交を強いられてのどをつまらせ、嘔吐した。その後、彼らは彼女を立ち上がらせ、服を着せ、バイカーたちの遊び場付近の路上に投げだした。

一九六八年八月、ブラザー・イーリーとその女友だちは、ジプシー・ジョーカーズの何人かのメンバーが、サンノゼの安バーでバイカーの一人をろくでなし呼ばわりした中年の男の頭を車のドアで反復的に殴打した事件を偶然目撃した。

一九六八年十二月、警察はジョーカーズの二、三十人のメンバーがサンノゼのサニーヴェール通りに面した家を焼き払っているとき、そのうちの一人を射殺した。

ブレインという名の人物がバークレイのある新聞に書いた興味深い記事がある。この記事は、ヘイト地区の悪名高いウォーラー・ストリートの〝悪魔の館《デヴィル・ハウス》〟の外で行なわれた一九六八年夏と秋の〝死の儀式〟とチャールズ・マンソンの関係について語ると称していた。〝悪魔の館〟はフラワー・パワーの時代には、ディガーズによって維持されていた共同住居だった。マンソンは短期間そこに住んでいたとのべている。

事情はどうあれ、事実は一から三十までのナンバーをつけて列挙する、ブレインが述べている次の諸項目と基本的に一致している。

一、ブレインは一九六四年、彼が米国医療センターの囚人であったとき、はじめてマンソンのことを耳にした。そこにはリチャードという名の若者がワシントン州のマクネイル・アイランド連邦刑務所から移送されてきた。リチャードはマンソンの同性愛の相手だったが、マンソンにはねつけられたあと、自殺をはかり、そのため米国医療センターに送られたのだと主張した。

二、ブレインはこのリチャードに医療センターの刑務所図書館で会い、そこでリチャードは、彼の〝失われた恋人〟チャールズ・マンソンについて多くのことを語った――明らかに名ざしで、ウェスト・ヴァージニア州出身の囚人として言及したのである。ブレインはリチャードがマンソンについて次のように語ったのをおぼえていた。「チャールズはいつの日か偉大な人物になるだろう」、なぜなら「彼は魔法についてあらゆることを知っているからだ」

三、ブレインは釈放されたのち、一九六七年ヘイト＝アシュベリーの愛《ラヴ》の集会に加わった。彼は一九六七年〝私と貴方《アイ・ザウ》〟コーヒー店で、相手がだれであるかも知らずにマンソンに会った。彼はマンソンと語り、マンソンは自分が刑務所をでたばかりであるといった。ブレインは、会話の途中でマンソンがリチャードの〝失われた恋人〟であることに気づいたと主張している。マンソンは、自分はいまは女にしか興味がないとはっきりいった。そのときマンソンは、こうのべたという。「ここは男のこを追いかけるところじゃない。娘っこじゃなきゃね。男より女のほうがあつかいやすい。いいか、男同士のことならよく知っている。それは、二匹のサソリがたがいに刺し合って死ぬようなものだ」。サム・ティーラという名の人物も〝アイ・ザウ〟コーヒー店でのこの会話に参加した。マンソンはその店を去り、二人はほぼ一年間、会わなかった。

四、ブレインとマンソンは一九六八年の夏から秋へのかわりどきにヘイトで再会した。

五、ブレインは〝生命の友〟または〝最後の審判の教会〟と呼ばれた〝死の教団〟に加わったと主張している。「〝最後の教会〟というのはマンソンが創立しようとしていた教会のために自分で選んだ名前である」とブレインは書いている。この教団はウォーラー・ストリートの聖堂《アシュラム》か〝悪魔の館〟で活動していた。

六、教団の構成員は、マンソンのことをよく語り、彼はロサンジェルスで「映画スタジオ」に住んでいるとのべた――明らかにスパーン・ランチのことである。

七、この教団は六六世（六六六世?）P神父という男によって率いられていた。別名をカールというこの男は、医学博士、哲学博士、魔術師であると主張し、口ひげをはやしていて、カストロ前のキューバから追放され、ノース・カロライナである教会に放火し、そのために町を去り、最近シリアのダマスカスから帰国したといわれていた。

八、この教団は同性愛者グループだった。共同住居があり、そこでは娘たちは眠ることができたが、死の結社の密室もしくは奥の部屋に入ることはできなかった。

九、マンソンは、「ヘイト＝アシュベリーに対する罪、変質犯罪およびプッシーキャットに対する犯罪」に関して、サディという名の教団の元メンバーに、死を与えるか否かを決める一九六八年晩夏の「中世風の裁判」にあらわれたはずである。この男は、ヘイトに悪罵をあびせ、ある女と交わり、P神父が囲っていた教団の少年、プッシーキャットの肉体に悪魔を入らせたとして裁かれた。

十、彼らは、サディがこの教団を去ったのち、ある夜、教団の家に入りこみ、なんらかの方法で悪魔にプッシーキャットの肉体を乗っ取らせたとのべた。そこでプッシーキャットからサディの悪魔を追いだす儀式が要求された。かわいそうなプッシーキャット！

十一、マンソンは一人の白人女性（おそらくスーザン・アトキンス）とそこにあらわれたが、彼女は共同住居にとどまることを余儀なくされ、裁きの部屋に入ることはできなかった。元大学教授のスミスという名の男がブレインに語ったという話によると、マンソンがこの裁判に「参加する」よう招請されたのは、マンソン自身がP神父の魔法上の代役であったためだという。マンソンは、最も神聖な場所に若い女性を連れていかないかぎり、女たちに関心をもつことを許されていたのである。

十二、チャーリーは「まもなく自分自身の主君《マスター》」となることについて語った。チャーリーはマットレスの上でD・Kという人物のとなりに坐った。

十三、P神父は裁判を始めるにあたり、清めのおはらいのために茶色のチューニックをまとい、聖遺物を用意した。

十四、プッシーキャットがあばれはじめ、P神父を放火魔と呼んだので、彼らはこの二十一歳の若者の手と足を縛り、さるぐつわをはめた。

十五、P神父はついで「私は神だ！　私は悪魔だ！　私はキリストだ！」と叫びながら部屋を駆けめぐりはじめ、一方床の上のプッシーキャットはさるぐつわをかまされたままうめいていた。

十六、P神父は、プッシーキャットの魂がサディによって再び乗っ取られたと宣言し、近くの教会から聖水を盗んでくるようマンソンとD・Kに命じた。

十七、彼らが聖水を盗みにでかけている間、ブレインとスミスは縛られたいけにえの若者を見張って立っていた。

十八、マンソンとD・Kがもどり、P神父はプッシーキャットの顔に聖水をふりかけた。

十九、プッシーキャットは静かになった。P神父は縄をほどくよう彼らに合図したが、さるぐつわがとかれるやいなや、プッシーキャットは叫び声をあげはじめた。そこでマンソンとP神父はまた彼を縛った。

二十、P神父は祭壇に走り寄り、木製の「盗んだ」大十字架をつかみ、その十字架でプッシーキャットの顔をたたきはじめた。
二十一、ブレインはそっと自分のマイクロバスへ走り、小型のテープレコーダーをとりだし、儀式を録音するために聖堂《アシュラム》にもちこんだ。
二十二、プッシーキャットは「助けてくれ！　警察を！」と叫んでいた。
二十三、P神父は縛られたいけにえを蹴り、さるぐつわをかけなおすとおどかした。
二十四、しばらくのあいだ、その場はまったくの狂乱状態におちいり、彼らは若者を犠牲にする計画の実行に移った。「おまえが死ぬときには、サディもいっしょに死ぬ」と、P神父は宣告したという。
二十五、D・Kは棒をとり、それをけずりながら「彼は死ぬべきだ」といった。
二十六、人々がドアのところにきて、室内の行為をやめさせた。ついでP神父はこの若者からサディの影響をとり除こうと試みた。「サディ、消えろ、さもなくば体をつかんで痛めつけ、破滅させるぞ。少しずつ焼いて、こまかく切り刻んでやるぞ」。
二十七、ブレインは、翌日マンソンが、盗んだバスでスパーン・ランチへ向かったとなればプッシーキャットをも破滅させなければならなかっただろう。
二十八、ブレインは、P神父がそのあとマンソンに会うためにロサンジェルスに向と主張している。

かったといっている。
二十九、ブレインはそののち〝最後の教会〟の一会員の死後、P神父とプッシーキャットを車でトパンガ・キャニオン地区に送り、そこで降ろしたと主張している。
三十、そして、裁かれたサディという男と彼の妊娠中の妻は、不快な体験のあとへイトを去った。少なくともこの物語の一部はハッピーエンドである。オー・イー・ウー！

マンソンのファミリーは寄り道しながらロサンジェルスにもどり、そこでスパーン・ランチを占拠して九月の残りと十月を過ごした。古い黒塗りの愛のバスを、チャーリーはサンディ・グッドの友人で昔ランチを借りていたジョンという名の男にやった。ジョンはかわりにピックアップ・トラックをマンソンに与えた。ジョンは黒いバスに乗り、〝オレゴンの神聖な心のコミューン〟と呼ばれる土地へ車を走らせた。

ボビー・ボーソレイユは、その年の初秋、女友だちめいた妻のゲイルとサンタクルスで一時を過ごし、ついでサンタバーバラに向かった。そこでボーソレイユはトラックを船と交換し、サンタバーバラの港で住みはじめた。ゲイルはサンフランシスコにもどったが、ボーソレイユは残ってハウスボートに住んだ。ボーソレイユによると、その後マンソンがこのハウスボートにあらわれ、彼にそこを離れ、あるレコード・アルバムのための音楽を準備する手伝いをしてくれるようたのんだ。彼はそうした。

十月上旬のあるとき、LSDのグループ・トリップの間に、ファミリーのメンバーはたがいに争い、どなり、鞭で殴り合いをはじめ、相手を燃えさかる壁炉に投げこみ合おうとさえした。さらにファミリーの伝説によれば、彼らはついに相手を炎のなかに投げこんだり、一匹のネコを炎のなかに投げこんだりしたが、彼らの魂の力はきわめて強かったので、火傷を負った者はいなかった。

一九六八年十月七日、スーザン・アトキンスは、裏のランチで男の早産児を生んだ。彼女はこの男の子を、太陽神《ラー》の眉毛、ジーゾ・ジ・シ・ザドフラック（別名ジーゾ）と名づけた。サディが、陽気なファミリーの者たちにまもなく子どもが生まれそうだと告げたとき、チャーリーはサディに湯をわかしに行かせ、ケイティに剃刀をとりに行かせた。湯と剃刀が到着すると、陣痛がやってきたときもチャーリーはひげをそりつづけ、崇拝者たちに冷静に落着き払って教訓を与えた。これはファミリーが「恐怖の力を突破する」と定義した、いわば彼らにとっての禅問答《コーアン》のようなものだった。

子どもは逆子だった。まず小さなジーゾの腕が、ついで体があらわれ、ファミリーの伝説によれば、マンソンは機会をみて歌うのをやめ、スパニッシュ・ギターから弦をひきちぎり、それでへその緒を切った、という。

ファミリーは、サディの出産中、雰囲気をやわらげる歌をうたっていた。ファミリーには緊張したときにうたう特別の形式のヒンズー教の聖歌《マントラ》があり、これは、ビーチ・ボーイズによって「在《あ》ること、抵抗することをやめよ」の最後の一節に加えられている。

翌週、テックス・ワトソンとモアハウス師は、ブランナーの赤ん坊プー・ベアをとり返すために、テリー・メルチャーのジャガーでウカイアに向かった。お固い連中がいて、このことについては不明の部分もあるが、プロデューサーのテリー・メルチャーがファミリーのメンバーにジャガーとスタンダード石油のクレジットカードを使うのを許したことは、周知の事実である。ファミリーはクレジットカードを重要な旅行に使って、勘定をかさませた。

ロジャー・スミス夫人は、メアリー・ブランナーがメンドシーノ郡で裁かれているあいだ、プー・ベアの里親になっていた。彼女の夫は以前マンソンの保護観察官だった人物で、当時はヘイト＝アシュベリーのフリー・クリニックのために麻薬防止計画にたずさわっていた。

テックスとモアハウス師がメンドシーノ郡に着いた日、スミス夫人は赤ん坊をウカイアにつれていった。赤ん坊を母親にかえすか否かを決める保護観察査問会に出席するためだった。

6 死の谷《デス・ヴァリー》——一九六八年

一九六八年十月十三日の日暮れどき、二人の女性、クライダ・デラニーとナンシー・ウォーレンがカリフォルニア州ウカイアの南方およそ六マイルの国道一〇一号線上で、三十六インチの革ひもで殴打、絞殺された。革ひもは犠牲者の首にまきつけられたままだった。

ウォーレン夫人は妊娠八カ月で、ハイウェイ・パトロールの警官の妻だった。彼女の祖母にあたる六十四歳のデラニー夫人は、住居としているハウス・トレイラーのとなりで骨董店を経営していた。

この二重殺人に言及するのは、それが、ファミリーのさまざまなメンバーが、殺人現場付近をうろついていた、きわめて不可解な一連の未解決殺人事件の発端だったからである。メンドシーノ郡保安官事務所のボブ・リチャードスンによれば、いわゆるテート＝ラビアンカ殺人事件で死刑の判決をうけた者のうちの二人は、これら二つの忌わしい出来事があった日の午後、ある査問会のためカリフォルニア州ウカイアにいた、ということである。

　一九六八年十月中旬のあるとき、ファミリーはスパーン・ランチを去った。マンソンがカリフォルニア州デス・ヴァリーの〝祖母の地〟への旅をまったく唐突に決めたのである。

　いつもの繻子、絹、枕、アラビア風のつづれ織りなどで、彼らは新しいバスをマンソン風のムーア人*スタイルに仕立てあげた。

　ファミリーはキャシー・メイヤーズ（別名キャシー・ギリーズ、パティ・スー・ジャーディン）から、人里離れた広大なデス・ヴァリーの荒野にあるめざす目的地について話をきいていた。キャシーは、デス・ヴァリーの周辺山脈中にある登録鉱区のランチで育った。そのランチは、現在でも所有者であるキャシーの祖父母にちなんで、メイヤーズ・ランチとして知られている。メイヤーズ・ランチはゴーラー・ウォッシュ**にあるバーカー・ランチの東方およそ四分の一マイルに位置していた。昔は金鉱区であったが、いまや無人の荒地となっているゴーラー・ウォッシュ一帯は、パナミント山脈のなかの細い割れ目で、その西方には丘陵状の高地砂漠地帯を隔ててパナミント・ヴァリーがあり、この砂漠地帯のすぐ東北にメイヤーズ・ランチがある。トパンガ・キャニオンのあるランチでマンソンと会った彼女は、ロサンジェルスの音楽の世界にすっかり魅せられ、バッファロー・スプリングフィールドの熱狂的なファン《グルーピー》になっていた。

緑色のバスは数日間どこかを旅したのち、デス・ヴァリーの〝祖母の地〟へ向かい、ハロウィーン***のころ、そこに到着することになった。彼らは、まず苛性カリ工場のしつこい煤煙によって悩まされている、トローナという小さな砂漠の町めざして、数百マイル北上した。トローナはデス・ヴァリー国定記念物区域の南西端から約二十マイルの地点にある。トローナから彼らは国道二八号線を北へおよそ二十マイル進んで、長細い乾塩湖に達し、そこで右折してその乾塩湖を渡りゴースト・タウンであるバララットにでた。そこには、この地域で唯一の食料品小売店である、バララット雑貨店《ジェネラル・ストア》があった。

十八世紀末の鉱業根拠地だったバララットは、いまもなお貪欲に金鉱を探しているこの地域一帯の山師たちのための供給センターの役割をはたしている。町は二本の悪路、バララット・ロードとウィンゲート・ロードの交差地点にあり、二十五マイルの細い乾塩湖に面している。この乾塩湖の西岸を走りきって、バスは東岸を南下した。

＊　スペインに侵略した回教人種。
＊＊　前出。雨期に排水路となる悪路。地図参照。
＊＊＊　十月三十一日。万聖節の宵祭。

亜セレン酸塩のこの乾塩湖は、法律によって環境破壊や採鉱が禁じられている良質塩の産地である。

バララットからウィンゲート・ロードを十四マイル行くと、有名なゴーラー・ウォッシュに入る貧弱な入口がある。バスは、幾世紀も昔から伝わるロバが動かす鉱石搬出機――いまは丘陵の廃屋から突きでた、錆びた金属シャフトにすぎなくなった古いスペインのアラストレ――のそばを通り過ぎた。

南へ向かうバスの左手遠方、パナミントの山腹には、斜面に手で掘られた貪欲な穴、セシル・R鉱山がある。バスは跳ねるようにサウス・パーク・キャニオンを通過し、ついでレッドランズ・キャニオン、ハリー・ブリッグスのシュルタッグ鉱山があるレッドランズ・キャンプを通過した。

バララット雑貨店から南へおよそ十マイルのところで、乾塩湖は終わり、この湖の端から数マイルさらに南方に、道路の右側の泥土につき立てられた白いポールがある。それがゴーラー・ウォッシュに通じる、ほとんど人目につかない道標である。

そこでバスは左へ折れ、ゴーラー・ウォッシュの狭い入口と、メイヤーズ＝バーカー・ランチ地区への道を示す、いくつかの水の涸れた滝に向かって、激しく揺れながら東へのぼりはじめた。

普通の輸送手段、特にヒッピーの放浪者を詰めこんだ古いバスなどは、その道路のこの地点で通行不能になる。ゴーラー・ウォッシュをのぼるこの悪路は、二十世紀初頭のゴーラー・ウォッシュの金鉱ブームの最盛期には、ラスヴェガスとパナミント・ヴァリーを結ぶ主要道路だった。しかし一九四一年冬の大洪水が、この道路を洗い流し、一連の険しい涸滝をあとに残した。現地の鉱山師の話によると、キャシー・メイヤーズの祖父が、少なくともある種の輸送手段がゴーラー・ウォッシュ道路《ロード》を上下できるようにするために、ダイナマイトで一連の滝を爆破したのだという。

バスはT型フォードの錆びた残骸と、そのそばの土のなかにころがっている古いリアウインドーの前を通過し、最初の滝へ達したが、そこでブレーキの一つが焼き切れてしまい、バスは乗り捨てられた。

ファミリーは一連の滝がはじまる地点からメイヤーズ・ランチまでおよそ七マイル半、両側の壁面からずんぐりしたサボテンが巨大な緑の指のように突きでた、長く、非常に狭く険しい絶壁で囲まれた山脈中の割れ目を徒歩で進んだ。

すぐさまファミリーの一行は最初の涸滝に出くわした。それをよじのぼって彼らは第二の滝に達し、大きな湾曲部を右へ越え、第三の滝に出会った。ついでブーメラン状の湾曲部を左へ這い上がり、彼らは安易な前進を阻むゴーラー・ウォッシュの四つ目、五つ目、六つ目、七つ目の滝に出会った。やがて彼らは切り立った壁のようなところを進むことを余儀なくされた。それから先は、二、三マイルのローラーコースターの線路のような河床を行く比較的楽な旅になり、それが終わったところで彼らはバーカー、メイヤーズ両ランチの周辺地区に到着した。

ゴーラー・ウォッシュをさかのぼる旅の途中には、旅行者が泊まろうと思えば泊まれる小屋が数軒ある。この地域の小屋はすべて開放されているのだ。この悪路をのぼる途中、最初に出くわすのがニューマン小屋である。信じがたいことだが、ワーナー・ブラザーズが所有するロウタス鉱山と呼ばれるものがあり、そこには二軒の家屋と山腹に建てられた鉱山用の縦坑をおおう建物がある。

およそ五マイル進むと、道路はサワードウ・スプリングスで二股に分岐する。左の分岐路は北へ向かい、メンゲル峠を越えてデス・ヴァリーに至る。真正面の分岐路は、まずバーカー・ランチ、ついでメイヤーズ・ランチに通じている。バーカー・ランチは二軒のささやかな小屋と三つ目のいくぶん大きめなランチの建物から成っている。バーカー鉱山自体は、ゴーラー・ウォッシュのさらに下方の、危険な、徒歩でしか行くことのできない岩壁のふちにある。くず鉄屋が、鉱石を悪路まで運び降ろすホッパーと鉱山用車両のためのケーブルや金属製品を持ち去ってしまってから、長い歳月がたっていた。

ゴーラー・ウォッシュをさらに東へ進んで、彼らは母屋、トレイラー、数軒の離れ小屋を含む手入れのゆきとどいた一連の建物から成るメイヤーズ・ランチに達した。

灌漑された土地では、あらゆる種類の野生果実、ブドウ、野菜が育てられていた。それらの植物は丘陵の中腹に掘られた井戸から水の供給をうけていた。彼らは数日間、メイヤーズ・ランチに滞在したが、メイヤーズの祖母から引き続きとどまる許可をもらえなかったので、ゴーラー・ウォッシュの下手にあたる、メイヤーズ・ランチの西方四分の一マイルの荒れ果てたバーカー・ランチに根拠地を置いた。

現地の鉱夫であるバララット・ボブという男が、およそ三年半にわたって、このバーカー・ランチを基地にして試掘を続けており、多少ともそこの維持を受け持っていた。バララット・ボブは遠出の試掘に使う目的で数頭の野生の小さなロバを馴らしていた。ファミリーがバーカー・ランチに着いた直後、すなわち一九六八年のハロウィーンのころ、バララット・ボブが一人の友だちをつれてあらわれ、彼のねぐらに収まっている裸のヒッピーたちを見つけた。しかし、この辺鄙な地域を警察はけっしてパトロールしなかったので、そんな事態に直面しても彼にできることはあまりなかった。

バーカー・ランチは柵によって囲まれている。柵の内側は、四十年ないし五十年かけて積もった砂漠の岩屑でおおわれている。そこには数台の壊れた古トラック、鶏小屋があり、さらに裏手の丘陵の上に西洋梨の形をしたコンクリート製の古いプールがあった。

敷地内には、古い採鉱用のボール・グラインダー*の一部、第二次大戦の古い航空機の機体、翼のタンク、多数の操縦席の残骸などがあった。ゴーラー・ウォッシュをさらに便利な進入路にするため、バララット・ボブが使用した巨大なタイヤもあった。デューンバギー車などをたえず利用していると、空転したタイヤが砂利をすべてはじきとばして、玉石をさらけだしてしまうので、四輪駆動の車でさえも、この悪路の突破を不可能にしてしまうのだ。

バーカー・ランチの母屋は、ストーブと冷蔵庫を備えた台所つきの、Ｌ字形の建物である。このときは電気が切れていた。最も近い送電線でさえ、この辺鄙なランチから五十マイルのところにあるので、電気を得るためには発電機が必要だった。コンクリート製の浴槽とシャワーがあり、小さな薬品棚が洗面台の上にあった。その下には二十二インチの物入れがあり、一年後にマンソンはこのなかに隠れているところを発見される。ランチの母屋にバララット・ボブの寝室と、ファミリーを収容するマットレスの安息所があった。

ファミリーの交通手段は、ファニタのダッジ・キャンパー**と、デニス・ウィルスンが彼らに与えた、グレッグ・ジャコブスンのジープだけだった。

そこはマンソンにとって楽園だった。彼は公園警備隊でさえほとんど巡回しないこの荒地で、やりたい放題のことができた。そこは、メキシコのクテュルのような遠隔の地だった。

マンソンは、本鉱脈を探し求めてデス・ヴァリー高地をたえず熱心に歩きまわっている金試掘人たちと親しくなった。彼はよく種々の石英鉱脈から岩塊を拾ってきては、試掘人に見せた。デス・ヴァリーには少数ではあるが何人かの若い鉱夫がいて、そのうちのある者はマリワナ煙草をふかし、ある者は長髪だった。夏の夜、試掘者のキャンプでロック・ミュージックや金鉱さがし、鉱物やグレイトフル・デッドについての会話が交わされるとは、じつに奇妙である。年かさの鉱夫のなかにもマンソンと懇意になる者があらわれ、彼らはマンソンが有望な岩塊を発見した場所をたずねた。何人かの鉱夫に見込みのある採掘請求地を教え、彼らはそこからでた金の利益配分を保証した、と彼はのべている。

ホピ族インディアン***の伝説に「第三世界からの出現」と呼ばれる神話があり、この神話はホピ族が地球の表面に住むためあとにしてきた広大な地下世界について物語っていた。マンソンは〝穴《ホール》〟が存在するなんらかの地質学上の可能性がある、と信じて

*　研削盤の一種。

**　キャンピング・カー。

***　アリゾナ州北部に住むプエブロ族の一種族。

いた。

一九六八年秋のあるとき、マンソンはこの〝穴〟の探索にとり憑かれた。彼は〝穴〟が大地下都市で、そこでならファミリーとともに生活し、アメリカ文化の背徳から逃れることができると思った。「おれは、地下を北へ向かう河に通じている、砂漠のなかの穴を発見した。地下を北へ流れる河はどこに行きつくのかと考え、それを底なし穴と呼んだ。ボートを浮かべることもできる。おれはその穴をおおい隠してしまった。そして、〝悪魔の穴《デヴィルズ・ホール》〟と呼ぶことにした」

だれが、あるいはなにが、地下の楽園が彼とその信奉者たちを待ちうけていると信じこませたかは、不明である。おそらくはLSDによるトリップ中の幻想であろう。確かなことはわからない。地下のアマゴーサ川*によってつくられた巨大な都市規模の洞穴がデス・ヴァリーの下に存在するという伝説が、過去にもあったことは、周知のところである。

その主張によれば、デス・ヴァリーは想像上は広大な開けた地下領域を持つことができる層群とともに発達した地質学的な〝庭〟なのである。しかし、彼らが信じるに至ったように、チョコレートの泉や食べ物の木々があり、先住民族が住んでいた場所では絶対にありえない。

ファミリーは一九七〇年に入ってからも、アマゴーサ川への通路がデス・ヴァリーの端のどこかにあると主張していた。彼らは楽園への入口を秘密にしておく、ある種の秘教の陰謀があると感じていたので、〝穴〟への隠れた通路を発見しようとして、しばしば〝穴〟の偵察にでかけた。マンソンは〝穴〟への道を個人的に知っていて、そこへ行けると主張していたか、信奉者たちにそう信じこませていたようである。

その〝穴〟の入口の一つは、デス・ヴァリー国定記念物区域がわずかにネヴァダ州にかかった部分、すなわちこの記念物区域の三角形をした西北端にある、いわゆる〝悪魔の穴〟だったと推定される。ファミリーによれば、偶然の訪問者から守られているこの〝悪魔の穴〟は、満々と水をたたえた不吉な底なし穴で、盲目の魚が住むところである。二人のスキン・ダイバーが数年前、底まで行こうとして溺死している。

興味を持った者が〝悪魔の穴〟へ行こうとするには、州道一二七号線からデス・ヴァリーに入り、デス・ヴァリー・ジャンクションと呼ばれる町まで北上する。そこから右へ曲がり、アッシュ・メドウズ牧場《ランチョ》にでる。ついでカリフォルニア＝ネヴァダ州境を越える北へ向かう郡道を進めば、〝穴〟に到着する。マンソンはこの〝悪魔の穴〟が彼自身の探し求める〝穴〟への鍵であると見なした。

三日にわたって〝穴〟の端に、わびしくそっととどまりながら、マンソンは底なし

＊　デス・ヴァリーの中心をほぼ南北にわたって縦断している。

井戸のような穴の意味を黙想し、熟考した。やがて、〝悪魔の穴〟の水は、〝地下世界《アンダーワールド》〟への入口を閉ざしている扉あるいは封鎖機構に違いないということが、彼の頭にひらめいた。だから、水を汲みだしてしまえば、チョコレートの泉のある〝黄金の穴《ゴールデン・ホール》〟が現われるのだ。

彼は〝穴《ホール》〟の排水を検討するためポンプ会社に相談してみたが、おそらくは排水代金三万三千ドルの見積りをきかされたはずである。

形而上の世界でマンソンは、黙示録の重要な数章の中から〝穴《ホール》〟の存在についていっそうの確信をえた。黙示録第九章に予言されているように、底なし穴《ピット》（puteum abyssi）からいなごの大群が行進してくるという世界はなかなかヒップだといえるだろう。*

チャーリーの変身のために、新しい〝人格〟があらわれようとしていた。デス・ヴァリーの下の底なし穴から現われた悪魔である。ウー・イー・ウー！

砂漠で迎えたその秋のあるとき、マンソンは高地砂漠の冷気のなかで裸で長時間にわたる黙想の期間を経験し、死を発見した。マンソンはデス・ヴァリーで生きたガラガラヘビをつかみ上げたとき〝最終的な死〟を経験したという伝説が、彼の信奉者たちの間にひろまっていることは事実である。ポール・ワトキンスは、彼とチャーリーがある日、ガラガラヘビに出くわし、チャーリーがワトキンスに、その前に坐りこみ、ただのヘビだと思えと信じこませようとしたと語っている。

　荒野での天啓において、マンソンは幻覚剤服用時の典型的な経験を味わったようである。おそらく、シロシビン**でも服用していたのだろうが、それは死への服従の経験であった。

　チャーリーは砂漠で黙想中に得た最後のひらめきについて常に語っていた。

「あるとき砂漠を歩いていて、天啓をうけた。おれは四十五マイルほど歩いたが、それは砂漠を歩くにしては長すぎるものだった。大陽が身を焦がさんばかりに照りつけ、死を受け入れようとは思っていなかったので、恐ろしかった。舌がふくれあがり、息もたえだえになった。おれは砂の上に倒れた。

「砂をにらみ、目のすみからその岩を見た。それを見つめながら、意識もおぼろげに『ここはもってこいの死に場所だ』と思ったことをおぼえている」

　そして彼は笑いだした。「おれは気ちがいのように笑いだした。ものすごく幸福だったのだ」。やがて彼は「楽々と」立ち上がり、十マイル前進し、無事帰還した。


*　第8章参照。

**　メキシコ産のキノコなどからとれる幻覚剤の一種。

マンソンはデス・ヴァリーで食肉動物を食う食肉動物であるコヨーテに大いなる慈《いつく》しみをもつようになった。種々の食物を追い求めるにあたってコヨーテ以上に悪どく、横暴なものはほかに例を見ない。

彼は、ここでコヨーテ偏執狂と呼ぶ精神状態を称賛しはじめる。コヨーテ偏執狂に関する基本的なマンソンの言葉は、次のようなものである――「キリストは十字架に、コヨーテは砂漠にいる。それは同じことなのだ、わかるかね。コヨーテは美しい。こいつはあらゆることに気づき、あたりを見まわしながら敏感に砂漠を徘徊する。あらゆる音をききとり、あらゆる臭いをかぎとり、動くものすべてを見るのだ。常に完全な偏執症の状態にあるのだが、完全な偏執症とは、完全にめざめているということだ。子どもから学ぶのと同様に、コヨーテから学ぶことができる。赤ん坊は恐怖の状態でこの世に生まれる。完全な偏執症とめざめの認識は……」

グレッグ・ジャコブスンは、ウィルスンがマンソンに与えてしまったジープをとりもどそうとした。そこで一九六八年十一月二十四日、ジャコブスンとデニス・ウィルスンはジープをとりかえすため、車でデス・ヴァリーへ向かった。ジャコブスンのジープは長いゴーラー・ウォッシュのどこかに故障したままおいてあったので、彼らは修理してもらうためトローナまでジープを牽引することになり、マンソンを同行させた。ゴーラー・ウォッシュを走行中、ジャコブスンが一匹のクモを轢いてしまったが、そのことはマンソンを怒らせた。クモよりは人間が大切だとジャコブスンはいい張った。

ジャコブスンとウィルスンがマンソンをデス・ヴァリーからロサンジェルスまで連れだしたのは、マンソンが作詞した歌の発表を祝うためだったようだ。

二週間後、ジャコブスンは単車でゴーラー・ウォッシュにもどったが、危険な地形のせいで単車を壊してしまった。そのため彼はトローナへもどると、修理を終えたばかりのジープを受けとり、単車を後部にのせてロサンジェルスに帰った。

一九六八年十二月八日、キャピトル・レコードは「山の青い鳥」と「愛さぬことを学ぶな」（「在《あ》ることをやめよ」）が収まったビーチ・ボーイズのシングル盤を発表した。チャーリー・マンソンの名ものっていた。

だがもっと重要な出来事が十二月七日におこっていた。キャピトル・レコードが「セクシー・サディ」「ロッキー・ラクーン」「ブラックバード」「レヴォリューション９」「ヘルター・スケルター」などの傑作を三十の歌のなかに含む白いジャケットのビートルズのダブル・アルバムを発表したのである。ここに曲名をあげたものはすべてマンソンにより、彼の世界制覇を予言するものと見なされた。

マンソンはビートルズのこれらの歌があたかも神聖な文書であるかのようにうけとり、自分の解釈にもとづいてどのようにも理解できると感じた。ウィルスンとジャコブスンが一九六八年十一月下旬、マンソンをデス・ヴァリーから連れだしたあと、マンソンはトパンガ・キャニオンの入口にあたるトパンガ・レーンのスパイラル・ステアケイスの廃墟のそばにとどまっていたらしい。

マンソンと仲間が一年前に滞在していたスパイラル・ステアケイスの家は、その後、破壊されてしまっていた。マンソンは廃墟のそばにとめた青いバスに住んでいた。

一九六八年十二月上旬、マンソンはLSDを常用する腕ききの暗殺者、ブルース・デイヴィスをイギリスへの旅に送りだし、デイヴィスは約五カ月をイギリスで過ごした。

リトル・ポールは、デイヴィスに世界一周の旅をし、報告にもどってこいという命令を、マンソンが、例のリオに行ってココナッツを手に入れてこいという調子で命じたといっている。

事情はどうあろうと、ブルース・デイヴィスはふたりの旅仲間とともに、北アフリカ経由でイギリスへ旅立った。

デイヴィスが売りさばく目的で五百枚の一ドル銀貨をもって渡ったという話もある。テート＝ラビアンカ事件を詳しく知っている者は、事実デイヴィスがイギリスに銀貨を運んだかどうかについて、興味ある可能性に気づくであろう。*

ロンドンでは、デイヴィスは学習課程を修めるために、サイエントロジー教会に接近した。彼はサイエントロジー教会に雇われて、そこの郵便物室で働いた。だがサイエントロジー教会は彼が二、三週間たっても麻薬をやめなかったので、彼を解雇したということである。

デイヴィスはロンドンに数カ月滞在し、ロサンジェルスの高名な殺人課の係官によると、ロンドンで〝魔王の信徒《フラタニティ・オヴ・ルシファー》〟という、世界的規模の悪魔結社として知られている母体組織の熱狂的な一支部と親しくなった。ロンドンの、この悪魔崇拝教会の会員は、ちょうどマンソンが〝最後の審判教会〟を結成していた時期に、サンフランシスコとロサンジェルスにいたことがあった。

このオカルト結社の指導者は、すでに結成されているグループとの連絡・提携のために、何年ものあいだ世界中を駆けめぐっていた。たとえばトロントでは、一九六七年の悪魔祓い《エクソシズム》の儀式の最中に若い娘を打撲死させたある秘密結社と接触をもち、生活をともにしていた。

マンソンと彼の部下は、あっさりとこの悪魔結社に加わってしまった。なぜなら彼らには――ことにマンソンには、顧みなければならない人道的な価値観のもち合わせがなかったからである。マンソンの母親は、彼がまだ幼いころ、強盗罪で刑務所に送

＊ 後出。ラビアンカはコインの収集家だった。

られた。父親は蒸発して、どこかに消えてしまった。のちに母親は息子をひきとったが、十代になるより前に彼を非行少年施設に放りこんでしまった。彼には何もなかった。十九世紀の北インドのサッグの家族*の中で育つように成長し、人生のスタートから、サッグの暗殺集団の陰惨な殺人の人生を約束されていたのである。

この呪いは、オハイオ州東部の生まれ故郷でマイクという名で知られていたマンソンの息子にまでおよび、父親のマンソンがテート＝ラビアンカ事件で死刑囚監房に送られるより前におこったナイフによる喧嘩騒ぎの最中に、マイクはショットガンの銃弾で殺されている。

極悪な陰謀と犠牲者を狩り集める目的をもった秘教結社は、真の目的を見ぬかれたり、新しい信者をおびえさせないために、みせかけのおもてがまえを用いねばならなかった。たとえばある秘密悪魔結社は、〝オカルト・タッチ・デュープ**のための人間施設〟などと称する偽りの集団を結成し、心理療法の秘教講座を開設するといった広告を一般紙やアングラ新聞に掲載することになる。こうやってなにも知らない犠牲者を狩りあつめるのだ。マンソンのロック・グループ、ミルキーウェイも、ロサンジェルスにおけるその種の組織の支部の役目を果たしていたにちがいない。

マンソンはなんとこれに、〝エンカウンター〟セラピーという集団療法のテクニックを用いた。きわめてまじめな目的のために用いられているこの集団療法を、〝キリストにして悪魔〟の精神分裂症の販路拡張のために都合よく一部借用したというわけだ。悪魔崇拝のこの邪《よこしま》なセールスマンは、精神的な疾病にとりつかれた人々に強い駆動力を示すことができる吸血鬼のような連中なのだ。吸血鬼並みの悪魔崇拝主義者たちは、彼らの性癖について真実をほとんど語りたがらないのだが、人里離れた谷間の、ゾッとするような不気味な夜、衛兵や攻撃犬をパトロールさせながら、社会の落伍者の利用をはかるこの腐敗しきった吸血鬼たちは、誰に知られることもなく彼らの犯罪を犯すことができるのである。

流血を好む悪魔崇拝主義者たちについて、カリフォルニアのいわゆる白魔術《ホワイト・マジック》***と呼ばれる数多くの結社のあいだで、パニックに似た恐怖がひろがっている。頭を切り落とされた羊が埋められていたトパンガ・キャニオンの墓地の近くでは、ある結社の〝会員証〟のピンが発見された。羊の首は多分儀式に供えられたのだろう。悪魔の羊を描いた、根元が金のこの小さな悪魔のピンは、本書の資料調査中にインタヴューを行なった、比較的おとなしい宗教結社の会員たちに、明らさまな、破滅的な死の可能性を

* 十三世紀からつづいた暗殺集団。絞殺し略奪したあと死体をひそかに埋めた。
** デュープは、暗示、ペテンという意味。
*** 性善なる魔術。

暗示する警告となるに充分だった。

マンソンが加わった悪魔結社は、万物の創造と人間の心の働きを〝悪魔〟のものとみなしていた。「思考は悪魔の発明である」と彼は、のちに有名な歌手に語っている。その結社は黒人を憎悪する人種差別組織でもあった。ヒットラー、そしてことに鉤十字を崇拝していた。マンソンも鉤十字や、それを用いた装飾文字を好み、悪魔の絵を額や胸に描いたりした。

人間の心臓を食べて逮捕され、殺人罪で起訴されたこの悪魔教団のある男は、片方の手に鉤十字の刺青をしており、意味を明らかにしようとしないオカルトの秘密の刺青を全身に施している。この男のガールフレンドの胸にも鉤十字の刺青があった。彼は、いけにえとなった犠牲者の胸に鉤十字を刻むのが好きだったようだ。

この悪魔教団の教祖は配下の若い大聖《アデプト》たちを右腕にし、仕事にとりかかるために出陣するときには、受難の刑罰を身代りにうけてたのしむ大騒ぎに興ずるのだった。信者の一人は殺人容疑で拘留されたあと明らかにサンタクルスの大聖の訪問をうけており、いけにえを処理した手際を賞められた。彼がうけた命令は、「戦いの錠剤《ピル》、レッズを飲み、娘はいけにえとして捧げられねばならない」というものだったという。

野外のいけにえの儀式では、〝千の竜〟を飾った木製の祭壇が用意された。けものの形を刻んだ神殿のことらしい。また彼らは、持ち運びのできる〝細長い凹みのついた木製の死体テーブル〃を持っていて、いけにえをその上に寝かすか縛りつけたようだ。

死刑執行に用いられた道具は、フットボールの球のような握りの部分に溶接された六本一組のナイフだった。溶接された六本のナイフは長短さまざまで、死の球が祭壇に近づくにつれて、最も長いナイフの先端がまずいけにえの腹部を切り裂き、最後に他の端についた二本の短めのナイフが心臓部に突き立つようになっていた。かくして悪魔崇拝主義者たちは、彼らの悪を完遂したのである。いけにえの心臓は、儀式の参列者たちによって貪りくわれた。

さきほどの信者は、結社には捕えた獲物を焼く、持ち運びのできる火葬設備もあったといっている。いうまでもなく死体処理のためである。

いけにえの儀式には二種類の人間が参列したといわれている。一つは四十人前後の若者のグループであり、もう一つはもう少し年をとったグループで、その数も十五人前後だった。

非常に奇怪なことだが、サンタクルスの山中で〝悪魔〃あるいは〝大聖〃のボスによってとり行なわれたある儀式は、いけにえがみずからすすんで身を捧げたものだっ

＊　グレート・チンゴン。

た。このいけにえとなった若い娘は、一九六八年十一月のはじめ、ボウルダー・クリークの町の南で殺された。

ある証人の証言によると、この教団のいけにえの儀式はのちにサンタアナ山脈のオニール公園の周辺で行なわれたということである。儀式のいけにえとなったある人物は、〝悪魔の主《ヘッド・デヴィル》〟によって処刑される前にはげしく抵抗したとつたえられている。

この〝大聖〟の教団が行なった儀式のなかには犬類の処刑もあった。スーザン・アトキンスの話ではこれと同じ儀式が、もう一人の大聖、C・マンソンの参謀たちによってもとり行なわれたという。一九六八年六月以降、カリフォルニアのサンノゼ、サンタクルス、ロスガトス一帯の捜査官は、抜血され、発見時には皮をはぎとられていた数多くの犬の死骸を発見している。サンタクルス動物保護施設の所長の説明によると、「誰の仕業かしらないが、ナイフの使い方は熟練している。肉をまったくそこなわずに皮がはぎとられている。最も異常なことは、殺された犬の血が例外なく抜きとられていたことである」

のちにロサンジェルスの保安官たちが、スパーン・ランチの奥まった敷地内でファミリーによってキャンプ地に用いられていた場所を、牧場のスタントマン、ショーティ・シアーの死体を見つけるために掘っていたとき、おびただしい量の動物の骨（おもにニワトリ）が発見された。菜食主義を唱えるファミリーとしては、なんとも薄気味悪い発見ではないか。

この悪魔教団に属していた別の男が、ビッグサーの近くで警察に逮捕された。つかまった男は逮捕した警官にお定まりのセリフを投げつけたものだった。「どうしたらいいんだ。おれは食人種《カンニバル》なんだ！」。この男は、生血を吸う儀式に参加していたワイオミングのある大学のキャンパスで教団の仲間にスカウトされ、教義を吹きこまれ、カリフォルニアのくず連中の活動に加わることになった。

逮捕されたとき、彼は革の小袋の中から人間の指の骨をとりだし、三日前に殺して心臓をとりだして貪りくってしまった、いちばん新しい犠牲者の死体の隠し場所を自供した。

カリフォルニアの海辺でおこった凶悪な大量殺人――ある目撃者によると、頭巾とケープをまとった聖体行列の一群が、犠牲者たちに向かって、歌いながら海辺の丘を下っていったという――の直後のある日、マンソン・ファミリーの女の一人が、テート＝ラビアンカ公判の昼の休憩時に、その事件について興奮してしゃべっていた。それをやったのは〝マックスウェルの銀のハンマー〟でだった、といっているのを聞いたものがいる。ゲゲェッ！

いったいどうなっているのだろう。だれも逮捕されないのか？　めんどうな法手続きや厳格な捜査規制に縛られた警察は、どうやら殺人結社に関する正確な情報の収集に難儀しているようだ。陰険で、頭が良く、道徳的なあるいは倫理的な抑制心を欠いている一級の悪魔崇拝主義者は、めったにつかまらない。

十九世紀に、死の女神カーリを崇拝したインドの暗殺集団サッグの調査で指揮をとったサー・ウィリアム・スリーマン*は、この結社を粉砕するまでに何年も要した。当時の人々はこの事件にほとんど無反応だった。秘密の誓いをたて、強奪殺人をひそかにつづけ、カーリとして知られていた血に飢えた邪神に宗教的儀式を捧げるサッグという集団の存在を認めたがらなかったのだ。

宗教的規律の一部として——この場合は死の女神カーリ——ある集団が不気味な儀式の定めどおりに、人々を殺し、略奪し、拷問に似た責苦をあたえるなどということを、良きにつけ悪しきにつけ、災厄には無抵抗に従った当時の人々は、ただ単純に信じたがらなかったのである。

＊　一八二八—三五年。

7　死の谷からキャノーガ・パークへ

ヴォイティック・フライコウスキーとロマン・ポランスキーはポーランドのルージでいっしょに学校へかよった。殺されたとき、ヴォイティックは三十七歳だった。

周知のことだが、彼の父親はポランスキーの最初の映画『タンスをもった二人の男』の金主だった。彼はまた、ポランスキーのいくつかの作品でアシスタントをつとめた。二度結婚したが、その相手の一人は著名な作家アグネスキー・オシエツカだった。バルティクという息子があり、この息子は十四歳で、ポーランドに住んでいる。彼は芸術家と知識人（彼らのうちの何人かは西側へ逃げた）から成る、ある活動的なサークルの一員で、教養のある知的な男だった。

一九六七年の後半のあるとき、ヴォイティック・フライコウスキーはポーランドを離れ、パリに移ったが、そこでロマン・ポランスキーと出会い、いくばくかの財政的援助と激励を与えられた。

祖国の監獄のような状況から逃れたポーランドの作家や知識人は、できるかぎり相互に助けあっている。彼らは接触を保ち、おたがいの仕事を助け、ともにポーランドの祝日を祝いさえする。

一九六八年に入ってからまもなく、ヴォイティック・フライコウスキーは生活の場をアメリカに求めることにした。彼は勤勉にアメリカ語を学び、毎日メモをとってアメリカ人の話し方のニュアンスを知ろうとした。彼は詩に興味を持ち、アメリカ滞在中に詩も書いていた。小説家のイェールジ・コジンスキー*のような作家の友人からは、彼らの作品の鋭い批評家と見なされていた。

一九六八年一月のあるとき、フライコウスキーはニューヨーク市のあるパーティでアビゲイル・フォルジャーに出会った。アビゲイルは一九四三年に生まれ、サンフランシスコ上流社会の閉鎖的伝統のなかで育てられた。才能あるピアニストである彼女はまた、美術や絵を描くことに興味をもっていた。彼女はカリフォルニア州カーメルにあるキャタリーナ女学校とラドクリフ大学で教育をうけ、ラドクリフを卒業後、ハーヴァードの大学院に学んだ。

彼女の父親は、フォルジャー・コーヒー会社（現在はプロクター・アンド・ギャンブル社の子会社）の会長だった。アビゲイルの個人的財産は莫大なものだった。ある親しい友人は、税金を引いたのちの彼女の収入は一年におよそ十三万ドルだったと推定している。

一九六七年、彼女はバークレイのカリフォルニア大学美術館に雇われた。一九六七年の秋、彼女はニューヨーク市で生活するようになった。ある雑誌で働いたのち、世界で最高の前衛風書店のひとつ、四七丁目のゴッタム・ブック・マートにつとめた。

ゴッタム・ブック・マートで働いていたアビゲイルが、イェールジ・コジンスキーと知りあったのは、あるパーティの席でのことだった。その後、コジンスキーは彼女をヴォイティック・フライコウスキーに紹介した。ふたりともフランス語が達者で、彼は熱心にアメリカ語を学んだ。

一九六八年の秋、アビゲイルとフライコウスキーは〝ドライヴ・ア・カー〟のレンタカーでアメリカを横断して西海岸へ向かった。ふたりはロサンジェルスのウッドストック二四四七番地――ハリウッドヒルズのマルホランド通り《ドライヴ》からわきにはいったある家に移った。

彼女は人権平等を求める戦いに加わり、一九六八年の秋のあるときから一九六九年三月三十一日まで、ロサンジェルス郡福祉局の志願ソーシャル・ワーカーとして働いた。彼女の仕事の場所は、ロサンジェルス中心部の南地区で、よく知られていることだが、黒人貧民区《ゲットー》の子どもたちの面倒をみた。

＊ 邦訳に『異端の鳥』がある。

ロサンジェルスでは、アビゲイルとフライコウスキーは、シャロンとロマンの友人である映画俳優の世界に足を踏み入れた。彼らはマンソンとファミリーの友人を含む彼ら自身の友人も得たが、そのうちのひとりは、のちにポルノ・ヴィデオの古典となった映画に出演した女性シンガーで、近くの丘の頂に住んでいた。

アビゲイルの金は人々を惹きつけた。計画中の映画に資金をださせようとして、彼女に接近した野心的な映画製作者は、ひとりだけではなかった。彼女は理容界の大立物、ジェイ・セブリングと知りあい、彼のヘア・ショップと調髪剤の帝国に投資するよう説得された。セブリングを通じて、彼らは有名映画人の入り乱れる社会に友人、知己を得た。

一九六八年十二月下旬、アビゲイル・フォルジャーはおよそ三千五百ドル分のセブリング・インターナショナル社の株を買う契約をした。

一九六八年十二月、チャーリーと三人の娘は古いスチュードベーカーでネヴァダ州リノ付近の高級な観光牧場を訪れ、マンソンがその前年の夏デニス・ウィルスンの海辺の家で知りあったチャーリーン・カフリッツの客として、その牧場で二週間を過ごした。カフリッツ夫人は、離婚手続きに必要な最低居住期間をリノで過ごすことになった。

マンソンは物質的なものに関する無関心さという点で、この若い女性に大きな影響を与えていたようである。離婚が成立した結果、この女性には二百万ドルを越える富がころがりこんだ。この大金を彼女は、察しのよい協力者を得て、浪費癖にとりつかれた初期の段階におよそ十カ月間で使いはたしてしまった。

十二月の末に近いあるとき、ウォーニックという名の友人がこの若い離婚女性を車でリノからロサンジェルスまで送りとどけた。一九六九年一月、カフリッツ夫人はニューヨークへ行き、そこで一カ月間にさらに九万二千ドル使った。

あるときマンソンは、青いフリートウッド・キャディラックが欲しいと、この若い女性にねだった。彼女は間違って消防車のように赤いキャディラックを買ってしまい、彼は買いかえるようにいった。チャーリーは手に入れそこなったのだが、彼女はサラブレッドの馬を何頭も買いこんだ。

彼女はいろいろな品物を彼に買ってやったが、そのなかには、彼がのちに材木伐採を生業としている男にやってしまったチェーン状の刃のついた電動鋸や、スパーン・ランチの馬にたかるハエの大群を退治する大量のハエとりスプレーまでが含まれていた。

だれも話題にしたくないらしいが、カフリッツ夫人は、マンソンとファミリーについてのおびただしい数の映画をリノで撮影した。夫人はシャロン・テート、テリー・

メルチャー、および来るべき悲劇のその他多数の関係者の友人でもあった。

何人かのファミリーのメンバーが、一九六八年末と一九六九年初頭にどこに住んでいたかということについては、さまざまな説がある。あるものはデス・ヴァリーに、何人かはトパンガ・キャニオンに、ひとりもしくはそれ以上がイギリスに、またあるものはハリウッドヒルズのローレル・キャニオンに、といった具合に彼らはあちこちに散らばっていたようである。

以前ファミリーにいたある男は、四人から六人のファミリーのメンバーから成る一グループがローレル・キャニオン大通りの、カウボーイ俳優トム・ミックスの持ちものだったことのある丸太小屋風の家に住んでいたとのべている。彼らは一九六八年暮の数週間を、その家の背後の洞穴のような穴で過ごしたらしい。

その年の暮、ハリウッドヒルズで、ファミリーと関係があったと思われる若い娘の残忍で忌わしい殺人事件がおこった。

十七歳のマリーナ・エリザベス・ヘイブはハワイ大学（彼女はそこの学生だった）から休暇のため帰郷していた。十二月二十九日日曜日、彼女はファミリーの古い友人である二十二歳のジョン・ホーンバーグとデートした。その夜遅く、午前三時三十分ごろ、彼女の母親であるエロイーズ・ハートは自宅の車寄せで物音がするのをきいた。窓ごしに外をうかがった彼女は、マリーナの赤いスポーツカーのわきに立っている男を認めた。黒いセダンが車寄せにあったとハート夫人はあとでのべた。

その男は「行け」といった。そしてセダンに乗りこみ、あわてて消え去った。車のなかにはふたりの男がいたようだった。ジョン・ホーンバーグは警察に次のように語った――ふたりはあちこち立ちよったあと、サンセット・ストリップのあるクラブに寄った。ふたりで夕べを過ごしたのち、ミス・ヘイブは彼とともに彼の両親の家に帰り、イヴニング・ドレスからカプリ・パンツ、白いタートルネックのセーター、茶のコートに着がえ、車で帰宅した、というのである。

彼女の死体は一月一日、ボウモント通り《ドライヴ》の西方百フィートのマルホランド通り《ドライヴ》わきのうっそうと茂った雑草のなかで発見された。そのような憎悪を人間に対してそそぐことができるのは狂人だけである。目に打撲傷、喉と心臓に切り傷があり、火傷を負い、強姦され、片方の靴以外はなにも身につけていなかった。ファミリーの元メンバーの証言によれば、マリーナ・ヘイブはファミリーのメンバーと顔見知りであった。マンソンはジョン&ミッシェル・フィリップスのベルエアの自宅で『ヘアー』の出演者のために催された十二月三十一日夜のパーティに出席していたようである。

一方、シエロ通り《ドライヴ》の邸宅では、テリー・メルチャーは休日の間に持ち物を動かしはじめ、一九六九年一月、カリフォルニア州マリブのマリブ・ビーチ通り《ロード》二二一二六番にある母親のビーチハウスに移った。

マンソンは一九六九年一月、デス・ヴァリーにもどった。一九六九年一月上旬、リトル・ポール・ワトキンスは、荒れ地で乗りまわすのには不適当なファニタの赤いダッジ・ヴァンを、四輪駆動の五三年型インターナショナル・スカウトのジープと交換するために、代表団を率いてバーカー・ランチからラスヴェガスに向かった。

ワトキンスとファニタがロサンジェルスにいる間に、チャーリーは、ブレーキ・シューを修理してもらうため、現地の消防署員に、ゴーラー・ウォッシュの入口から緑と白のバスを引きだしてもらっていた。やがて彼らは北方からバーカー・ランチに達する二、三百マイルの長い、環状のルートを知った。チャーリーは生まれたてのシラミが這いまわるバスを北へ走らせた。エミグラント峠を越え、ストーヴパイプ・ウェルズを迂回し、タッキー山の周囲をまわり、デス・ヴァリーの中央部に入った。ここで彼らはショショーニという小さな町に立ち寄った。町の人々は、荒野にスクール・バスを無造作に乗り入れることに、ちょっとおどろいたことを覚えている。

ショショーニをでたバスは、数えきれない巨大な焼けつきたマッチの頭でできた大きな長方形のパンの塊のように見える、広大な段々状の丘陵をいくつか越えて、西へ向かった。彼らは、ソールズベリ峠とジュビリー峠を通過して、水の涸れたアマゴーサ川に近づいた。そしてアッシュフォード・ミルズのそばを通り、最初に出会った砂利道に従って左へ折れ、「注意――この道路、毎日の警備パトロールなし」と記された掲示板を横に見ながら西北へ進んだ（グルジエフ*は荒地の道路地図を信用するなといっている）。ある者が持っていたイニョー郡の地図は、分岐点がアッシュフォード・ミルズの東方にあると教えているが、実際には分岐点は西方にある。しかし現在では道路はまた変わっているかもしれない。こういった荒地の道路は、郡の地ならし業者が年に四回ほど地面をひっかいてつくる道路だからである。

バスはデス・ヴァリーの河床からパナミント山脈の東側に通じる長いリボンのような道をのぼった。

ウィンゲート・ジープ道路のところで、「ウォーム・スプリングスへ四マイル、アンヴィル・スプリングスへ十八マイル」という標識のそばを通り、もう一度左へ折れた。

バスはその地点からのろのろ前進しながら、黒地に白い文字で「火器禁止」と書かれた掲示板を横に見てデス・ヴァリー国定記念物の区域に入っていった。

「チャーリーはものすごく運転がうまかった」とクレムは一年半後、同じ道を通ったときいった。マンソンによって数件の奇蹟が行なわれたといわれるのは、荒れ地を越えてバーカー・ランチに向かうこの旅行でのことである。

＊　一八七三―一九四九年、ロシアの大魔術師。

緑と白のバスは曲がりくねった、砂利だらけの信じがたいような河床の道を越えることを余儀なくされた。ある地点で彼らは一つの車輪を壊してしまった。さらにバスの床が裂けてしまった。クレムは、チャーリーがバスを河床のごつごつした岩の上にこすらせたのだといった。そして娘たちは、当然のことだが、石と板で道の穴をたびたびふさがなければならなかった。

徐々にウォーム・スプリングス・ヴァリーの奥に進むにつれて、道は渓流の河床そのものになりはじめた。四マイル行ったところに、山腹の巨大なベビー・パウダーの丘のような滑石鉱山群があった。温水泉のところでバスは一群の木々、ガソリン・ポンプ、鉱夫のトレイラーのそばを通過した。

バスが滑石鉱山のそばを通過するとすぐ、道はさらにひどくなったが、それは明らかに市場へ滑石を運ぶトラックが、メンゲル峠方向への進入路としてよりは、退出路としてこの道を使ったからであり、そんなわけで試掘者とキャンパーだけが、黒と白の〝斑《ストライプト》の〟のビュート*ヴァリーを通るこの道の利用者だった。

苦難のカオスのような道に入ったファミリーが経験したのは、バウンドの連続だった。道の分岐点に達すると、「ジープ用道路——ビュート・ヴァリー」という標識が左側の道についていた。右へ行けば、道はさらに多くの滑石鉱山の周囲をカーヴしていた。野生の小さなロバの群がビュート・ヴァリーを歩きまわり、コヨーテが細い鼻をグリースウッド**の茂みからのぞかせて、わがもの顔にうろついていた。

バスはどうにかこうにか深い渓谷の底からメンゲル峠を越え、未踏のゴーラー・ウォッシュを五マイルほどがたがた揺られながら、バーカー・ランチに達した。彼らはそこにとどまった。

まさに奇蹟的に、バスはバーカー・ランチに到着したが、現在ではそのエンジンは取り払われ、バス自体はバララット・ボブの鶏小屋の前におかれたままである。バスの後部フェンダーの上に、だれか冷笑的な人間が残した「アメリカ。それを愛せ、さもなくば捨てるべし」と書かれた赤と白のステッカーがはってある。

一方、神聖なるゴーラー・ウォッシュの高地砂漠では、なにもかもがブルルッとふるえはじめていた。〝さむけ〟が裸体生活に影響を与えた。冬が忍びよっていたのである。

マンソンはもっと適当な居住地をさがすために「ごく少数の者を連れて」消えた、とブルックス・ポステンは詳しく説明している。

明らかに一九六九年の初めには、住居の問題があった。なんらかの事情によって、

*　ビュートは孤山の意味。

**　アカザの類の棘のある灌木。

彼らはスパーン・ランチにもどることを妨げられていたのである。

スーザン・アトキンスはトパンガ・キャニオンのブキャナン・ランチにある家で暮らしながら、短い時間を過ごした。彼女はロリーという名の男といっしょだった。これは、マンソンがサディをファミリーから追放し、彼女から赤ん坊のジーゾ・ザドフラックを取りあげたときのことだったようだ。

ブキャナン・ランチのサディの友だちは、どうやったらジーゾを奪いかえせるか計画をねっていた。サディが積極的にマンソンをやりこめ、彼女の自主性を主張する光景は愉快だったらしい。それは、ある日、マンソンが崖のてっぺんにあらわれて、サディを見下ろし、こっちへこいと合図しながら「サディ！」と叫ぶまで続いた。そのあとで、サディ・グラッツはファミリーにもどった。

とにもかくにもチャーリーは、スパーン・ランチからあまり遠くないサンフェルナンド・ヴァリーのキャノーガ・パークのグレシャム通り二一〇一九番地に住居を得た。彼らは母屋とそのうしろにある小さな来客用の家を占拠して、そこに音楽設備とコミューンをつくりあげた。

グレシャム通り二一〇一九番地は、円柱のあるポーチつきの貧弱な赤屋根の建物と、その背後のささやかな〝来客用の小屋〟から成っている。左手には、車が二台入るガレージを前において、数棟の馬小屋がある。

デヴォンシャー通りに向かって泥道を行くと、さまざまマンソンの仲間が住んでいたアイランド・ヴィレッジ・アパートがある。

丘陵から北方へサンフェルナンド・ヴァリーを分断しているのが、巨大な舗装した豪雨用排水路というべきブラウンズ・キャニオン・ウォッシュである。この排水路は、グレシャム通りの建物のすぐ西側を走っており、マンソンはヘルター・スケルターの本拠地であるデヴィル・キャニオンからグレシャム通りの家までデューンバギーを走らせるのにこの排水路《ウォッシュ》を利用した。

マンソンは申し立てによれば、デス・ヴァリー・ヒルズに住んでいることになっていたので、連邦政府の保護観察の管轄は、ロサンジェルスからサンバーナディーノにかわった。一九六九年一月十七日、マンソン担当の新しい連邦保護観察官が、デス・ヴァリーの彼を訪ねようと試みた。この役人はバララット雑貨店までたどりついたが、そこである老鉱山師から、ファミリーのキャンプを訪ねたいのなら、滝をのぼって七マイル歩かなくてはならないという話をきいた。彼は訪問計画を放棄した。

一週間ほどのち、グレシャム通りの家でマンソンは、ファミリーの残りを移転させるため小人数の一隊をバーカー・ランチへ派遣した。ブルックス、ファニタ、ヴァイオリン弾きのジプシーは、財産を守るためバーカー・ランチに残された。

一週間後、ファニタとワトキンスがラスヴェガスでダッジ・キャンパーと交換して得たインターナショナル・スカウト・ジープが、ゴーラー・ウォッシュに到着し、残っていた三人をキャノーガ・パークのグレシャム通りの家まで運んだ。一九六九年二月一日前後から二十日まで、彼らは全員グレシャム通りのみすぼらしいコテッジにとどまった。

この時点においてはグループの特定の活動の強い動因となるような刺激は乏しかったが、ブルックス、T・J（テリブル・T・J）、ファニタなどが新しいジープで砂漠からもどった日に、グレシャム通りの家で行なわれた有名な〝模擬死パーティ《デス・モックアップ》〟に関しては豊富な調書がある。

それは一行が砂漠から到着し、小ぎれいななめし革で盛装したときのことだった。そして彼らは〝仮想死体〟の周囲に坐って、自分の死を精神的に経験するために、それを真似た。なんともおもしろそうな話ではないか？

一部の者は麻薬を服用し、部屋の中央に静坐していた。彼らは計画はそっちのけで歌を書きはじめてしまった。チャーリーはこの集いの真ん中に坐っており、話題はいつも最新のテーマである殺戮についてだった。チャーリーが「死ね」というと、全員が横になり、死んだふりをした。ポーという娘が「チャーリー……オオオオッ！」と叫びはじめた。ポール・ワトキンスはこの有名なパーティについて、「わたしはチャーリーが、死ねというのにじっと耳を傾けていた」といい、死ぬ方法を思いつこうとしたが、うまくできず、チャーリーが「死ね」といったとき、横になり、「死んだようにふるまった」と、証言している。他のだれもが同じようにし、ボーは叫び、チャーリーは指を動かしながら部屋の中央に坐り、仮想の混乱状態について、それがどんなに素晴らしいかを語った。

　ブルックス・ポステンは自由に失神状態におちいることができたらしく、チャーリーは彼に死ぬよう命じた。そこで彼は死んだ。彼は失神状態におちいり、それは三日間、別の証言によれば五日間続いた。彼は居間の寝椅子に横たわりながら消耗してゆき、一方娘たちは彼の生理機能のあと始末をずっとやり、チャーリーでさえ彼を正常にもどそうとしたが、できなかった。そんなわけで五日目に、驚くべきことだが、チャーリーは彼自身の刺しゅうをした灰色のコールテン地の神聖なチョッキを、象徴的なおしめとしてブルックスの下に敷くように命令した。イエス・キリスト自身のチョッキがおしめとして使われるという事態におそれおののいたのか、ブルックスは意識を回復した。あるいはそう語り伝えられている。

　この三週間におよぶグレシャム通りの家での滞在中に、有名なマンソンのゴッブル*の奇蹟が起きた。ＬＳＤによって最高潮の気分になったマンソンは、ヒステリー症の

＊　大口にかぶりついて飲みこむ。

ボーという娘にフェラチオをさせていた。彼女は出目で長い髪をした小柄なマゾヒスティックな娘で、チャーリーがお気に入りの苦痛を与える対象のひとりだった。

伝説はさらに、このゴッブルの儀式の最中にこの娘が発狂し、ひと嚙みでマンソンの睾丸一対を嚙み切ったという具合に続く。そして魔術的な奇蹟によってマンソンは、すぐさま悲劇的な切断部分を縫合し、ことを進めたのだという。

一方ハリウッドでは、一九六九年二月十八日、チャールズ・マンソンが彼の保護観察官のもとに出頭し、現在ロサンジェルスに住んでいることを告げた。彼の保護観察の管轄はその後、サンバーナディーノからロサンジェルスの事務所にふたたび移された。彼は担当の保護観察官に、高い山々で雪がとけるときがくれば、荒野にもどるだろうと語った。

同じく一九六九年二月十八日、酔っぱらった操縦士と三十五人のギャンブラーを乗せたDC3〝ギャンブラーズ・スペシャル〟機が、ネヴァダ州ホーソーンからカリフォルニア州ロングビーチへ飛行中、カリフォルニア州ビショップ付近のホイットニー山の雪のなかに墜落した。噂によれば、この墜落機は雪がとける夏が訪れるまで、深い雪のなかに埋ずもれたままだった。機体と死んだ乗客は捜しあてられたものの、すべての貴重品と現金は奪いとられ、被害総額は二十五万ドル前後に達した。

非難の矛先はためらいなく、マンソンとそのデューンバギー部隊に向けられた。ある脱走したファミリーのメンバーは、信じがたいことだが、墜落機の機体の一部がファミリーによって、彼らのデューンバギーを飾るのに使われたとのべている。

　一九六九年二月二十日前後、チャーリーはブルックス、ファニタ、T・J、ボー、メアリー・ブランナー、シェリという名の白人女性（おそらくは、サイミ・ヴァリー・シェリであろう）から成る一隊を、デス・ヴァリーに派遣した。

　そのころゴーラー・ウォッシュは豪雨に見舞われ、ランチの建物が浸水した。この洪水の直後シェリとファニタおよびその他の者が食糧を得るためカリフォルニア州ショショーニとラスヴェガスにでかけた。帰る途中で彼らは、ショショーニに立ち寄ったが、ここで現地の保安官補の娘をまきこんだ悪名高い麻薬パーティが起こる。

　カリフォルニア州ショショーニに駐在するイニョー郡の保安官補は、町の近くでトレイラー・キャンプに住んでいた。彼には十代の義理の娘がいた。彼女はファミリーのメンバーと親しくなったらしい。シェリとその他のメンバーは、この町を通過するとき、トレイラーに寄り、保安官補の若い娘にもてなされた。リトル・ポールはこの出来事を次のように語っている――「彼女がファミリーといっしょに灌木の林に入ってマリワナ煙草を吸っているところへ保安官補がきて『なにをやってる』と訊いた。義理の娘は『マリワナを吸ってるのよ、ダディ』とこたえたんだ」。ものすごく怒った保安官補は当然の処置をとった。義理の娘をすぐ親類にあずけ、そのあと麻薬の倉庫といわれたバーカー・ランチの手入れを行なったのである。

だれかがロサンジェルスのマンソンに報告したので、彼はただちに大型ヴァンをバーカー・ランチへ派遣し、ファニタとブルックスを除く全員を呼びもどした。残ったふたりは夫婦をよそおうよう命令された。結婚しているカップルのふりをすれば、どのような形式の逮捕をもまぬがれるだろう、と考えたのである。

当の保安官補ともう一人の保安官補、およびデス・ヴァリー国定記念物地区の公園警備隊員数人がバーカー・ランチにやってきて、マリワナについて訊問した。それだけのことだった。マリワナについて何も知らないのだから、話にもならなかった。手入れは失敗だった。

ファニタとブルックスは一日一食なら二週間はもつ食糧を持っていた。ファミリーの他のメンバーはそこを去るとき、ファニタとブルックスにすぐ迎えをよこすと約束した。マンソンとその他の者は、殺人ののち六カ月間、デス・ヴァリーにもどらなかった。

8 ヘルター・スケルター

一九六九年三月一日ごろ、ポール・クロケットとボブ・ベリーという名の二人の鉱夫が、バーカー・ランチに現われ、マリワナ手入れののちここで暮らしていたブルックス・ポステンとファアニタを発見した。ボブ・ベリーは前年の秋にこのバーカー・ランチ地域をおとずれ、明らかに楽しい時を過ごしたらしい。五十年配の男で、サイエントロジーの知識に精通した弁舌の立つクロケットは、ニューメキシコ州カールスバッドの自宅を出て、金鉱を発見しようとゴーラー・ウォッシュへやってきたのだ。

この出会いから数週間もたたないうちに、ボブ・ベリーとファアニタは恋におちた。二人はついに結婚し、彼女はマンソンの支配下からのがれることになった。

ボブ・ベリーとポール・クロケットは、バーカー・ランチの母屋の左手にある、小さなタール屋根の小屋に住みついた。二人は、本鉱脈を探りあてようと、パナミント山脈、ウィンゲート・ウォッシュ、さらに南に下ってドラ・キャニオンなどにある旧採鉱地を探索した。夜になると、ベリーとクロケットは、ブルックスとファアニタ、それにポール・ワトキンスがロサンジェルスから帰ったのちは彼も交えて、すわりこみ、おしゃべりをして過ごすことが多かった。鉱夫であり、哲学者であるポール・クロケットが強く印象づけられたのは、ポール・ワトキンスとファアニタとブルックスが、チャーリーという謎の人物に対していだいているはかり知れない恐怖だった。

クロケットは、山腹から鉱石を運び下ろす作業の手助けに、ポステンを雇い入れた。鉱山業者が、バララット雑貨店などの貯蔵所から、必需品をジープで指定鉱区やキャンプまで毎週運搬させるために人を雇うのはよくあることだった。クロケットは、この暗示にかかりやすい、やせた若いテキサス男ポステンに、いつもたくさんの食糧を注文させた。二人は昼間、旧採鉱地、旧鉱山や露頭を調査し、夕暮れにランチに帰るときは、鉱石見本を携えて下りてきた。彼らは、鉱石一立方インチを四十の破片に砕くことができる砕石機でその見本をこまかくし、鉱物見本中にどれだけの金が含まれているかを見るために金を選別した。

この年の春のある日、ポール・ワトキンスはファアニタとブルックスのもとを訪れ、そこでクロケットに出会ったのである。リトル・ポールはスパーン・ランチへ帰り、〝サイエントロジストたち〟がバーカー・ランチを占拠したという恐るべき知らせをもたらした――この知らせはファミリー内部に恐怖の反応をひき起こした。

ワトキンスはチャーリーを説きふせ、自分をバーカー・ランチにもどらせてほしいと主張したが、多分これは、その自称サイエントロジストたちを監視し、本鉱脈を発見するためだったのだろう。一九六九年春には、数度にわたってマンソンと仲間たちがバーカー・ランチへ押しかけようとしたが、いつも何か支障が起きた。魔法の光線が彼らの邪魔をしたのだろうか？　それとも、サイエントロジストたちが、ファミリーを近よらせないための方策をめぐらしていたのだろうか？　クロケットは、自分が念力を用いてファミリーの近づくのを妨げたという幻想を打ち消そうとはしなかった。事実、彼はマンソンがデス・ヴァリーの残留者たちに危害を加えにもどるのを妨げる魔法の力を発揮した、とみずから信じこもうとしていたらしい。ファミリーは、魔法の光線と力が、自分たちが聖なる〝悪魔の穴〟にもどるのを邪魔していると信じはじめていたようだ。光線恐怖症のマンソンは、明らかにクロケットの力を信じこんでいた。

　ワトキンスは、彼の言によると、いくつもの殺人計画を知って、ファミリーから脱け出そうと決心したという。こうして彼は、クロケットの保護下に入ることになった。「クロケットは、チャーリーがどのようにして全行動を開始するか知っていた。おれは、ポールのところへ行って、『ポール、おれをここから救いだしてくれ！』といった。まったくおれは、とことんまでまきこまれちまった！　手を使って、しっかり目をあけてたんで、おれはなんとか逃げだすことができたんだが、クレムやサンディ、リン、ジプシーたちは、あそこから脱けだすことができなかった。つまりおれのいうのは、やつらはチャーリーを殺すこともできたのに、それでもまだ離れようとしなかったということだ」

「あんたをそこにとどめさせたのは、そんなに大きな力だったのか？」

「同意したんだ」とワトキンスは答えた。「わかるだろう。もしあんたの同意やオーケーがなければ、おれはあんたに何一つできやしない。だが、ひどく眠くって、もうどうでもいいって気分になっているやつは、何にだって同意するもんだ」。そのあとワトキンスは別の話もしている。

「おれはほんの二言か三言いっただけで、ファミリーから脱けることができた。チャーリーとほんの二、三のことを約束するだけで、出てこられたんだ」

同じ年の春、サディとバイカー・クラブのストレート・サタンズの一員が、バーカー・ランチへ向かおうとして事故を起こした。一方、チャーリー〝ザ・デヴィル〟マンソンは、GMCのトラックとトレイラーに二台のデューンバギーを積みこんだが、トラックがスパーン・ランチ付近で故障し、この行動も中断された。こうして、魔法の光線を用いるクロケットという男が、ファミリーがバーカー・ランチへもどるのを妨げているという噂が広まりはじめた。

一九六九年一月半ばまでに、ビートルズの新しい白いジャケットの二枚組《ダブル》アルバムの売上げは、アメリカ国内だけですでに二千二百万ドルにのぼっていた。この白いジャケットの二枚組アルバムは、ファミリーにとって、一年前に発売された『マジカル・ミステリ・ツアー』以来初めてのビートルズからの文化的な教示だった。そのアルバムの真白なジャケットさえ、ファミリーにとっては象徴的なものだったのだ――なにからなにまで白。おわかりかな？

一九六九年初め、マンソンの心は何かに強く影響され、西欧文明の終焉の準備を始めたりするほどだった。それまでにもさし迫りつつある善と悪との終末戦争といったテーマについて話し、「服従は賜物であり、同胞にわかち与えよ」といつも説いていた。つまり、暴力の下ではひそやかに歩め、というわけである。

この考えとともに〝ヘルター・スケルター〟という考えが徐々に姿を現わしはじめた。

マンソンは、現代の黒人がどのようにして武器を獲得したか、また彼すなわちマンソンが刑務所内の黒人たちから、大量の武器の各地の隠匿場所をどうやって知ったかなどについて、まるで催眠術をかけるような調子で説教して聞かせた。

彼は偏執狂者をあおりたてる方法に長じていたが、それは伝説的なほどであった。ささやくような声で、宿命《カーマ》やさし迫った破滅などについて迷信だらけの話をして聞かせる間、信者たちの腕の裏側には鳥肌が立っていた。南アジア諸国への侵入を告げるアメリカ大統領の演説のように流暢に、彼は黒人が蜂起し、数百万の白人を殺害し、現政府の統治を転覆するだろうと語った。

さらに四、五十年後、黒人は自分たちが世界を統治するのに不適当なことに気づき、マンソンに政府を譲り渡すことになるというのだ。ウー・イー・ウー！

切り殺されるべきなのは、薄汚い、金持ちのキリスト教徒のアメリカ人だった。キリストであると同時に悪魔《デヴィル》である彼は、再臨をなしとげるだろう。「さあ今度は、十字架にかけられるのは白ブタ《ピッグ》の番だ」。彼はよくこう語ったものだった。

空想の世界で、マンソンは迫りくるヘルター・スケルターと悪魔の〝穴《ホール》〟の概念とを結びつけた。というのは、このデス・ヴァリーにある謎の洞穴の中で、マンソンと彼のファミリーは市街地の黒人と白人が血みどろの闘争をし、黒人たちが勝利をおさめる日まで暮らすつもりだったからだ。

洞穴の中の〝町〟から、マンソンは地獄《アビス》の長髪のイナゴ族*を引きつれて出撃し、町を襲い略奪しようと考えていた。そして黒人たちは彼らの〝超知覚力《スーパー・アウエアネス》〟――ファミリーのことばをかりれば――を用いて、チャーリーの居場所を探しあて、彼が権力の座につくことに賛同するだろうというのだ。

より高次元の話では――もちろん、この高いという言葉を使うのが適切だとしてだが、七つの平面上に七つの洞穴を一列に並べて配置させているファミリーは、宇宙のもう一つ別の側へ飛び出すことができるだろうというのもあった。そして洞穴は魔法の楽園となるだろう――魔法だ。なぜなら、その他のどこで地底のチョコレートの泉など発見できるだろうか？

彼はまた、自分の主張を裏づけるために、黙示録の各章と字句に奇妙な解釈をつけ加えることもやってのけた。

デューンバギーは、ヨハネ黙示録の第九章に現われる〝炎の胸当て〟をつけたヘルター・スケルターの騎馬であった。そして彼らのまだ未知なるビートルズは、人類の三分の一に死をもって報いる〝四人の使徒〟だった。そしてマンソンは、ビートルズが五人目のメンバーもしくは〝使徒〟――底なし穴の使徒といえば誰のことかすぐにおわかりだろう――を仲間にもつ運命にあることを納得させる根拠を見つけ出した。

マンソンのヨハネ黙示録第九章中のお気に入りの章句の一つに、「(彼らは、その犯した) 殺人、呪術、淫行、盗みを悔い改めざりき」というのがあったが、彼はこの言葉を何度も何度もくり返し、崇拝者たちに殺人への備えをさせようとした。そういえばファミリーは「女の頭髪のごとき頭髪、獅子の歯のごとき歯」をもっていたのでは？

＊　ファミリーの部下のこと。

マンソンは底なし穴の王だったのでは？

「底なき所の使にして、その名をヘブル語にてアバドンと言い、ギリシャ語にてアポルオンと言う」。聖書をラテン語から英語に翻訳したとき、翻訳者は底なし穴の使徒の名として、アバドンとアポルオン以外のほかの名を忘れてしまった。その名は、ラテン語で〝破壊者《エクステルミナンス》〟だったのである。

破壊者とは、マンソンを要約するのになんとぴったりの言葉ではないか？

マンソンが、黙示録とビートルズと彼自身への熱狂的崇拝者との間に見出した相関関係は〝月の火の豊かさ〟にまで及ぶが、これ以上は割愛することにしよう。

マンソンはビートルズの新しいアルバムに収められた「ヘルター・スケルター」という歌をイヤホーンで聞きはじめたが、どうしたわけか、まるで奇蹟のように、ロンドンにいるビートルズが電話をしてくれと囁きかけるのが聞こえはじめた。しかし不幸なことにマンソンは、ビートルズが歌うヘルター・スケルターというのが英国の遊園地にあるすべり台のことだということを知らなかった。

娘たちは、マンソンがあるとき、ビートルズと話そうとしてロンドンへ長距離電話をかけたと語っている。ビートルズの白いジャケットの二枚組アルバムの中の「ヘルター・スケルター」が、よい出来で、すぐれた音色のロックンロール・ナンバーであることは疑いない――そしてこの曲は実に不思議なサウンドをもち、特に終りで二度フェイド・アウトする最終部は、偏執狂の敗残者の大行進のようだ。

「チャーリー、チャーリー、電報をくれないか?」というのが、「レヴォリューション9」の端々の雑音中に隠されていると、彼が信じこんだ言葉だった。ヘッドホーンで注意深く聞けば、ビートルズが低い声でまさしくそう囁いているようにも感じられる。ほんとうなんだからしょうがない。

「起て! 起て! 起て!」とチャーリーは「レヴォリューション9」(彼はこの曲を黙示録《レヴイレーション》第九章と関連させた)をかけながら叫んだものだった。ファミリーはのちにラビアンカ邸の壁に血で「起て《ライズ》」と書くことになる。

マンソンが聞いた、もしくは聞こうとしたことを理解するためには、ビートルズの白いジャケットの二枚組アルバムに耳を傾ける必要がある。このアルバムは、全体的にいえばかなり混乱した性質のものである。それまでどおりのビートルズのすばらしさはあるが、同時にビートルズが激烈な反目状態にあったことが、このアルバムの中からもはっきりと聞きとれる。

このアルバムの中には、「ピッギーズ」はもちろんのこと、もっと恐ろしいことには、「ハッピネス・イズ・ア・ウォーム・ガン」という歌まで入っていた。「ブラックバード」「ロッキー・ラクーン」といった他の歌は、まさしく人種差別主義者の破滅の歌だと解釈された。

「セクシー・サディ」という歌は、あまりのうれしさにスーザン・アトキンス、別名サディ・メイ・グラッツにひきつけをおこさせたにちがいない。「セクシーなサディ、おまえは皆を挑発しにやってくる」。歌はさらにつづく。「おまえは規則を破り、みんなにはっきりわからせた」

ファミリーがまだキャノーガ・パークの家に滞在していたころ、マンソンはあちこちのバイカー・クラブのメンバーたちに、ファミリーとともに暮らさないかと説得を開始した。ファミリーと最も親しかった二つのグループは、SSの頭文字をもつ〝サタン・スレイヴス〟と〝ストレート・サタンズ〟というクラブだった。彼はバイカーたちが仲間に入り、必要な軍団の一翼を担ってくれるよう望んでいたのだ。

ファミリーはまた〝地獄から来た野郎ども《ジョーカーズ・アウト・オヴ・ヘル》〟とも交流をもったが、このグループの団員は魔術に興味をもち、そのうちの一人はサンタモニカにレコード店を開いていた。取材に答えた人々の言葉によれば、ジョーカーたちはファミリーの本拠地にほど近いサンフェルナンド・ヴァリーに家を所有していた。

マンソンは娘たちに命じ、バイカーたちをファミリーのもとへおびきよせさせた。彼は、娘たちに衣服を脱ぎ、フェラチオをしてやれと命じた。ジッパーがさっとすべりおり、ミニスカートは地面に落ちた。バイカーたちはこのもてなしを堪能した。マンソンは部下たちに、バイカーたちの所有物にも手を出させた。彼らは、一人の娘がバイカーの耳もとに「あなた時間はどうでもいいんでしょ。時間なんてなによ」と甘くささやいているあいだに、腕時計を奪いとった。時々バイカーたちが妻をともなってランチにやってくると、娘たちは「どうしてこんなばあさんが必要なの？」といって、〝ばあさん〟たちの嫉妬をあおったものだった。

マンソンは、バイカーたちを引きよせるためのPR計画に着手した。彼はバイカーたちに金を貸し与えた。彼らはそこでオートバイを修理し、駐車しろとすすめられた。ファミリーがふたたびスパーン・ランチを手に入れたのちには、そこにはたくさんの乗馬用の馬やセックス用の女性、それに豊富な食物がいつも用意されていた。略奪者集団は、いつも砂漠の荒野の一隅に群がっていた。ロサンジェルスを囲むこの砂漠は、殺人と麻薬と盗車部品の秘密運搬、数々の奇妙な魔術儀式などにその特性を発揮した。

多くの面で、マンソン・ファミリーはバイカー・クラブのようになっていった。たとえば、信じがたいほどの男性優越主義、無法者めいた振舞い、〝死の旅〟、悪魔崇拝、いけにえの儀式などがそれである。ファミリーに新しく加入した娘たちは、バイカー・クラブの女たちのように、所有者の名前を表示するチェーンを足首に巻いていた。

バイカーたちは、葬列を作るとき、オートバイで見事な一列側面縦隊を作ることで有名である。女たちの〝色服《カラー》〟（クラブの制服）は、よく〝彼女の男〟の色服とともに墓に埋められる。時によっては、女たちの服喪期間があるが、それにはたとえばブドウ酒を大地にそそぐというような、墓地における定期的な儀式が含まれていた。

しばらくの間ファミリーとともに暮らしたストレート・サタンズの一員に、ジョーという名の背の高いハンサムな男がいた。ジョーは、家を借りようとして探しまわるうちに、グレシャム通りにあるファミリーの家へやってきた。彼は、とりわけセクシー・サディに心を奪われ、ずっと滞在し続けることになった。このころ彼には、〝レッズ〟*の連中と関わりをもっていた女友だちがいた。

ストレート・サタンズの一員ジョーは、ヘルター・スケルターにそなえる準備で重要な役割を果たした。彼はデス・ヴァリーへぬける秘密脱出路の考案者だったのだ。ジョーは、ファミリーのもとに滞在し、二千六百ドルの金をつかった。共同積立金のために、腕時計、拳銃、マイクロバス、それにモーターサイクルまで手ばなした。彼は、およそ一カ月の間グレシャム通りでファミリーとともに暮らし、その後二週間ほどストレート・サタンズのホロウベリー・ヒル・ランチで暮らしたのち、一九六九年の母の日までスパーン・ランチで過ごした。

短身で黒髪、ひげを生やしたストレート・サタンズの一員、ダニー・デカーロは、バイカーの中でマンソンと最も長く強いつながりをもっていた。

五月に、ダニー・デカーロはモーターサイクルを修理するために姿を見せた。チャーリーはここに滞在しないかと誘いかけ、好きなだけ女をあてがおうと申し出た。デカーロはまもなく、彼の逸物《ディック》のみごとさによって、ドンキー（ろば）ディック・ダンという仇名をもらった。

ストレート・サタンズのうち多数の者たちが、マンソンたちの住んでいたさまざまな家で時を過ごした。サタンたちは、ドルーピー、ダーティ・オールド・マン、エイトシックス・ジョージ、スティックマン、フィラデルフィア・ジョンといった珍奇な別名を持っていた。

デカーロの妻マリアンも一時ここに姿を現わしたが、デカーロが彼女を殴打したため、彼女はその身代りにマンソンを告発し、チャーリーは一九六九年三月三十日に逮捕された。しかし、この問題はすぐに解決された。

デカーロはカナダ生まれで、五〇年代初期からずっとアメリカに住んでいた。彼はアメリカ合衆国沿岸警備隊の軍務に服したことがあった。彼の父は、イングルウッドにある機械工場の所有者だった。一九六五年八月、ダニー・デカーロ、彼の弟ローレンス、それに二人の仲間が、ティワーナからの帰り道、メキシコ国境で麻薬密輸容疑で逮捕された。彼はこのため五年の刑を宣告されたが、ファミリーと暮らすようになってもまだ、この判決に不服で控訴していた。

＊　インディアンのこと。

デカーロには、プー・ベアと同年の、一歳をすぎた息子のデニスがいた。デニスは、スパーン・ランチのぞっとするような保育施設に送られ、育てられることになった。デカーロは、マンソンと関係をもった、最初の〝銃器気ちがい《ガン・フリーク》〟の一人で、銃器崇拝者だった。彼は多種類にわたるライフル銃および火器の権威だった。

ファミリーがスパーン・ランチにもどると、彼はすぐに西部劇映画用のランチ・セットの〝葬儀店〟に小規模な軍需工場を作りあげた。この葬儀店は銃器室と名前を改められた。やがて彼らが殺人行為へと出発したのはこの銃器室からだった。

銃器室には、四ないし五種の異なった型の弾丸を製造する設備があり、あらゆる種類にわたるナイフと銃剣の保管所でもあった。デカーロはこの部屋に眠り、モーターサイクルもここにおいた。デカーロが所有した武器には、三〇三ブリティッシュ・エンフィールド銃一梃、二二口径ライフル銃一梃、二〇口径散弾銃一梃、三〇口径カービン銃一梃、一二口径の暴徒制圧用の散弾銃一梃、MIカービン銃一梃、軽機関銃一梃（スパイザーMP40SH）などがあった。

デカーロは、ハリウッド在住のロックンロール・グループの一員である銃器収集マニアから、機関銃を一梃手に入れていた。

デカーロをはじめとして多くのストレート・サタンズのメンバーは、ロック・グループが占領していた家に出入りしていた。このグループ内の銃器収集マニアは、ある時LSDでいい気分になり、すっかり非暴力的な心境になって機関銃を手放す決心をし、ドンキー・ダンにくれてやることにしたのだった。

マンソンとファミリーは、完全にアルコール類を追放していたので、やがてひどいアルコール中毒で有名だった数人のバイカーたち、特にこのデカーロとの間にいさかいが起こった。娘たちはまた、ダニーがラジオで黒人のジャズ番組を聞くと、眉をひそめた。黒人を起用したコマーシャルにもひどくおびえた。「おれたちが一〇五〔彼のラジオのダイアル〕を聴いてると思ってたらしい。ジャズなんかを聴くのは、イカサマだというんだ」と彼はいった。ジャズは、白人季節移動農民*特有の人種差別主義を刺激したのだ。

マンソンはバイカーたちをもてなすことに心をつかったが、全員がマンソンの人種選別にパスしたわけではなかった。たとえば、ストレート・サタンズのジョーがランチに連れてきた、サミーというインディアンの半混血の男がいる。チャーリーは彼が娘たちと交わるのを許そうとしなかった。インディアンの血が四分の一混っているマークという男も、スパーン・ランチで白人と取引きすることを許されなかった。

ヘルター・スケルター計画との関連で、マンソンはデス・ヴァリーへの脱出路敷設

＊　ここではファミリーのこと。

作業に着手しはじめた。彼は、黒人たちがロサンジェルスの官庁街を略奪したのち、選ばれた仲間とともに、主要道路を通らずにデス・ヴァリーへ逃げだせるように、サンタスザンナ山脈とモハーヴィ砂漠ごえの秘密ルートを作ろうとしたのである。

彼は、ファミリーをスパーン・ランチとデス・ヴァリーの間を行き来させ、またデヴィル・キャニオンを経てサンタスザンナ山脈を登り、モハーヴィ砂漠を横断するために、ヘルター・スケルター・デューンバギー部隊の行動を開始することにした。

デス・ヴァリーの険しい地勢に通暁しているマンソンは、デューンバギーを彼の移動戦闘部隊に用いることに決めた。デューンバギーは、この一帯では警官たちをまくのにぴったりだった。バギー車は非常に軽く、ファミリーの娘たちでも二、三人かかれば大石や絶壁を乗り越えさせることができた。これに反して、モーターサイクルは荒野に不向きだとして重きをおかれなかった。

それにくらべて、この神聖なデューンバギーは戦艦のごとき存在であった。マンソンはのちに、このデューンバギーに巨大なガソリン・タンクをとりつけ、千マイルにわたる一大攻撃可能領域を獲得した。彼らはバギー車上に機関銃砲架をとりつけ、マンソン用の司令車を改造し、その中で睡眠をとることもできるようにした。その他にも、食料供給用のデューンバギー、弾薬庫用のデューンバギー、麻薬供給用のデューンバギーなどがあった。

マンソンは一人の若い男にあった。その男の一家はスパーン・ランチの反対側の、サンタスザンナ間道ぞいにあるスティール・ランチの所有主だった。ここには、スティール・ランチとデヴィル・キャニオンを結ぶ何本もの程度の良い防火線のダート・ロードが走っていた。こうして、現在もそうならそれでもかまわないのだが、スティール・ランチがハルマゲドン*への道の起点として選ばれることになったというわけだ。

一方、マンソンは執拗に門の錠を切って、彼自身の錠ととり換え続けたので、結局ランチの頭《かしら》は彼に鍵の複製を与えることになった。スティール・ランチには、マンソンがヘルター・スケルターの到来にそなえて装備として欲しがっていた、第二次世界大戦時の古い武器運搬車や給水トラックなどがあった。ファミリーははじめて財産集めに着手した。

まず手はじめに、デューンバギー攻撃車両部隊用の部品を購入した。のちになると、彼らはポルシェを盗み、車体を解体してバギー車を作りあげた。一九六九年三月六日には、チャーリー、ビル・ヴァンス、リトル・パティの三人が、スパーン・ランチにほど近いトパンガ・キャニオン大通りにあるバトラー・バギー車修理工場に引越した。チャーリーは百ドル札の分厚い札束を持っており、二台の線路工事用デューンバギー

＊　世界の終末における善と悪との最後の決戦場――黙示録第十六章。

を千三百ドルで購入した。

バトラー・バギー車修理工場は二人の兄弟の所有だったが、そのうちの一人はロサンジェルスの警官だった。

〝サタン・スレイヴス〟が、この工場からフォルクスワーゲンの部品をタダで手に入れたと証言しているように、ファミリーはこのあと、このバギー車工場ときわめて興味深い関係を持ちつづけた。ロサンジェルス郡保安官は、スパーン・ランチの手入れを行ない、リンダ・キャサビアン*が盗んだ金で買ったデューンバギーを押収した。

いずれにせよ、この最初の二台のデューンバギーを購入するために、チャーリーは保険会社からファニタに支払われた七百ドルの小切手を偽造し、現金化した。残りの六百ドルは、やせっぽちの金髪女サンディ・グッドの証券を売って作ったものだった。

三月の終りのある日のこと、ジョーイ・Cという名のサタン・スレイヴズの一員が、住居を求めてグレシャム通りの家に現われた。マンソンが彼に、それまでどこで暮らしていたのか尋ねると、彼はアゴーラにほど近い、マリブヒルズにあるマルホランド通りの西のはずれの閑静な大邸宅に滞在していた、と答えた。そこには、およそ十にのぼる寝室と水泳プールがあり、持ち主は明らかにそこに住んではいなかった。この家の隣に、有名な西部の無法者ジェシー・ジェイムズの子孫が住んでいたことはたいへん興味深い。

持ち主が住んでいないことを知ったマンソンはテントをたたみ、ファミリーをこのマリブの邸宅へ移し、ここに約二週間滞在した。

防火線道路を下って海へ出る、ヘルター・スケルター脱出路の計画は、この十部屋もあるマリブの邸宅で考え出されたものである。

ストレート・サタンズの一員ジョーは、かつて服役中に、郡の強制労働に従事した経験から、この地域の防火線《ファイアア・ロード》についてよく知っていた。

ロサンジェルス郡には、強制労働キャンプがいくつかあり、囚人はそこで、市の周囲の山で頻発する火災を防ぐため、防火線と防火帯作りの作業に従事する。

どのような手段によってかはわからないが、ファミリーはこの地域の防火線に入るための鍵か親鍵を入手した。

ファミリーがアゴーラにあるサタン・スレイヴスの家に滞在している間に、ジョーはアゴーラの家から海へ下るヘルター・スケルター秘密通路《ルート》の計画図を作り上げた。彼らがしなければならなかったのは、約百フィートにわたって藪を切り開くことだけで、そうするだけで道路は完全に開通することになるはずだった。

＊ ニューハンプシャー出身の若い女性。ファミリーのメンバーとなりテート殺しに参加。後出。

パトリシア・クレンウィンケルは、ヘルター・スケルター幹線脱出路計画のために、スパーン・ランチとデス・ヴァリー間の山岳地帯の、二百ドルもする数種の地形図を購入した。彼らはこの道にそった場所に、必需品貯蔵所を設定した。ある日車寄せに、地形図をすべて並べ、聖ゴーラー・ウォッシュからマリブ・ビーチまでの南カリフォルニア全域が一望できるように、テープではり合わせた。

このヘルター・スケルター地図は、のちにデス・ヴァリーの地中に埋められているのを発見された。

この道のうちのいくつかは、彼らがバギー車で実地に踏査したが、計画の多くは地図に基づいてなされたものだった。しかし、ヘルター・スケルター襲撃路を計画した者の証言によれば、ファミリーはデス・ヴァリーにいたる全行程は走行したことがなかったという。

輝かしい栄光に包まれたヘルター・スケルター脱出路は、マリブ・ビーチからカストロ・ファイア・トレイルを登り、アゴーラのホローベリ・ヒル・ランチへと続いている。アゴーラからは、防火線と渓流の河床をぬけ、スパーン・ランチの北方のスティール・ランチに出る。それから道は、デヴィル・キャニオンを横切り、モハーヴィ砂漠を越え、聖ゴーラー・ウォッシュへと通じる。あとはただ二つの主要ハイウェイ(ハイウェイ99とアンテロープ・フリーウェイ)を越えるだけである。

マンソンあるいはファミリーのだれかが、スパーン・ランチにほど近いチャッツワースの廃車置場から軍用自動車を盗み出したといううわさがある。この車は、サンタスザンナ山脈越えのヘルター・スケルター脱出路を掘り進むために使用され、おそらくはそのあとで焼却されたものらしい。

ヘルター・スケルターには、ある一つの重大な難問が立ちふさがっていた。一九六九年初めまでに、ロサンジェルス保安官事務所のウェスト・ヴァリー署は、空中千フィートの高さから街の一画を照らし出すことのできる強力な探照燈を装備した、ベル六十五型二人乗りヘリコプターを使用しはじめていた。

マンソンはこのヘリコプターにさまざまなプランを用いて対処した。そのプランのうちの一つは、魔術を用いてヘリコプターを攻撃することだった。もう一つの方法は、夜間はデューンバギー部隊のヘッドライトをブラックテープで覆い、テープのほんのわずかの隙間から細い光がもれるだけにして、空から探知されるのを避け、ヘリコプターの目から逃れることだった。

マンソンは、ヘルター・スケルターという概念に、恐ろしい着想をつけ加えた——つまり、このヘルター・スケルターを開始させる役割を果たすべき引き金の可能性である。マンソンはなぜか、自宅にいる白人家族と、それを虐殺しようとする黒人たちの間に、一大人種間戦争が起こると信じこむようになっていた。

「宿命は方向転換しつつあるのだ」と彼は語ったが、これは「この世の宿命を完成させるためには」このような衝突は不可避なのだ、ということを意味していた。

ヘルター・スケルターは、歩行可能な精神分裂病者のための夢の計画だった。この計画の中には、万人の心をそそるものがある。卑屈な少年時代を送った者は、ヘルター・スケルターを〝子らの救済〟手段と考えた。他の者たちは、チャーリーが、白人の選民が最後に黒人たちを支配するとして描きあげた図式に、人種的な見方をつけ加えた。

暴力を好む者は、ヘルター・スケルターを戦争に参加できるチャンスだと考えた。強盗をやって追われていた者たちは、これを略奪と荒稼ぎのチャンスと考えた。ヘルター・スケルターによって、世界終末の珍奇な見世物が楽しめることになるのだ。

ファミリーに対して、暴力というものについてもう一つ別の刺激を与えたと思われるのはサタン・スレイヴスである。彼らは、マリブ＝トパンガ・キャニオン地域に住み、ここを行動の舞台とし、魔術傾向をもつ神秘主義的で孤絶したバイカー・クラブだった。この前年に、サタン・スレイヴスのメンバーがこの谷間で開かれたクー・クラックス・クランの大会に姿を現わし、黒人たちがスレイヴスのごとき善良な白人に帰属すべき恩恵を奪っていると訴えたという事実が、この大会に出席した取材記者によって報告されている。

彼らはある時期、ハリウッドにも姿を見せた。サタン・スレイヴスは、大型メダルを買うために、ロスパルマスにあるコンプリート・エンチャンターという店によく現われたようだ。

サタン・スレイヴスのうち四人ほどの者が、野外儀式を行なっている総数約四十名ほどの世に知られぬ悪魔崇拝教――この教団は、ここでは〝犬血のキルケ結社〟と呼ばれていた――と同盟関係にあった。この教団は、メンバーの崇拝を得た一人の女性によって統率されていた。彼らはこの女性がサーシ、ギリシャ語でいえばキルケの再来であると信じていたが、彼女はまた他のギリシャの女神の名も使っていたようだ。サーシ、あるいはキルケは、赤毛で、イギリス人だと考えられている。

キルケ結社のメンバーは、いわゆるキルケの星（矩形から放射する四つの頂点をもつ星）を胸に彫りこんでいたが、明らかにこれは星への崇拝のしるしであろう。彼女たちは毎月二度、新月時と満月時に、おそらくロサンジェルスの人里離れた海浜とヴェンチュラ郡で野外儀式を行なっていたらしいが、ここで黒犬、黒猫、黒雄鶏、そしておそらくは山羊までが、いけにえに供された。この儀式には、おそらく動物の血を吸う行為も含まれていたのだろう。

恐ろしいことだが、いけにえにされたこれら数匹の動物は映画撮影され、この中にファミリーのうち数名が参加していたと考えられる形跡がある。また数人は、体にK

の文字を刺青し、首には「K（キルケ）のもの」という文字をかたどった飾りを巻いていたといわれる。この教団の行なう儀式には、ヴードゥー教の要素が含まれていたと考えられるし、その中には狼憑きなどの要素も含まれていただろう。マンソン・ファミリーとサタン・スレイヴスとの密接な関係からも、このグループがマンソンの心に、また別の恐るべき影響を与えていたことは疑いない。

キルケ・グループの本拠地の一つに、スパーン・ランチからほど遠からぬグラナダヒルズ地域の家があった。

マンソンは、この奇妙な集団を作り上げたものが何か、深く考えこんだ。このころ、一人のインディアンの男がランチに現われ、ベラドンナ*の一種と思われる、テラキと呼ばれる植物をチャーリーに見せた。チャーリーはこれを試用し、三日間ほど昏睡状態におちいった。彼らはこの葉を集めて、水で煮、それから得たコーヒー色の醸造物を、水飲みジョッキに入れた。これを水道用水の貯水池に投入するつもりだったのだ。六〇年代初めの、ビート族によるベラドンナ騒ぎのとき、この薬物を用いたことのある間抜け野郎ならだれでも、この薬《やく》のひどさが理解できるだろう。

ダニー・デカーロは、このことを次のようにはっきりとおぼえている。「そいつをやると、正気を失っちまい、小人やへんてこなものが見えるようになり、壁に頭をぶつけちまうようになる。すっかり気が狂っちまうんだな。やつらはこの代物をジョッキに入れていた。女たちが葉を全部むしり取り、水の中に入れて煮る、するとそいつはコーヒー色になる——茶褐色で、まったくひどい味の代物さ」

マンソンは、この薬物を用いて、盗みをはたらくことも計画した。パーティが行なわれている邸宅に忍びこみ、飲料水中にベラドンナを入れるというものだった。

デカーロはこうも証言している。「やつらの飲料水にはどれにもたっぷりとベラドンナが混入され、たちまち——やつらの精神を狂わせちまう。やつらがのたうちまわり、何が起こったか気づかぬうちに、彼ら〔ファミリー〕が忍びこみ、望むものをすべて略奪し、やりたいことをやりつくしたうえ、外に逃げ出すのだ」

マンソンはよく、LSDをロサンジェルスの貯水池に投入することについて、しゃべっていた。大量に麻薬を用いれば、市全体を麻痺させることができると信じていたのである。

このころ、チャーリーと娘たちは、マリブ・ビーチを見おろす丘を通るニコラス・キャニオン通り《ロード》二六〇〇番地にある水泳プールで、ポルノ映画を撮り上げた。ロサンジェルス警察殺人課の係官の証言によれば、この映画のプロデューサーをつとめたのはマーヴィン・ミラーだった。この土地の所有者であるミセス・ギブソンは、隣近所

＊ アトロピンなどをふくむナス科の有毒植物。

から苦情を山のようにもちこまれ、弁護士をともなって家の中を点検し、血まみれの刀を発見したが、警官はこの刀は映画撮影中にマンソンがだれかの腕を切るのに用いたのだ、とのべている。

このキャナンの近くのマルホランド通りにある邸宅に二週間ほど滞在したのち、ファミリーは八十二歳のジョージ・スパーンを説き伏せ、スパーン・ムーヴィー・ランチに帰って暮らすことを許してくれるよう頼みこんだ。

彼らは、美しく飾り立てられたキャナン・ランチ・ハウスから、インターコムやその他の品物を盗み出し、それを坂道を上ってくるデューンバギー車の合流地点であるスパーン・ランチのゴミ捨て場にしまいこんだ。

ファミリーが、ジーン・ブレイトン一派、あるいはOTOのソラー・ロッジ*として知られている秘教《オカルト》結社と交流をもちはじめたのは、彼らがアゴーラ付近のマリブ・ビーチを見おろす丘にあるホローベリ・ヒル・ランチで、サタン・スレイヴスとともに滞在していたときのことだったかもしれない。

マンソンの出会ったバイカーたちのうち数人は、ブレイトンという女性が率いる無法者の教団OTOの一員であり、マンソンをOTOへひきよせたのは彼らだと信じられている。

これと同じころ、カリフォルニアのブライスのはずれで、ほんの一、二件ではあったが、ファミリーによって偽造クレジットカードによる詐欺が行なわれた。このブライスの北部という場所こそ、ブレイトン一派が、吸血による入会式を行なうランチをもっていたところだった。

少なくとも五名の人間が、別々に、ブレイトンの反逆者集団、OTOのソラー・ロッジの一員から、マンソンが、カリフォルニア州ブライス付近にある〝ロッジ〟の砂漠ランチ、および南カリフォルニア大学キャンパスにほど近いロサンジェルス市内の魔術用品店の両方で〝ロッジ〟との関係をもっていると聞いた、と証言している。

ファミリーのメンバーのうち二名（そのうちの一人はスーザン・アトキンス）は、ファミリーが犬の血を吸い、動物をいけにえに供する行為を含む儀式に参加したとのべた。この行為は性的強壮効果をもたらすためだ、とのべられた。しかし、こんなことがありうるなどと真面目に信じてはならない。このようにして行なわれたファミリーの吸血儀式は、恐ろしいことに、サイキデリックな新形式の吸血儀式の可能性を思いつかせることになった。つまり、言いかえれば、麻薬をやりながら血を吸いとるというわけだ。

ブレイトン一派の公判中に行なわれた証言によれば、彼女たちは、麻薬をやりなが

＊第9章参照。

ら、いけにえの動物の血を吸っていたという。この公判でマンソン・ファミリーに関する最も重要なことといえば、ブレイトンの率いる教団もまた、黒人と白人の間に大量殺戮が起こるのは必至だと、強く信じていたという事実である。

そして、それは一九六九年夏に起こる、と予言されていた。まさにマンソンの考えとぴったり一致していた。

9　秘教結社OTOのソラー・ロッジ

ジョージナ・ブレイトン（別名ジーン）は、一九二二年十二月二十九日に生まれた。彼女の夫、五十九歳のリチャード・M・ブレイトンは南カリフォルニア大学の哲学科教授だった。

ジーンと彼女の率いる教団ソラー・ロッジ*は、南カリフォルニア大学構内の校門近くに魔術用品店や書店を開き、活動を続けていた。彼らはまた、コロラド州境付近の、カリフォルニア州リバーサイド郡の砂漠に、多くの家屋を所有していた。

ジーンは、敬虔で、洗脳されつくした崇拝者の一群を今もなお集めている。若者が多かったが、重要な役割をつとめる男たちは、年長で専門の職業についていた。グループには名前がわかっているだけでも五十人ほどの崇拝者と、名前が不明で今では数もわからない多数の人間がいた。

＊　太陽神の結社支部。

彼女の秘教結社、〝東方の聖堂騎士結社《オルド・テンプリ・オリエンティス》〟（略称ＯＴＯ）は、一九〇二年ドイツで創始され、いわゆる聖堂騎士団《ナイツ・テンプラーズ》*の後継者の一派と自称していた。アレイスター・クロウリーも一九一一年に英国で、彼自身のＯＴＯ支部を創設した。この教団はこの頃から拡張され、現在世界本部をスイスに置いている。

クロウリーにとっての重要な課題は、サディズムの分野にあった。彼の著わした書物には、人間をいけにえにすることが暗示されている。彼の「知れ！　望め！　試みよ！　しかして沈黙せよ」といった箴言には、暴力的侵略がほのめかされていた。クロウリーは、ビート族たちがサンフランシスコのノース・ビーチでペヨーティ**を貪欲に試すより六十年も前に、それを用いていた。彼は、マンソンやブレイトン一派といった洗脳教団が活躍する半世紀も以前に、人格を破壊する麻薬を用いていたのである。

カリフォルニア州には、明らかにＯＴＯによる二つの支配地域があった。一つは北カリフォルニア、もう一つは南カリフォルニアである。南部支部《ロッジ》ではジーン・ブレイトンのグループが勢力を広げていた。

ＯＴＯと呼ばれるこの魔術結社では、新入会員は各段階に応じた入会式を通じて位が上昇してゆき、この新参者たちは、徐々に奇妙な世界に入りこんでゆくことになる。組織はピラミッド状の階層になっており、〝イプシッシムス〟と呼ばれるジーン・ブレイトンがこのピラミッドの頂上から一同を見下ろす位置にいた。

信奉者をペテンにかける方法は、マンソンのグループを含む他のグループと同様だった。苦痛、説得、麻薬、そして反復的に奇行をくり返すことによって、ちょうど磁気が録音テープを消去するように精神を混乱させ、教団の望むままに精神を作り変えてしまうのだ。

つまりブレイトンのソラー・ロッジは、魔術のための会合を開き、暴動をひき起こすために、ロサンジェルスのワッツ貧民区に憎悪の波を放射線状に広げようとしたのである。ソラー・ロッジは、マンソンが信じていたヘルター・スケルターと同様の一大人種戦争が間近に迫っていると信じていた。

一九六九年の晩春、マンソンの考えを一歩進めようとしたブレイトンは、人種間戦争が起こった際に住むべき場所を探すために、あちこちの砂漠地帯へ信奉者を送りこんだ。数人をユタ州に、他の者をニューメキシコ州のタオスに送り、土地を探すよう命令した。

一大変事の突発はさし迫っていた。

彼女の崇拝者は全員が、一九六九年六月二十一日の夏至までには、ロサンジェルス

＊　十二世紀初頭、聖地巡礼と聖墓保護のためイェルサレムで結成された僧兵団。
＊＊　メスカリンをふくむ小サボテン。

をはなれてしまっていた――大崩壊時にそなえたのだった。

ブレイトンは、ジョン・サイモンズがクロウリーについて書いた評伝『偉大なる野獣《グレート・ビースト》』に心酔していた。この書物を読んだブレイトンは、クロウリーがシシリー島のセレマ僧院で活動中、教団の最も重要な儀式の一部として、死んだばかりの新鮮な動物の血を吸ったことを信じるようになった。ブレイトンのハリウッドにおける教団の初等クラス、通称ミネルヴァクラス*の信奉者**は吸血を行なわなかったが、高等クラスのあいだでは、猫、犬、鶏などをいけにえにし、動物の血が性交中の男女に注がれているあいだに、この血を吸うことによって性的魔術の行為が完成するということである。

OTOのソラー・ロッジは、サイエントロジーに頑強に反対し、反黒人儀式に加えて、反サイエントロジーの儀式も行なった。つまり、敵を仮想したわけである。

ブレイトンもバイカーたちを集めはじめ、マンソンが用いたのと同じころに、テラキあるいはベラドンナなどの幻覚剤を用いた。

アレイスター・クロウリーは、アーケイン***と呼ばれる麻薬の常用者として有名であり、ブレイトン自身も、それらの薬物を用いることで知られていた。廃屋から雨の中に投げ棄てられた古い薬棚の前で足をとめ、中に入っている錠剤を貪る、ニューヨークのバワリーをうろつく覚醒剤中毒者のように。

以前に彼女の崇拝者だった者の証言によれば、ブレイトン一味は、精神を麻痺させるために、マリワナ、LSD、デメロール、スコポラミン、ジムソン・ウィード、ダチュラ・ルート、エーテル、ベラドンナなどを用いたという。奇怪であればあるほど良いというわけだ。

彼女は、相手がLSDによる陶酔状態にあるあいだに思いのままに操作してしまう、あのマンソンの技術も身につけていた。相手が麻薬に陶酔しているあいだに、当人にまつわる詳しい情報を入手し、後日になって自分の意志に従わせるためにそれを利用した。

噂によれば、ブレイトンは南カリフォルニア大学の歯学部学生に対して高利貸しを営んでいたという。彼女が、麻薬の中でも特に鎮痛剤、麻酔剤の入手源として、彼らを利用しようとしたことはたしかである。

当然のことだが、若いヒッピー・タイプの連中も、ブレイトンのグループにひきよせられていった。今日の若者は、これまでになかったほど性的に自由で、年若くして

＊　ローマ神話の女神。

＊＊　女たちのことか。

＊＊＊　秘教、秘儀。

健康的な性のリズムを獲得している。ブレイトンは、教団内の訓練の初期の段階で、この信奉者たちに対し、完全にセックス抜きで生活するよう強制することによって、このリズムをぶちこわしてしまった。この狂った行為は、相手を混乱させ、欲求不満におとし入れ、圧倒し、意のままに服従させるために考えだされたものだった。

グループの一員だったジョージという若者には、罪悪中の罪悪ともいうべき、性的欲望を抑制できないという性癖があり、ジーン・ブレイトンはジョージが性的欲求を起こすたびに、彼の手首を傷つけた。彼の腕には一寸刻みに傷痕が残っている。

のちにこのサド・マゾ魔術結社に対する検事側の証人に転じたクリフォードという名の夫をもつある少女は、妊娠するとジーンが激怒したと証言した。彼女はこの少女に、子どもを嫌悪し、赤子は誕生と同時に教団のものとして引き渡せと告げたという。彼女はこの命令に従い、せり出してくる腹部を嫌悪しようとしたが、どうしてもできずに、妊娠中にこの恐ろしい教団を去ったと語った。

ソラー・ロッジと交際のあった一人の歯科医の不思議な消失事件もある。彼はパーム・スプリングスで医院を開業していた。ある朝、彼は電話で助けを求め、スキーで受けた傷で苦しんでいるといった。それ以来、彼の消息はとだえている。また、映画『イージー・ライダー』のアート・ディレクター、ジェリー・ケイは、ソラー・ロッジの一員だった。

ジーンはたくみに人をだまして家を手に入れるのがうまく、その家を教団員に貸し与えた。一九六三年以来、ブレイトン夫妻は、ロサンジェルスの西三〇丁目一二五一番地に一軒の家屋をもっていたが、おそらくロサンジェルス市内で鶏をいけにえにした儀式が行なわれたのは、この家一軒だけだろう。この家にはマンソンもよく出入りしていた。

夫妻はまた、南メンロー通り二六二七番地に、クロウリー派魔術集団の秘密の家として使われた一軒の家をもっていた。この家は、明るい緑色の壁と暗緑色の屋根をした古ぼけた三階建ての邸宅だった。また、西三〇丁目一二四一1／2番地にも所有地をもっていた――ここは、鶏を殺したりする性的魔術者にとっては、楽園のようなところだった。

夫妻はまた、一九六六年に、コロラド川からおよそ四マイルほどはなれた、カリフォルニア州ヴィダルとブライスの間を結ぶ未舗装道路の外れにあるランチを手に入れた。ジーン・ブレイトンは、バフォメット*崇拝を看板に掲げた世界でただ一人の不動産相場師だったともいえる。ある皮肉屋の男は、ジーン・ブレイトンがこのように熱心に崇拝者を集めたのは、彼女の家屋にいつも借家人を絶やさないためだろう、と語

＊　中世の秘密結社テンプル騎士団の偶像。

った。彼らは、入会儀式には、遠くはなれた砂漠の中のコミューンを利用した。

ソラー・ロッジの図書室と〝寺院《テンプル》〟は、南メンロー通り二六二七番地の家の三階にあった。この三階の寺院の天井と壁には、エジプト調の魔術の壁画が団員によって描かれていたが、これはムッソリーニに破壊されてしまったクロウリーの悪名高いシシリー島チェファルーのセルマ僧院にかかっていた絵画の様式にならったものだった。

ソラー・ロッジは、西ジェファースン大通り九四七番地にある南カリフォルニア大学に通じる街路に面したところで一軒の書店を経営していたが、この家は〝ホーラスの目〟書店と呼ばれていた。小規模な店で、もともと壊れかけていた建物内にあり、赤と黄色に彩色されていた。この店の外側には、守り神としてホーラスの眼球が描かれていた。＊

このホーラスの目は、古代エジプト人が鷹神ホーラスの目の太陽系制覇《ソラー》を象徴する魔法のお守りとして用いたものだった。ホーラスは、宇宙の創世時代における大空中戦において、悪神セスによって目をつぶされたが、ホーラスの目は救われ、マジック(Magick)と呼ばれる魔術によって再制覇したのである。

もう一軒の〝ホーラスの目〟書店は、彼らの砂漠の隠れ家にほど近い、カリフォルニア州ブライスの北ブロードウェイ一三七番地に店を開いていた。

ジーン・ブレイトンと彼女の夫は、逮捕される以前に、カリフォルニア州ヴィダルで魔術を売り物にしたカフェを開業するために酒類販売許可を申請していた。二人は、年金とロサンジェルス市内のさまざまの教団経営家屋からあがる家賃とで、月三千ドルの収入があるといっていた。

このグループは、知るかぎりでは世界で唯一と思われる、教団経営による給油所も開いていた。ジーンの熱烈な崇拝者だったリチャード・パタースンという男が、一九六八年六月に、リッチフィールド給油所一〇八七号を開業したが、開店祝いには南カリフォルニア大学から来たロック・バンドとセックス・ダンサーが出演した。この給油所の店員は、スパーク・プラグの交換やガソリン給油のために来た客を改宗させようとした。この店は、一九六九年六月ごろ、ブレイトンが逆上し、ヘルター・スケルターが目前に近づいたといいだすころまで、約一年間続いた。

ブレイトンが、一大終末戦争の開始前に教団のメンバーを集め、ロサンジェルスを去る準備をすすめていたとき、砂漠にある教団のランチ内で悲劇が起こった。アンソニー・ギボンズという名の、まだ六歳の幼児が、一九六九年六月十日ごろ失火を起こし、起居していた建物を焼失したばかりか、さまざまの動物までも焼死させてしまったのである。ブレイトンの教団は、何年ものあいだ貴重な魔法の遺宝や、高価な秘教

＊　古代エジプトの太陽神。

関係の書物などを盗んでいたが、そのうち特筆すべきものとしてアレイスター・クロウリーの自筆草稿があった。ブレイトンは、かつてクロウリーの所有物だった〝黄金の黎明《ゴールデン・ドーン》〟と呼ばれるマントも盗みだしていた。これらの貴重な書物と草稿の一部が、この火災によって焼失した。

ブレイトンは罰として、この幼児を鍵をかけた木箱に閉じこめ、砂漠の高温の中で五十六日間野外に放置した。

ジーンはグループの集会を開き、六歳の幼児アンソニーをマッチを隠し持っていたかどで処罰したと告げたが、アンソニーは、建物を焼失させたことを謝罪するのを拒絶した。これがまずかった。

ジーンは彼を箱におしこめ、ちょうど炎の縁すれすれまではって逃げられるくらいの長さの鎖につなぎ、箱に火を放ってやる、とおどかした。

この少年は、梱包用の木枠の中に閉じこめられ、足首に鎖を巻きつけられ、金属板で地面に固定された。一隅には休憩のためのマットレスがたたまれて置かれていた。排泄のためには、糞尿がいっぱいにあふれたバケツが置いてあった。木枠はぴったりと蓋をされていたが、光と空気が入るくらいの細い隙間は空いていた。

だれ一人として、箱の中の幼児に近よったり、なぐさめたりすることは許されなかった。一九六九年七月の気温は、砂漠内のこの教団の住んでいた場所では、およそ華氏一一〇度*にのぼった。

ここには、エリックという名のもう一人の幼児もいたが、彼はわずか二歳だった。ジーン・ブレイトンは、二歳のエリックが生意気な態度をとったと考え、この子を数日間日の出から日没まで、ヨガの正座の姿勢をとらせた。

人種間戦争の勃発を待つ間、彼らは一時しのぎの宿舎として、両端に壁のない鉄板の建物を作りあげた。七月二十七日の日曜日、ゲイリー・ヒンマンが殺害された同じ日、二人の馬商人が馬を探しに砂漠の家に現われた。二人の男は、暑い夏の太陽の下で木枠の中に閉じこめられているアンソニーを発見し、震えあがった。彼らはブライスにある店に駆けつけ、警察に電話した。警察は手入れを行ない、十一名にのぼる教団の団員を、児童虐待の重罪の疑いで逮捕した。

この幼児の父親で、妻と別居中のジェイムズ・ギボンズは、新聞記事によると、「このグループの行動が気に入っていたので」この幼児と妹のタミーの二人を、ヴィダルのコミューンに預けたのだ、とのべた。彼自身が逮捕をまぬがれたのは、おそらく彼が、マリブのゴンザレス強制労働キャンプと密接な関係をもつロサンジェルス郡の保護観察官だったためだろう。

＊　摂氏約四三度。

この教団がどのようにこの六歳の幼児アンソニーに、人種偏見を教えこんでいたかを物語る恐ろしい逸話がある。団員が逮捕されたのち、彼は里親家庭に送られ、そこで黒人女性が彼の世話をした。アンソニーは彼女に、〝星形儀式〟と呼ぶ魔法の儀式を行なうから、剣を貸してほしいと頼んだ。女はこの儀式を見ようとそばをはなれようとしなかったが、少年は「クロンボに見せるわけにはいかない」といったのだ。

のちに一九六九年八月初めになって、一人のOTOのメンバーが砂漠のコミューンの近くで死体となって埋められているのが発見された。彼は、テラキあるいはジムソン・ウィードでつくったお茶の過飲で死亡したらしい。

ブレイトンに対する逮捕状がだされると、ブレイトンと選ばれた部下たちは、メキシコのエンシナーダにある彼女の所有地へ飛行機で逃亡した。

彼女が飛行機で飛び立つと、支配下を脱した数人の部下が出頭し、彼女に対する検事側の証人となった。コミューンの十一人のメンバーは裁判に付されたが、その中には、児童虐待の重罪で起訴されていた、アンソニーの母親のビヴァリー・ギボンズも含まれていた。裁判は一九六九年十月から十一月にかけて開かれ、全員が有罪の判決を受けた。

ブレイトンと多数の部下に対しては、出廷拒否のために、FBIの指名手配令状が発布された。現在（一九七一年）でも、ジーン・ブレイトンと忠実な部下たちは依然として逃走を続けているが、ＦＢＩ捜査官もまた執拗にそのあとを追っている。それはそれとして、一九六九年四月におけるマンソンについて話をもどすことにしよう。

10　ドナー峠《パス》

一九六九年初め、まだファミリーがグレシャム通りの家に滞在している間に、マンソンの古い刑務所仲間が出没しはじめた。その男は、ウィリアム・ジョゼフ・ヴァンシッククル（別名ウィリアム・レックス・コール、デイヴィッド・リー・ハミック——甥から借用した名、デュアン・シュウォーム）といい、ファミリーにとって、彼の名はビル・ヴァンスだった。やがて彼はファミリーの組織の中で殺人担当大臣の役目をつとめるようになる。

ヴァンスは昔、ブラッシー・マウンテン刑務所のライトヘビー級チャンピオンだったことがある。三十四歳で、背が高く、鼻はつぶれ、歯が数本欠けていた。

ヴァンスは、ファミリーの住いから遠くないグレシャム通りのアパートに住んでいたらしい。数カ月たつと、スパーン・ランチから出動する偽造者や夜盗の熟練部隊の指揮をとるようになった。

ファミリーの一員ポール・ワトキンスはヴァンスについて次のようにのべている。

「彼と初めて会ったとき、おれたちはキャノーガの家に住んでいた。砂漠がひどく寒くなったんで、しばらくの間スパーン・ランチをひきはらってそこへきていた。ビルはチャーリーの友だちだった。

「ビルが出没するようになったので、おれたちはやつに、LSD《アシッド》を教えこんだ。やつはおれたちといっしょに、何回かすごいトリップをやったもんだ。ある晩、おれたちはすわりこみ、アシッドをやりはじめた。タブ*をやればやるほど、おれたちはいい気分になっちまった。

「こうしてビルは、おれたちと同居するようになった。ただあいつには、まずいことに盗癖があった。やつは盗むことが好きでたまらなかった。まったくの話、あいつの心の中には、盗まずにゃいられない気持にかり立てる悪魔が住んでたんだろう。望むものがすべて手に入ったとしても、やつは外に出かけて、何か盗み出したにちがいない」

ポール・ワトキンスは、ビル・ヴァンスがトパンガ・キャニオンのトパンガ・ステーブル**と呼ばれる建物を持ち、向精神薬《サイキデリックス》が宗教的聖体として合法的に用いられるよう

＊　カプセル状のLSD。
＊＊　うまやの意。

に麻薬吸引教会を作ることに興味を示していた、と語った。

ビル・ヴァンスは〝マネー・トリップ〟にも大いに興味を示した。たとえば、彼は〝ストレート・サタンズ〟のジョーとダニー・デカーロの二人に、カリフォルニア州ヴェニスでモーターサイクルの修理工場を開かせようとした。ヴァンスの考えたもう一つの大計画は、トップレス・ダンサーの養成だった。

これより前にボブ・ボーソレイユは、ジェラルド演劇エージェンシーの社長、ジャック・ジェラルドと知り合っていた。この会社は、ロサンジェルス一帯のナイトクラブに出演するトップレス・ダンサーとポルノ映画の男優、女優を供給するのが専門だった。またこの会社は、ストリッパー用のGストリングと舞踊衣装の小売りも行なっていた。ボーソレイユはこのエージェンシーの仕事をするようになった。彼の仕事の中には、ステーション・ワゴンにトップレス・ダンサーを満載し、毎晩あちこちのナイトクラブに送りとどけることもふくまれていた。

ジェラルド・エージェンシーは、サンセット・ストリップのサンセット大通り八九四九番地にあるウィスキー・ア・ゴーゴーから丘を上ったところにあった。一九六九年三月二十三日、ボーソレイユはこのエージェンシーとのあいだに、作曲家としての契約を結んだ。彼は、建物の玄関の合鍵を受け取り、彼の歌の試作テープを作るため、テープ録音設備の使用を許された。

ボーソレイユがジェラルド・エージェンシーについて話しだすと、ヴァンスやマンソンまでもが、ランチの女性たちの何人かをトップレス・ダンサーに仕立ててあげることができるだろう、と考えはじめた。ビル・ヴァンスは、娘たちの〝代理人〟をつとめることに同意した。彼はネクタイと背広で正装し、身元を証明するカードの類が得られそうな年齢の娘たちに、トップレス・ダンサーむきのハイヒールと衣服を着飾らせた。チャーリーは、娘たちがそれぞれ週に二百ドルは稼ぐだろうと考え、十人が働いて、その金をファミリーに渡せば、当然週二千ドルの収入になる、と胸算用した。

ヘルター・スケルターの際の脱出計画の一部には、一フィートあたり三ドルの、きわめて高価な黄金のロープが必要とされ、マンソンは、やがて到来する終末戦争の修羅場の間中、ファミリーをホピ族の洞穴内に吊り下げておろす数千フィートの黄金のロープと、巻上げ機を装備したトラックを欲しがっていた。十名のトップレス娘が時間いっぱい働けば、世界の終末に備えるためのロープを買う金くらいはすぐに手に入る、と考えたのだ。ウー・イー・ウー！

ストレート・サタンズのジョーは、ヴァンスといっしょにヌード・ダンサーに仕立てあげる予定の娘たちを連れて、ジェラルド・エージェンシーへおもむいた。彼は、サンセット・ストリップにあるベン・ブルーのコーヒー・ショップで大騒ぎしたあと、一同を車に乗せた。

〝セクシー・サディ〟グラッツは、口紅をつけメーキャップすると別人のようになり、見分けるのに苦労するほどだった。彼らは、ジェラルド・エージェンシーで、そこの女性と面会の約束をしていたが、その席にはジェラルド自身も姿を見せた。娘たちのうち数名の胸が小さかったので、ジェラルドは、トップレス・ダンサーに要求される大きくぶら下がった乳房を作るために、胸部にシリコン注射を行なって欲しいといった。話は当然その場でこわれてしまった。

一九六九年の春の間中、ボーソレイユは、音楽家としてのよい仕事口を探そうと、デニス・ウィルスン、メルチャー、グレッグ・ジャコブスンの三人にはたらきかけつづけた。ジャコブスンは、ボーソレイユの吹き込んだテープを試聴するため、二度にわたってジェラルド・エージェンシーを訪問した。

四月には、ボーソレイユはノース・ビヴァリー・グレンにある、デニス・ウィルスンとジャコブスンの家に、およそ一週間住んでいた。この家でボーソレイユは、キティ・ルートシンガーという名の、ほっそりした、赤毛の十七歳の少女と出あい、のちに同棲することになった。

ボーソレイユとキティは、二週間ほど、スパーン・ランチから遠からぬデヴォンシャー通りにある、キティの両親の所有するランチで生活した。キティは妊娠し、一九六九年五月の終りに、二人はローレル・キャニオンに移って二、三週間そこで暮らし、ちょうど例の一大終末戦争の発生に間に合うように、スパーン・ランチへ帰った。

一九六九年二月十二日、ポランスキー夫妻は、シエロ通り一〇〇五〇番地の三エーカー半の土地の所有者で、ショー・ビジネス・マネージャーのルディ・オルトベリと土地の賃貸契約を結んだ。メルチャーとウィルスンに、チャーリー・マンソンをスーパースターに仕立て上げる計画を吹きこまれていた当人である。オルトベリ自身は、本屋から百五十フィートほどはなれたところにある、もう少し小さな〝管理人用〟の家に住んでいた。

二月十五日に、ポランスキー夫妻はこの家に引越した。この年の家賃は月千二百ドルで、夜間の照明も完備し、庭師と管理人のサービスも十分だったにせよ、寝室が三部屋しかないことを考えれば、これは詐欺的な値段だったようだ。

この邸宅は、ベネディクト・キャニオンの上方の、非常に閑静な環境に恵まれた、樹木の多い山腹にあった。この邸宅にはまた、水泳プールと端に白い手すりがついた、あの伝説のまつわる中二階《ロフト》のある、大きな二階建ての居間があり、この部屋の隅の白い手すりから、黒い頭巾と黒い革製エプロンが発見されることになるのだ。

この賃貸契約は、夫妻の親しい友人の話によると、パラマウント映画会社が経費を支払うことになったので好都合に運んだということだ。ロマン・ポランスキーは、ガレージの真上の部屋に自分の事務所を移そうと考えていた。

一九六九年三月十五日、ポランスキーはシエロ通り一〇〇五〇番地で新居開きのパーティを開いた。パーティの席上、フライコウスキーとアビゲイルに歌手のキャス・エリオットが紹介した招かれざる客のあいだで、口論が起こった。このころキャス・エリオットは、ウッドストック通り《ロード》にあるフォルジャーとフライコウスキーの家の近所に住んでいた。

ピック・ドーソンという名の男が、シャロンのエージェントの足を踏んだことからいさかいになり、トム・ハリガン、ベン・カルサーズ、それにビリー・ドイルという名の三人の男が、この喧嘩でピック・ドーソンに加勢した。ポランスキーは激昂し、ドーソンとその友人たちをパーティから追い出した。

しかしこの年の夏のあいだずっと、ポランスキー夫妻が仕事でヨーロッパに滞在しているあいだ、この四人の男たちは、ポランスキー邸に客として出入りしていた。

マンソンの公判中、廊下で記者たちが語りあっていた噂話によれば、映画『ラヴ・マシーン』のプロデューサーが、「ナンシー・シナトラもこのパーティの客として招かれていたが、あまりに大っぴらな麻薬吸引に激怒した」と語ったということだ。彼女はボーイフレンドに、すぐこのパーティから連れかえってほしいと頼んだ。帰りかけた二人が、美しい芝生の上の白い鉄の長椅子の前を通りかけたとき、そこでウォーレン・ビーティ、ジェーン・フォンダ、ロジェ・ヴァディムが坐って話しこんでいたのを見ている。

家を出て、丘を下り車に向かったとき、長髪のヒッピーの一団に出会った。彼らは二人に、「パーティの開かれているのはどこだい？」とたずねた。二人は振りかえって丘の上を示した。そのときヘルター・スケルターの一団が、あのシエロ通りの邸宅に向かっていたのかどうか、それは今もわからない。

その翌日、三月十六日、シャロン専属の写真家、シャーロック・ハタミとシャロンは、リオデジャネイロへ出発するロマンを空港まで送った。リオデジャネイロでは、ミア・ファーローが、映画『ローズマリーの赤ちゃん』の演技で賞を受けることになっていた。

リオデジャネイロ映画祭終了後、ポランスキーは、ユナイテッド・アーティスツ社の『イルカの日』という映画のシナリオを書くため、ロンドンへ向かった。この映画は、言葉を話すことを習ったイルカの登場するスパイ物語である。彼はまた、おそらく親友のジーン・ガトウスキーと共同経営の会社、ケイダー・プロダクションを通じてだと思われるが、この映画の製作および監督をつとめる予定だった。

シャロンはローマへ向かい、ここでヴィットリオ・ガスマンと共演の『十二プラス一の椅子』という映画を撮影した。追加部分は、のちにこの年の夏にロンドンで撮影された。

　ポランスキー夫妻は、四カ月ものあいだ邸を留守にしていたが、家財道具を残しておいたばかりか、家を開放し、犬の世話などをするために人を住まわせていた。映画『ジョアンナ』や『昔マイラは男だった』を監督した若いイギリス人、マイケル・サーンはポランスキー邸に滞在する予定だったが、ポランスキーがリオに出発する直前に、計画を変更してマリブ・ビーチのビーチハウスを借りることにした。ヴォイティック・フライコウスキーが、春と夏のあいだ、ポランスキー邸に滞在したいと申し出た。ポランスキーは、ミス・フォルジャーがいっしょなら移ってきてもよいと同意した。

　ポランスキー邸の所有者、ルディ・オルトベリは、この年の夏をヨーロッパで過ごす計画だった。ある日、彼はウィリアム・ギャレットスンという名の、オハイオ州ランカスターからきた十八歳のヒッチハイカーを車に同乗させてやった。オルトベリは彼を、ヨーロッパ滞在中の邸の留守番として雇うことにした。ギャレットスンには、雇用期間中の住居として、邸内の〝来客用家屋《ゲスト・ハウス》〟兼管理人室が提供され、週三十五ドルという願ってもない給料が支払われた。

　ギャレットスンの仕事の中には、テリー・メルチャー所有の二十六匹の猫の世話をすることも含まれていたが、メルチャーは、この猫たちを置いたまま、しばらく旅行したこともあったようだ。彼はまた、セイパースタイン（シャロン所有のヨークシャー・テリア）や、のちには、アビゲイルのダルマシアン犬、またオルトベリの、吠えたり噛みついたりする癖のある、気むずかしいバイマー種ポインターのクリストファー号の世話もした。オルトベリの、緑色のよくさえずるフィンチ*の世話もしなければならなかった。邸内を警備しなければならなかったし、住人になれなれしくすることは許されず、ゲスト・ハウスの電話のそばを離れるわけにもゆかなかった。

一九六九年三月二十三日の夕方、マンソンがシエロ通りのポランスキー邸の玄関に姿を現わした。

ハタミが応対に出た。彼はこのとき、翌日ローマへ旅立つシャロン・テートが荷物を用意しているところを撮影していた。少なくとも彼はそう証言している。ハタミの撮影していたのは、おそらく映画女優たちの私生活を題材とした、テレビ・ドキュメンタリー映画だったのだろう。

両腕に刺青をした女性を連れた身長五フィート六インチの、濃い胸毛を生やしたこのチャーリー・マンソンと名乗る男が、シャロン・テート邸の玄関をノックしたのはなぜだったのだろう？

＊ スズメ科の小鳥。

ハタミは公判で、マンソンが「あるだれか」の居場所を質問した、と証言し、それがテリー・メルチャーだったと言及した。ハタミはおそらく、ルディ・オルトベリが住んでいた、プールの向こう側の管理人のいるゲスト・ハウスを教えたのだろう。マンソンがポーチのそばにいたとき、シャロン・テートが戸口に出て、そこにいるのはだれかとたずねた。

そのときオルトベリも、出発のための荷づくりをしていた。彼も、翌日シャロン・テートとともに、ローマへ飛び立つ予定だった。マンソンが、日除けのついたポーチまできたとき、オルトベリはシャワーを浴びていた。

オルトベリはのちに法廷に立って、彼の犬の吠え方には、人間に対して吠えるときと、動物的な普通の吠え方の二つのタイプがあり、そのとき犬は人間の気配を感づいていたにちがいない、とのべた。そこで彼は、シャワーで濡れた体にタオルを巻きつけ、戸口に出た。

オルトベリは、マンソンの訪問は、テリー・メルチャーの居場所を探すためだったと証言したが、当のメルチャーは、四カ月も以前に、この邸宅をはなれていた。

マンソンが自己紹介しかけたとき、オルトベリは「あんたがだれだか知っているよ、チャーリー」といった。そして、『ドリス・デイ・ショー』の主任プロデューサー、テリー・メルチャーの居場所など知らない、と答えたらしい。

メルチャーの親友、グレッグ・ジャコブスンはマンソンの公判で、自分たちは、ファミリーがまだグレシャム通りに住んでいた期間に、マンソンの歌の録音を行なったと証言している。だからマンソンが、メルチャーが母親のビーチハウスに引越していた事実を知らなかった、とは信じがたい。ファミリーは、マンソンがポランスキー邸を訪問したころまで、グレシャム通りに住んでいたのだ。メルチャーがグレシャム通りの家を訪問する約束をマンソンにしながら、結局現われず、マンソンの機嫌を損ねたという事実は、よく知られている。シエロ通りの家へのマンソンの訪問はいまも謎につつまれている。

翌日、ローマへ向かう飛行機の中で、オルトベリとシャロンは、マンソンについて会話をかわした。

一九六九年三月二十四日、殺戮の村では、卑劣な強姦行為が行なわれていた。ピカピカ光ったコンヴァーティブルの新車に乗って現われた氏名不詳の二人の白人男性が、スパーン・ランチから約二マイルほど離れたところにあるチャッツワース通りを歩いていた、カリフォルニア州レシーダ出身の十七歳の少女を車内へさそいこんだ。いやがる未成年の少女をつれ、二人はトパンガ・キャニオン大通りの西にある、みすぼらしいランチに車を乗りつけた。二人はおそらく、この少女をスパーン・ランチの裏手の建物へ連れこんだものと思われる。少女の警察での供述によれば、その家は道路からかなり離れていたという。彼女はその家へ連れこまれ、世にも恐ろしい目にあった。こういう話は警察の記録が最もよく描写してくれる。

被害者は、そこは生まれて初めて経験する奇妙な場所だったと語っている。居間には、二十人から二十五人ほどの人間がいて、坐ったり、立ったり、寝ころがったりしていた。男たち、女たち、少女、少年、それに幼児もいた。ストロボ電球が明滅し、いろいろな物が、壁からぶら下がっていたが、どれもサイキデリックなものばかりだった。何人かが床に坐り、楽器のようなものを爪ではじいていた。全員が、汚らしいジョッキから飲み物を飲み、何かを喫煙していた。

「ここはどこなの?」とレシーダの花が尋ねた。

「ここはここよ」と氏名不詳の白人女性が答えた。

罠にかかった少女は空腹を感じたらしく、ファミリーのある娘が、彼女にコーンフレークスを用意した。ファミリーの習慣によって、まずそのコーンフレークスをトムという名の犬に与え、彼女が食べることができたのは、そのあとになってからだった――ファミリーのテーブルマナーによれば、女より先に、犬がまず食べることになっていたのである。

この少女はチャーリーに紹介された。マンソンはここでの規則を説明しようといい、彼女を外に連れ出し、自動車内で強姦し、その後ズボンをはき、家の中にもどり、集会で歌を歌ってきかせた、という。何日かのち、この少女は、だれかの車に同乗し、煙草を買いにチャッツワースの酒屋まで行き、それから両親のもとへ逃げ帰ったが、両親が世間体を恥じて告訴しなかったので、マンソンは起訴を免れた。

一方リオデジャネイロで開かれた映画祭終了後のある日、ロマンとシャロンはジャマイカへ小旅行をしたが、彼はそこで旅券をなくし、ロンドンへ帰らざるをえなくなった。シャロンはローマへもどった。彼女はこの年の春、しばらくしてロンドンへ帰り、夫と合流した。

シナリオ作家、監督、そしてビジネスマンとしてのポランスキーの仕事は、ますます忙しさを増した。一九六九年四月には、『渚の一日』と題するオリジナル・シナリオが、ケイダー・プロダクションによって、コペンハーゲンで撮影を完了した。ヒール・ヘレスマ著になるオランダの小説の翻案であるこの映画は、若いモロッコ人監督、サイモン・ヘセラが監督をつとめた。

それだけではなかった。

ポランスキーは、一九六九年四月の初めにヨーロッパへ行き、ユナイテッド・アーティスツ社の仕事に加えて、明らかにパラマウント映画のものと思われる二つのオリジナル・シナリオを書いた。

そのうちの一つ、パガニーニの生涯を描いた映画は、『ラベンチュラ』を書いた作者との共同執筆の予定だった。

イヴァン・モファットとの共同執筆によるもう一本の映画は、『ドナー峠《パス》』*という題になる予定で、一八五一年冬のスコー・ヴァリー**で起こった悲惨な遭難のとき、開拓者たちが一時的に食人種と化した話を素材にしたものだった。

一九六九年初めに行なわれた、ジョゼフ・ジェルミスとのインタヴューの中で、ポランスキーは、次のように語っている。「この映画は、イリノイからカリフォルニアへ向かった人間たちの物語だ。当時、カリフォルニア在住のアメリカ人は、わずか七百人にすぎなかった。移住民たちはこの楽園に向かおうと旅立ち、まだ冬も浅いうちにシエラネヴァダで大雪に出会った。彼らのほとんどが死亡し、生き残った数少ない者たちは、のちに食人行為《カンニバリズム》のかどで非難されることになった」

「カンニバリズムですって？」とインタヴュアーが、驚いたようにいった。

「うん、うん、分かってるよ。だが、こいつは私の初期の映画とは関係ないんだ。なんだってきみは、私が奇妙な行為にとりつかれてると考えるんだね？」

一九六九年四月一日、ヴォイティック・フライコウスキーとアビゲイル・フォルジャーが、シエロ通りの邸宅に引越してきた。

＊　ネヴァダ州からシエラネヴァダを越える峠の一つ。海抜約二千百メートル。
＊＊　タホー湖の北西に位置し、いまは冬のリゾート地になっている。

11 スパーン・ランチ——一九六九年四月—六月

ダニー・デカーロによれば、スパーン・ランチへのファミリーの一括移住を許可するようジョージ・スパーンを説き伏せたのは、赤毛で熱意にあふれたスクィーキー・フロムだったという。一九六九年四月初め、ファミリーはスパーン・ランチへもどった。チャーリーの立てた主要計画表には、スパーン・ランチをスクィーキーに贈るよう遺言にサインさせることも含まれていた。ジョージは当時八十二歳だったが、結局スクィーキーはスパーンの鞍だらけの家に永住することを保証された。

マンソンがこのランチの所有権を獲得する可能性も、ないことはなかった。老スパーンが、ファミリーの女たちを身近におくことを熱望し続けていたからだ。スパーンは一週間に一度くらい、自分より六十五も年下の少女たちと関係させてくれ、といってはばからなかったという。

ジョージ・スパーンの長年にわたる協力者だったルビー・パールが、まだそこにいたにもかかわらず、マンソンは前年の夏と同じやり方で、ランチに触手をのばしはじめた。ファミリーとスパーン一家との関係は常に微妙なものだったが、スタントマンたちや身寄りの者たちが、スパーンの耳に何とささやこうが、マンソンは愛《ラヴ》という切り札を持っていた。

ジョージ・スパーンの息子ジムとの間には、いつもいさかいが絶えなかった。彼はしばしば、このきちがいヒッピー《フリーク》たちを放逐しようとしていた。反対に娘たちのほうは、ジムが馬を去勢したといってひどく反感をいだいた。一方マンソンは、五月に家賃の遅滞のため追い立てられるまで、キャノーガ・パークにあるグレシャム通りの家を借り続けていた。彼はその家に、自分専用の八人の娘を住まわせていた。隣人の証言によれば、他の男性はだれ一人としてこの家への立入りを許されなかったという。

マンソンはまた、このランチの財政計画についても口を出そうとしていたらしい。この年の春、スパーンは資産税を支払う金に迫られた。デカーロの証言によれば、マンソンは、彼におよそ三千ドルを用立てたという。

ルースアン・モアハウス（別名ウーイッシュ）は、逮捕され、感化院に送られたが、ジョージ・スパーンの保護下に釈放された。ジョージは明らかに彼女の里親となったものと思われる。なんということだろう。ここでまた、ウー・イー・ウーの叫び声をあげることにしよう。

ウーイッシュは、実際の年齢より十五も上に見られるほど成熟していた。彼女は、馬囲いのそばにある事務所の〝金銭登録機〟の前に立って働きはじめ、馬の借り手から代金を徴収した。これは、マンソンがこのランチでどのくらい支配力をもっていたかを示す良い実例である。スパーン・ランチにもどると、彼らはまず莫大な労力を費やし、ロングホーン酒場《サルーン》を〝ミュージック・ホール〟あるいはナイトクラブに改造しようとした。マンソンは、莫大な利益が上がると言葉たくみにスパーンを説得した。のちにマンソンは弁護士に対して、彼が酒場を開いたのは、ただ少女たちに仕事を与えたかったからだと述べた。

サンフェルナンド・ヴァリー地域の若者たちを彼らが群をなすほどに引きつけることになった、この〝ミュージック・ホール〟の狂態の磁石のような魅力を、娘たちは今も憶えている。

酒場の一番奥にはステージが作られ、ギターのアンプや音響装置、ドラム・セットなどが置かれていたが、それはどんなバンドにも使えるものだった。一隅には、ロックのレコードをつめこんだジュークボックスが置かれていた。天井からは、白色とオレンジ色のパラシュートが吊られていた。左手には、長いカウンターが作られ、ポップコーン、ポテトチップス、ソーダ水、コーヒー、それに麻薬などが無料で供給された。床の上には、継ぎあわせたじゅうたんやマットレスが敷きつめられた。この十代むきのダンスホールの狂態は警察の注目を集め、警官たちが若い指名手配者を探しにしばしば出没するようになった。

　ロングホーン酒場の圧巻は、デイグロ塗料とブラックライト*を使ってヘルター・スケルターの図を描いた、フレスコ画法の壁画だった。絵には、山と砂漠とゴーラー・ウォッシュが描かれ、明らかにヘルター・スケルターの使徒と思われる人物が、天上、あるいは大空から、人々を救いに現われるところが描かれていた。壁画の最下部には、「ヘルター・スケルター、ゴーラー・ウォッシュおよびデス・ヴァリー」と書きこまれていた。その近くにあるテーブル上のジョッキには、「ヘルター・スケルターのために寄付を」と書かれていた。これは、ウーイッシュが考え出したものである。

　数週間後、この娯楽施設は警察の手で閉鎖された。ジョージ・スパーンは、ナイトクラブ無許可営業のかどで、千五百ドルの罰金を申し渡された。ヘルター・スケルター・ア・ゴーゴーよ、さらば。

　マンソンは、私企業の経営者と同じくらい多くの利益を得ていた。殺人の年の春が終わり夏が来ると、そのほとんどが彼自身に起因するめんどうな障害が、さまざまの面で発生しはじめた。逃げ道はなかった。

　マンソンに課せられた重荷の一つは、ドイツ系アメリカ人のリゾート施設を建設す

＊　暗闇で蛍光物質を光らせる紫色の光。

るために、スパーン・ランチを買いとろうと熱心に働きかけていた大陸開発会社*の存在だった。彼らは、スパーン・ランチ周辺の土地の購入を開始し、ドイツ人の子孫であったスパーンに、土地を売り渡すようはたらきかけた。

スパーンの一家は、この売買から得られる利益を考え、熱心にこの取引きを成立させようとした。大陸開発会社が、スパーン・ランチのような、不つりあいで目ざわりな建物をただちに取りこわし、不快なヒッピーたちを放逐するのは目に見えていた。

スパーン・ランチ内における諸事情は、その前年と何一つ変わらなかった。少なくとも肉体的な面では――。

スパーン・ランチの、人目につかぬ谷間や、奥まった森林地域では、あいかわらず裸体が正規の制服だった。サンタスザンナ間道《パスロード》からわずか百フィートしか離れていない前方の映画セットでだけ、わずかに身体を隠すものが必要とされた。

ジョージの家のそばには、悪臭を放つ便所があり、そこのシャワーはよく故障を起こした。予備のシャワーは、ランチの裏を流れる渓流の下手にある八フィートの高さの滝だった。

滝の真上には洞穴があり、時々ファミリーのだれかが、睡眠をとったり、野営したりした。

人々が寝とまりしていた映画撮影セットの裏手には、数多くのヴァンや古いハウストレイラーがあった。

ランチ中のあちこちに、手軽に悦楽を得るための寝袋やマットレスが放り出されていた。おそらく、早い時間にベッドにつく習慣があったのだろう。おそくまでまごまごしているとマットレスを見つけるためにランチから遠く離れたところをうろつかねばならないことになるからだ。

バイカーたちの多くは、ヒットラー信奉者の大メダルのついた、油を塗った革ジャンパーを身につけ、またある者は、一方の拳にｌｏｖｅ、もう片方にｈａｔｅの文字を刺青し、自分たちに怖れをいだく娘たちには〝自由・解放〟のトレーニングを行なった。ジプシー（マノン・ミネット）はおそらく、最初のうちはストレート・サタンズの連中との性交をためらっていたと思われるが、次第にそのことを〝認識《グロック》〟するようになっていった。

「バイカーたちは姿を見せると、いつも『着てるものを脱いじまえ』と彼女にいった。そして彼女が裸になると、やりたがっているバイカーのだれかに渡してしまった」と、テキサスからきた若い男、サンシャイン・ピアースは述べている。

前にも触れたように、ストレート・サタンズの一員であるダニー・デカーロは〝葬

＊　トランスコンチネンタル・ディヴェロップメント・コーポレーション。

儀店〟で暮らしはじめていたが、ここはデカーロの所有する武器庫でもあり、すぐに銃器室という名で呼ばれることになった。マンソンの目には、デカーロは無節操で、計画性に乏しい男にうつった。

デカーロはバイカー・クラブのボスであり、彼を通じてなら、ストレート・サタンズに手をのばし、彼らにファミリーの制服である褐色のシャツを着せることもできそうだ、とマンソンはあてにしたのだが、実際にはそうはいかなかった。スパーン・ランチの生活の基調は、安逸ということだったからだ。ファミリーはある場所に住みこむことが得意で、その特技はあちこちの小さな町のドラッグストアなどでも明らかになった。

バイカーたちもランチの生活に慣れ、酒を飲んだり、大騒ぎしたり、ひまな時には自分たちのマシンを分解したりしていた。デカーロと仲間の連中はやがてコカコーラのびんを金に換えてぶどう酒を買い、マンソンを嘆かせた。デカーロはまた、滝の上で、エルマーという名の麻薬植物を栽培した。エルマーは、麻薬植物の中では、最も効果の少ないものの一つだった。この殺戮の夏における唯一の和やかなものの象徴としての、ある種の栄誉を獲得することになったともいえる。

ごく平凡なロサンジェルス市民で、時々スパーン・ランチを訪れたり、泊まったりした者の数は、文字どおり数百人にのぼった。

スパーン・ランチで撮影が行なわれたB級映画に出演したある〝スターレット〟は、週末になるといつもランチへやってきたものだった。

彼女がやってくると、すぐにだれかが彼女をマットレスの上か藪の中に押し倒し、裸にしてしまうのが常だった。

「ここに来るといつも強姦されてしまうの」と彼女は嘆いていた。

何人かのバイカーは、ランチで撮影されたコマーシャル・フィルムや映画の一部に、端役を与えられた。このファミリーと映画製作者たちとのつながり、つまりマンソン伝説における、極秘の、偏執的なまでに金の力で隠蔽されている真相については、のちに詳細に検討を加えよう。

ロサンジェルスのある教会で働いていた一人の男は、ロサンジェルスにあるヴァン・デキャンプのパン屋からたくさんの残り物を集め、スパーン・ランチへおもむき、あらゆる種類のパイやケーキや菓子などをファミリーに配ってやっていた。セクシー・サディとジョーは、余ったパンをヴェニスやサンタモニカへ運び、路上の浮浪者やヒッピーたちに配り与えた。

肉食主義者たちについても、一言触れておくべきだろう。サディには肉食の傾向があり、スパーン・ランチにおける菜食献立には、耐え難い者もいた。サディはときどきどこかのレストランに駆けつけ、ステーキを注文した。この欲求はきわめて激しいものだった。ダニー・デカーロとジョーも、週に一度ほどヴェニスへ行き、最上級のサーロイン・ステーキを食べていた。

その前年にファミリーが初めてスパーン・ランチに姿を現わしたときとくらべると、この時期のスパーン・ランチには、ある大きな相違点が見いだされる。お気に入りの会話の主題が、精神《マインド》ゲームから殺戮に変わっていたのである。

「彼らはいつも、殺人について話していました」と、近くのスティール・ランチに住む若者はのべている。

長期間にわたってチャーリーは、「善も存在しなければ、悪も存在しない」と語っていたのだが、今や彼は、「殺人衝動をおさえることはできない」とか、「もし進んで殺されようとするのなら、進んで殺人も行なわねばならない」とか、「今度十字架にかけられるのは、白ブタの番だ」などと語るようになっていた。

彼は、大っぴらに殺人や虐殺について語るようになり、その言葉はまるで、自己充足的な予言のようだった。

この年の春、マンソンは、彼のいわゆる〝魔法の剣〟を得た。あの多くの人々を傷つけた剣は、このナックルガード*のついた手作りの全長二フィートほどの剣だった。ジョージ・ノウルという名のストレート・サタンズの一員が、この魔法の剣をチャーリーに与えた。チャーリーはある日、カリフォルニア州サイミで、ノウルに切符の代金を支払ってやったあとで、この剣を要求したのである。

この剣は、マンソンの儀式用の剣の役目を果たすようになった。彼は、暴力に心を奪われてしまったかのように、この剣で空を切ったり突いたりして、よくランチの板道をはねまわっていた。

ファミリーの映画の一編を撮影中、マンソンはおそらくその剣でだれかの腕に傷を負わせたらしい。傷つけたのがだれの体だったかは、まったくわかっていない。

だがその剣は、ゲイリー・ヒンマンの耳を二つに切断した。その剣はまた、ラビアンカ邸へも運ばれていったかもしれない。マンソンがデヴィル・キャニオンをパトロールするときは、彼の司令デューンバギー車にとりつけられた金属製の〝さや〟におさめられていた。

殺人の行なわれたのちに、ストレート・サタンズの連中はランチを急襲し、この剣を奪い返した。おそらく彼らは、この武器によってなされた行為について何か耳にしたのだろう。

マンソンは、殺戮の開始を決意するにあたって、慎重に熟慮を重ねた。彼の一連の説教には、ナイトクラブ演芸のだし物のように、いつもさまざまな小細工や変化がつ

＊　拳を保護する部分。

け加えられていたが、このころははっきりと虐殺を指示するようになっていた。

一九六七年以来ジョージに雇われていたパナマ人——ランチの雇い人であり、ベトナムにいたこともあり、恐ろしい虐殺行為の経験者でもあったファン・フリンは、殺人の開始にあたって、チャーリーに助言を行なった。

ポール・ワトキンスによれば、チャーリーが殺人について話し始めると、ファンは「そいつは喫煙と同じさ、チャーリー。一度始めると、やめられなくなるんだ」と語ったという。

ファミリーの言動が常軌を逸するようになればなるほど、彼らの目の前でドアがバタンと閉ざされることも多くなった。彼らは、ブレントウッドやベルエア、ベネディクト・キャニオンなどに住む金持ち族、彼らのいう〝ピッギー〟たちを、憎むようになっていった。マンソンのお気に入りの説教のうちの一つは、田舎のブタ屠殺についてのものだった。不運にもこの光景に立ち会うことになった者なら、ブタがどのように縛りつけられ、後ろ足を縛られ、皮をはがれたあげくにバラバラにされ、内臓を取り出されるかを知っているだろう。これこそまさに、マンソンがブレントウッドの〝ブタたち《ピッグ》〟の運命について述べた説教の内容だったのだ。テックス・ワトソンがポランスキー邸に四十三フィートもあるロープを持参したのは、おそらくこの目的のためだったのだろう。殺害予定の知名人〝リスト〟をつくりはじめたのは、暴力がスパーン・ランチを支配した一九六九年の初めである。

ほどなくファミリーとバイカーたちは、モーターサイクルやデューンバギーの夜間レースをはじめた。近所の人たちは苦情を持ちこんだが、マンソンはそのうちの一人を、黙らないと家に火をつけるぞ、と脅しつけた。

スパーンも、警察に深夜の騒音の苦情を持ちこんだらしい。この騒音は、馬を驚かせ、近隣の人々の安眠を妨害した。二人の保安官補が、検査と実態調査報告書の作成のため現われた。二人が立ち去ったのち、ジョージはマンソンに、警察が彼にファミリーを敷地内から追放するよう要求したと告げた。マンソンは怒りを爆発させ、金切り声をあげてわめいた。彼は、ジョージが恩知らずで、ほんとうは目が見えるのだろうと詰問した。

マンソンはジョージが目ばたきするかどうか試そうとして、眼前でナイフをちらつかせた。また一人の娘に、スパーンの前で裸になれと命じた。しかしジョージは目ばたき一つしなかった。

一瞬沈黙が訪れたが、そのあと、室内ではスパーンの眼前で性交シーンがくりひろげられた。

伝説によれば、マンソンはその時、「アイ・ラヴ・ユー、ジョージ」といい、立ち去ったということである。

一九六九年春、パトリシア・クレンウィンケルは、おそらくはサンディ・グッドが父親から得た小遣い銭で、十頭か十五頭分の鹿皮を購入した。この皮から、娘たちはファミリーの男たちに、鹿皮服を作ろうとした。スネイクとウーイッシュとジプシーたちは、この〝バックスキン〟を裁断して縫い合わせようとしたが、出来あがったのはミュータント用の宇宙服のような代物だった。縫い目をまっすぐにすることすらできなかったので、この作業は他の者の手にまかされることになった。マンソンはこの生皮をヴィクター・ワイルドに渡した。この男の皮革店は、サンタバーバラにあり、そこで男性用のバックスキンの服を縫製していた。マンソンは、アレイスター・クロウリーの誕生日にデス・ヴァリーで最後に逮捕されたときにも、この〝バックスキン〟を着こんでいた。

ヘルズ・エンジェルズとジプシー・ジョーカーズがはげしい戦争状態を迎え、ワイルド（ブラザー・イーリー）は自分の皮革工場を、サンノゼからサンタバーバラに移すことを余儀なくさせられた。彼は、サンタバーバラの真北にあるゴリータで、順調に営業を開始した。

一九六九年の四月半ば、チャールズ・ピアース（別名サンシャイン）というテキサス人の若者が、サンセット・ストリップに滞在し、エラ・シンダー（別名イェラー）

とサディとに出会った。チャールズ・ピアースは、テキサス州ミッドランドの生まれで、波乗りをしたり、陽光の下をぶらついたり、要するに楽しく遊びまわるために、カリフォルニアにやってきた青年だった。サディとエラは、チャールズ〝サンシャイン〟ピアースを説得して、スパーン・ランチを訪問させた。サンシャインはここで、持ち物すべてを手放すことになってしまった——たとえば、金、身元を証明するカード類、それに銀色の六八年型プリマス・ロードランナーなどである。マンソンはこの車を喜んで受け取り、しばらく使用したのち、スタント・マンのランディ・スターに与えてしまった。

七月、宇宙飛行士ニール・アームストロングが月面を踏む直前に、テキサスからやってきた取り立て人がこのロードランナーをとり返し、自動車会社へ運んでしまった。だがファミリーは、この車を所有している間、充分に利用した。このロードランナーは実際、当時のスパーン・ランチにおいては、唯一の立派で頑丈な車だったので、彼らはあちこちでの麻薬密売の際に、この車を大いに利用したのだ。

「われわれは、サンフランシスコやロサンジェルスから麻薬を持ち出し、そいつを街角で売った——」とサンシャインは語っている。

マンソンは、この新車のロードランナーで、有名な事件をひき起こした。警官の一隊に、レースを挑んだのである。

ある晩の十一時ごろ、チャーリー、〝テリブル〟T・J、サディ、それにエラの四人は、スリルを求めてサンシャインのロードランナーに乗りこんだ。トパンガ・キャニオン大通りで彼らは警官にレースを挑み、ふり切ってしまった。

ダニー・デカーロはこの事件について、次のように語っている。「だれもチャーリーをまかすことはできなかった。彼はある晩、LSDをやったあと、エラを車に乗せた。サディはいなかったと思う……警官たちとやりあうためだけに車を走らせ……四台のパトカーを追い抜いた。最後に彼は車を道の一方に寄せて停車したが、警官たちはなぜこの男がこんな真似をしでかすのか見当もつかなかった。警官たちは彼の車のうしろに車を停めた。マンソンは車から飛び出して、こういった。『さあこい。おれを追っかけてみろ!』そして彼は、車に飛び乗り、またすっ飛ばして行った……」

最後には、警官たちは彼らを逮捕し、マンソンを数日間拘留したが、結局釈放することになった。

サンシャイン・ピアースもすべての新規加入者の例にもれず、ヘルター・スケルター、洞穴《ホール》、善もなければ悪もなし、万物は万人のものである、だから盗みを行なうのだといった、マンソンのいつもの一連の講義を聞かされた。彼は信頼を獲得するにつれて徐々に、さまざまの犯罪計画に参加することを許されはじめた。

サンシャイン・ピアースは、マンソンのデューンバギー車を用いる夢想の一つに、郊外でスクールバスを降りた女学生たちを誘拐する計画があった、と語った。彼らはこの一帯を偵察して、どこで少女たちがバスを降りるかを知り、彼女たちを拉致して、砂漠の隠れ家につれこむつもりだった。

ピアースやジョーやその他の男たちは、スパーン・ランチを立ち去ったが、その理由のひとつは、自分たちが徐々にマンソンの話していた〝殺害予定人物〟の一人になりかけていることに気づいたからだった。本当にゾンビーになりたいなんてだれが思うだろう。

一九六九年四月に、自動車窃盗のかどで少数の者が逮捕されたが、容疑は晴れた。レスリー・ヴァン・ホーテン、別名レスリー・サンクストンとステファニー・ロウ、別名ジェーン・ドウ第四十四号が、*この逮捕者の中にいた。

一九六九年四月二十三日、当時撮影された人相写真によれば、あいかわらずモッズ・ファッションを装っていたチャールズ・ワトソンが、麻薬に酔っていたかどでロサンジェルス市警の車に停車を命じられた。エスカレンテ刑事がワトソンの指紋をとったが、これは彼にとって不運な出来事だった。なぜなら、のちに警察がワトソンとポランスキー邸の玄関の指紋とを結びつけたのは、まさしくこのときの指紋だったからで

＊　身元不明の女性の意。

ある。

一九六九年四月二十五日、五カ月前ロンドンに派遣されていたルイジアナ州モンロー出身のブルース・デイヴィスは、ロンドンのヒースロウ空港を飛び立ってアメリカに向かった。彼はイギリスに、サンディ・グッド、別名サンディ・ピューの前夫で、ジョエル・ピューという名の男を残してきたが、この男はほどなく死亡した。

ピューは、メイヨ・クリニックの医師の息子だった。ロンドンにおける彼の死は、ファミリーと関係づけられた最初の死亡事件であり、壁には血文字が書かれていたのだ。彼の死体は、ロンドンのホテルの鍵のかかった部屋で、手首に傷を受けた状態で発見された。ロサンジェルス市警察殺人課によれば、その部屋の壁には、彼自身の血で文字が書かれていたという。検死官は検死に立ち会った精神病医の証言から、手首の傷と壁の文字とは、自殺を示すものだと断定を下した。スコットランド・ヤードは、いまだにこの事件を殺人の可能性もありうるとして調査を続けている。

五月の初め、母の日の少し前、デイヴィスがスパーン・ランチに戻り、熱心に犯罪計画に身を投じはじめた。デイヴィスは、デューンバギー車のガソリンを無料で手に入れるために、まるで小説の筋書きのような計画を作りあげた。彼は、山岳部を越えて砂漠の一端に出、送油管に近づき、この送油管に取入れ口を取りつけ、全世界殺戮指令のためのガソリンを永久に供給する給油樽を設けようと考えた。バイカーの一人が、この提案に冷水をかけた。それは天然ガスか原油で、ガソリンではなかったからである。だがマンソンとデイヴィスの確信は揺るがず、とにかく試みようとして、ガソリンを集めるために、数個の盗んだ消防署用の用水樽をデヴィル・キャニオンを越えて運ぼうとした。

世界の終末（あるいはヘルター・スケルター）への準備に忙殺されながら、チャールズ・マンソンはスーパースターになろうとする計画のためにも時間を費やしていた。ボーソレイユは、才能に輝く作曲家でありプロデューサーでもあるフランク・ザッパに会いに行き、ランチへやってきて音楽を聞いてほしいと頼んだ。ボーソレイユは、ファミリーがモハーヴィ砂漠へ抜けるトンネルのようなものをつくっているといった。しかしいつも奇人たちにとりかこまれていたザッパは、酔狂なことに費やす暇もなければ、興味も示さなかった。

かつてはヴァイオリンの神童といわれたジプシー（別名キャシー・シェア）は、ドアーズのプロデューサーであるポール・ロスチャイルドと会い、ファミリーの音楽を聞かせたが、結局陽の目を見なかった。ジプシーは、ウェスタンのヒットソング「もうパパにはお酒を売らないで《ドント・セル・マイ・ダディ・ノー・モア・ワイン》」の作曲者と同棲していたことがあり、そんなことからこの業界と関係をもっていたのである。

グレッグ・ジャコブスンとデニス・ウィルスンは、チャーリーのために、サンタモニカのウェストウッドにあるモルモン寺院からほど遠からぬスタジオで、レコーディングする手筈をととのえた。このスタジオの所有者はジョージ・ワイルダーという男だったが、彼の態度は「で、おカネはどこに？」という調子で、レコーディングの費用に困ったマンソンが、自分を焼き殺したりするのではないかと心配していた。チャーリーは激怒し、ジャコブスンの形容を借りれば、「二、三台のアンプ、一梃のエレキ・ギター、アコースティック・ギターが一梃、それと二、三の他の楽器」を残したまま、スタジオを立ち去った。結局マンソンは、一枚のLPにするのに充分な、およそ十二曲程度をなんとかレコーディングした。彼はこのレコーディングにあたって、自発的に新曲二曲を作曲した。数人の娘が、バック・コーラスをつけるために参加し、ボブ・ボーソレイユもこれに協力した。ビーチ・ボーイズのデニス・ウィルスン、グレッグ・ジャコブスンとテリー・メルチャーも、このレコーディングを〝認識《グロック》〟するために立ち会った。

マンソンが、ギターの自由な即興伴奏でメルチャーをひどく興じさせたのは、このレコーディングの時だった。ひと休みとったとき、マンソンはギターをかき鳴らしながら、明らかに意味のないシラブルで、ギター演奏をバックにスキャット唱法をやってみせた——ダイ・チュ・ダイ、デイ・デュ・ドイ、ディ・チュ・デイといったふうに。そして、このスキャットは次第に明瞭なものとなり、ついには、ダイ・チュー・ダイ、ダイ・テュ・デイ、ダイ・トゥデイ、つまり今日死ね《ダイ・トゥデイ》、今日死ね《ダイ・トゥデイ》、となったのである。

一九六九年の五月か六月、デニス・ウィルスンはイギリス旅行のさいにインタヴューに応じ、イギリスのあるロック雑誌にマンソンのことを語った。ウィルスンは彼のことを大魔王《ウイザード》＊と呼び、ビーチ・ボーイズの契約しているレコード会社が、おそらくマンソンのＬＰレコードを発売することになるだろう、と述べた。

ジャコブスンとメルチャーとウィルスンは、マンソンのレコーディングをすませたのち、メルチャーのマリブの邸宅で数度にわたって会合し、この世にも優れた才能の持ち主の売出し方を協議した。ジャコブスンは、チャーリーと彼のセックス・グルーピーたちを題材にした記録映画を作れるだろうと力説したが、アーウィン・プロダクションとデイウィン音楽出版社の社長であり、同時にドリス・デイ・ショーのエグゼクティヴ・プロデューサーであったメルチャーを説得するのは、容易ではなかった。ジャコブスンは、彼にこの映画の〝プロデューサー兼財政援助者〟になってほしいと訴えた。

＊　魔術師、首領の意味もある。

ファミリーを大衆に〝売りこむ〟ためには、何よりもまず目に見える衝撃が必要である、と考えられた。

たとえば、ジャコブスンはマンソンの踊りの才能に強い印象を受けていた。彼は次のように語っている。「チャーリーが踊ると、彼以外の全員がフロアを離れてしまう。彼は、まるで火か生の爆発力、あるいは突然狂い出す機械仕掛けの玩具のようだった」。マンソンのこの才能を、もしフィルムの上に定着することができ、生活し、労働し、愛し、歌う、ファミリーの視覚的な〝美〟をあますところなくとらえることができたら……

ジャコブスンは数度にわたってランチを訪れ、ファミリーの日常生活をそのまま映画に撮影した。このアイディアは、後援者となる可能性のある者たちに、映画によって彼らを紹介しようとするものだった。

この映画を撮影するにあたって、いわゆる製作意図についての意見が分かれた。一九六九年という年は、暴力、麻薬、コミューン、モーターサイクル、麻薬密売、白人のブタと憎悪といった主題を持った放浪映画『イージー・ライダー』の年として記憶されることになるだろう。

マンソンが心の中に描いていたのは、『イージー・スナッフ（殺戮）』という題名をつけることのできるような映画だった。彼は悪魔崇拝主義を訴えようとした。略奪と追跡を映像化したいと考えた。彼は、ファミリーの人間たちの、デューンバギー車による略奪を描こうと考えた。ヘルター・スケルターにおける大虐殺を描き、終末戦争《ハルマゲドン》の惨状を完璧に撮影しようとした。言葉を換えていえば、彼は当時の自分と彼の崇拝者たちの狂気の状態を描いた〝偽りのない〟映画を作ろうと考えていたのだ。

だがジャコブスンやメルチャーたちは、ファミリーをもっと穏やかな視点から描くことに興味を示していたらしい。つまり、歌、愛、種族内の狂信的信仰などについてである。彼らは、ローウェル・トーマスのような語りをつけた、これこそヒッピー族だ、といった内容の記録映画を望んでいたのだろう。

一九六九年五月十八日、国防軍の一隊がバークレーの人民公園《ピープルズ・パーク》を蹂躙した。

同じ日、説得されたテリー・メルチャーが、チャーリーおよび彼の率いる合唱隊を、あるがままの状態でオーディションするため、スパーン・ランチを訪問した。ジャコブスンとメルチャーは、ボーソレイユと彼のガールフレンドのキティ・ルートシンガーを車でひろった。二人は当時キティの両親とともにルートシンガー・ランチで暮らしており、この〝オーディション〟のために、スパーン・ランチへやってきた。マンソンはメルチャーを乗せ、デューンバギーでドライヴに出かけた。メルチャーは、男たちが牽引トラックに発電機を積み込むのを目撃した。マンソンはメルチャーに、このトラックはデューンバギーと単車を町から搬出するために組み立てられたのだ、と語った。この直後に、マンソンは牽引トラックにデューンバギーを積み、ゴーラー・ウォッシュまで行こうとしたが、トラックは故障してしまった。彼らはこの事件を、あのサイエントロジストの金鉱採掘者たちの魔術が邪魔したものと考えた。

オーディションは、ランチの裏手の森の中にある空地で行なわれた。このオーディションに参加するには、木に結びつけられたロープにすがって、けわしい渓流の岸へターザンのように飛びおりるのが唯一の方法だった。

全員が流れの中を下った。少女合唱隊は、等間隔に離れながら、黙りこくったまま歩いた。少なくともメルチャーにはそう思われた。チャーリー・マンソンは岩に腰かけながら歌い、少女たちは手を叩いて伴奏の拍子をとり、歌のバックでハーモニーをとりながらハミングし、まるで信仰復興運動の熱狂に浮かされたときのように、「イヤー」とか「アーメン」といった声を発した。

メルチャーは、ランチで飼っている馬の秣を買う金として、ポケットの有金をはたき、マンソンに五十ドルを与えた。「この金が、レコーディングの前払い金だった、とは思わないでほしい」と、のちにメルチャーは、マンソン裁判の法廷で、ファミリーとの関係を否定する証言をしている。

メルチャーはマンソンに対して、自分の所有する音楽出版社との間のある種の契約——おそらく映画出演契約および作詞作曲契約を意味していたのだろう——にサインしなければならないと語ったらしい。だが、マンソンは契約にサインすることに激しい反対を示した。その手はくわない、というわけだ。彼はただ金が欲しかっただけなのだ。

渓流のかたわらでオーディションを終えたのち、彼らはランチにもどり、「ハリウッドのスタントマン、ランディ・スター」と書かれたピックアップ・トラックの中にいたランディのところへ駆けつけた。ランディは泥酔して、好戦的な気分になり、腰にさげた拳銃をいましも引き抜こうとしているようにみえた。チャーリーは車へ踏みこみ、ランディの腹をなぐりつけ、拳銃を奪った。

拳銃といえば、マンソンその他が一九六九年夏の殺人行為に使用した二二口径拳銃の来歴は興味深い。この拳銃は、晩春のあるときに、このランチに登場した。

ファミリーは、コンチネンタル製パン会社に登録された五二年型ホステス・トゥインキー・パン運搬トラックを入手した。マンソンが、アビゲイル・フォルジャーその他を殺害する六日前、ビッグサーのイザレン施設*を訪問したときも、このトラックに乗っていた。このトラックは、ストレート・サタンズの前のボスだったダニー・デカ

＊　後出。一種の療養所。

ーロが、マンソンの友人のデイヴ・リプセットという男のところから持ってきたものである。

デカーロは盗品の単車部品を売り買いしていたが、その中にはトゥインキー・トラックのエンジンも含まれていた。このパン運搬用トラックの所有権については、たえず議論がくり返された。マンソンは、単車のエンジンと部品は彼の指図によって盗んだものだから、このトラックは自分のものだと主張した。しかしチャーリーにとって、これは気にするようなことではなかった。万物は万人のものだったのだから。

ある晩、ビル・ヴァンスは泥酔して大騒ぎし、よくみかけるy染色体を余分にもった酔いどれのような好戦的な気分にかられ、ランチを狙撃しようとした。おそらく、盗んだ獲物について盗人たちの間でいさかいが起こったのだろう。また、ヴァンスが、曲乗りを得意としたスタントマンのランディ・スターにけんかを挑んだのだ、という別の解釈も伝えられている。

どちらにせよ、マンソンはこの争いに割って入り、デカーロのパン運搬用トラックとヴァンスがふりまわした拳銃とを交換した。デカーロはこれに異議を唱えたと思われるが――こいつはおれのトラックだ、と――マンソンは彼に、ヴァンスはこのトラックを二カ月ほど使うだけだから、その後はデカーロに返させるといった。これで万事は落着した。

ヴァンスがマンソンに引き渡したリヴォルヴァー拳銃は、アメリカ火器製造会社製で、西部の好戦主義を反映した重量三ポンド、値段は六十ドルのものである。同社のカタログにあるこの拳銃の説明文のうち、その歴史については次のように書かれている。「この銃身の長い美しい拳銃は、ネッド・バントラインが保安官のワイアット・アープに、同様の長い銃身のコルト拳銃を贈った、あの時代を思い出させる。〝扇撃ち《ファニング》〟よりも速く、九発連射できる。引き金の動きは早く、内側の旋条のカーヴも正確である。本物のクルミ材の握り。トリッガー・ガードは金仕上げである」*
この拳銃が、ジェイ・セブリングを殺害し、ヴォイティック・フライコウスキーを狙撃し、黒人麻薬密売人、バーナード・クロウの胃袋を撃ったのだ。その他についてでは神のみぞ知るである。

メルチャーが訪問したのち、マンソンは絶えずジャコブスンに、メルチャーがまだ計画に興味を示しているか尋ねつづけた。メルチャーが〝決断を下す〟までにはある期間を要するはずだった。マンソンはメルチャーの電話番号を尋ね、ジャコブスンは

---

* 一八七六年、ダッジ・シティで保安官補をやっていたワイアット・アープにネッド・バントラインというペンネームの東部の作家が、銃身四十センチ以上の特製コルト・ピースメーカーを贈った逸話が伝えられている。

メルチャーの受信サービスの番号を教えた。マンソンは、メルチャーが映画とレコードで彼をほんとうに起用してくれるものと考えていた。

一九六九年五月二十一日、マンソンは彼の保護観察官に電話し、ただちにビーチ・ボーイズとともにテキサスへ巡業に出かけたいのだが、可能かどうかと尋ねている。彼はこれで五千ドル稼ぐはずだったらしい。保護観察官は、出演契約日時の証明書を提出せねばならないと答えた。マンソンはこれを聞き、次第にうろたえはじめた。ビーチ・ボーイズかそのマネージャーから、出演契約の証明書を郵送してもらうのは難しいと考えたからである。二日後マンソンはふたたび電話をかけ、ビーチ・ボーイズは出発したあとだから、もう間に合わない、といった。彼は保護観察官に、自分の曲がヒットパレードに入っており、ひと月以内に発売されるはずのLPのレコーディングを済ませたといった。

一九六九年五月二十六日月曜日、ロサンジェルスで、農民および白人季節労働者特有の人種差別意識に騒々しく訴えかけていたヨーティ市長が、黒人候補者トム・ブラドリーに勝って、ロサンジェルス市長に再選された。* アビゲイル・フォルジャーは、長期間にわたって、ブラドリーの選挙運動に力をつくしていた。

ファミリーの生活においては、ある特定の日の細かな事実というものは、ごくわずかの場合を除いて正確さをもたない。特に彼らは時間や年月日などに関心をもっていなかったから、なおさらである。彼らにとって、すべては現在の出来事だった。ある一人の少女は、この年の終りごろデス・ヴァリーで逮捕されたとき、ニクソンが大統領に選出されたことさえも知らないとのべた。

だが、一九六九年六月三日ということは、やや正確に調査できる。その日チャーリーは、ある人間の生命にかかわるとりきめをすすめようとしたのだ。

一九六九年六月三日、テリー・メルチャーとグレッグ・ジャコブスンが、再度スパーン・ランチを訪問した。二人は、チャーリーが春にレシーダ出身の少女を強姦した事件の調査のため、この映画撮影セットを訪れていた二名の警官と出会った。メルチャーは、完全な録音スタジオ設備つきのヴァンの所有者、マイク・ディージーという男を同行していた。ディージーは数種族《トライブズ》のインディアンの録音を行なったこともあり、いわば野外での〝蛮族《トライブズ》〟の録音に経験が深かった。メルチャーは明らかに、記録映画のサウンドトラック用の録音か、あるいはマンソンと女性ばかりの〝クリーピー・クロール〟合唱団＊＊の野外実況録音を行なうにあたって、ディージーを起用しようとしたのだろう。

＊　七三年の選挙で立場は逆転した。
＊＊　第13章参照。

かつらをかぶり、スパーン・ランチをよく訪問していたシャロンもしくはシャラという名の美しい〝スター〟が、メルチャーといっしょだった。この女性をちらっと見たサンシャイン・ピアースは、シャロン・テートだと思ったらしいが、そうではなかった。このころシャロン・テートはロンドンに滞在中であり、妊娠六カ月で、出産のためロサンジェルスへ帰る準備に、毎日を楽しく過ごしていた。

サンシャインとテックスは、チャーリーが防水布をかぶせたトレイラーを砂漠まで引いて行くために用いる、緑色と白色のGMC牽引トラックのスパーク・プラグを交換していた。この牽引トラックには、オールズモビルのエンジンが搭載されていた。マンソンはこのトレイラーに偽装用の二重底板を取りつけ、家出した少女たちが砂漠(もしくは儀式場)へ行くまで身を隠すことができるよう計画していた。しかし結局この計画は実行にはいたらなかった。暑さとのどのかわきに耐えかねたサンシャインは、ランチへおもむき、台所に入り、一クォート入り*のジャーに水を注いだ。

彼は台所からトラックへもどる途中、メルチャー、女優の卵、グレッグ、マンソンの四人が、板道《ボードウオーク》の寝椅子のそばに立っているのを見た。彼らは議論しており、チャーリーは三人をののしり、叫んでいた。サンシャインはこのことをたいして気にとめなかった。指導者の常として、チャーリーがだれかに不平を鳴らしたり、ファミリーの結束の弱点になるような人間を脅しつけたり、好ましくない者たちを追いまわしたりするのは、いつものことだったからである。

その日の朝、チャーリーは、ハリウッドへおもむいて映画とレコードの計画について話しあったのち「以前にも姿を見せ、われわれの写真をとってくれたことのあるもう一人の男」とテリー・メルチャーをつれて帰ってきた。ジャコブスンは、異常な熱心さでLPのジャケットに用いる全裸の恋人たちのコミューンの写真を撮りまくった。その後、議論が始まったのである。

サンシャイン・ピアースは、トラック仲間には〝ジミー〟と呼ばれていたGMCトラックのところへもどり、スパーク・プラグの修理を終えた。彼はその後、トレイラーの下にマットレスを敷いて寝そべり、チャーリーのペットのカラス〝デヴィル〟**と遊びはじめた。ピアースが口論を立ち聞きしてからおよそ三十分後、マンソンが彼のいるトレイラーのところへ姿を見せた。ピアースは、チャーリーは多分――部下たちに指示を与えるときはいつもそうだったのだが――説教をするために現われたのだろうと考えた。

チャーリーはサンシャインに、このランチにいつまでいるつもりか、と尋ねた。ピ

＊　一リットル弱。
＊＊　悪魔の意。

アースはマンソンが自分をランチから追い出すつもりではないかと怖れた。一セントの現金も持っていなかったからである。彼の新車のプリマス・ロードランナーは、ずっと以前にチャーリーがランディ・スターに与えてしまった。身元を証明するカードもなくなっていた。車も、金も、カードもない――このアメリカという国を放浪するには、まったく厳しい状態だったのだ。

サンシャインは、二、三週、あるいは四週ほどここに滞在し、その後旅に出るつもりだと答えた。チャーリーは彼に、自分の仕事を手伝う気があるかと尋ねた。この一仕事を済ませたあとなら、立ち去ってもよいというのだ。ピアースによれば、チャーリーは彼に、三輪モーターサイクル――法定の所有者証つきで、アルミ管がつき、後部にLOVEという文字が書かれた、デカーロの三輪のことと思われる――と、少しの現金をやろうと語った。このことを知るものは、二人以外にはいない。それがきまりだったからだ。チャーリーがしゃべってよいといわなければ、だれも自分についてチャーリーのいったことを話すことはできなかった。

サンシャインは、その提案にある種の窃盗行為が含まれていたので興味をひかれた、と述べている。もちろん、ピアースの過ごしたランチでの六週間の生活中には、あらゆる行為が行なわれていた。骨董品と絵画の窃盗、装甲自動車略奪計画、旅行者用小切手の偽造、麻薬密売取引き等々である。だからピアースは、チャーリーが、何らかの略奪行為に彼を引き入れようとしているのだと考えた。

それは殺人だった。チャーリーは、サンシャインにある人物の殺害を手伝って欲しいといい、ピアースによれば、実際には次のように語ったという。「いいか、わかってるだろうが、とても欲しいものがあって、何かしようとしているとき、邪魔だてされたくはないだろう」

この言葉は、テキサス州ミッドランド出身の二十歳の若者には耳新しいものだったから、彼はマンソンに、少し考える時間をくれ、すぐに返事をするからと答えた。

「彼は、特に殺害に手を貸して欲しい一人の人物がいると語り、他にも殺したい者が数人でてくるかもしれないとつけ加えた。おそらく五千ドルかそれ以上の金が手に入るだろうから、この仕事を手伝ってくれれば、そいつをくれるといったんだ」

その日の夕方になって、ピアースは板道で行なわれていた議論がこの映画の製作意図についてだったことを知った。彼らはすでに、試作品用の写真撮影とテープ録音を終えていたのだ。NBC社は、語り手のついたシネマ・ヴェリテ手法によるヒッピー・コミューン映画を撮影しようと考えていた。しかしマンソンはヒッピーが嫌いだった。彼は、ファミリーのあるがままの状況を描いた、偽りのない映画を撮影し、その中には、バイカーたちや、黒装束に身をくるんだ例のクリーピー・クローリーといった略奪行為をつけ加えることも望んでいた。マンソンの崇拝者となるかもしれない者たちをひき寄せ、仲間に入れるためだった。

ピアースは、逮捕後、テキサス州警察のリチャードスンに、次のように供述している。「しばらくの間そのことを考えてみた。しかしおれには、こいつは捕まらずに済みそうな仕事とは思われなかった。もし捕まらずに済むなら、やったかもしれない。そんなわけで、おれはノーといってやった。そして、そのすぐあと、ミッドランドにいる母親に電話し、居場所を知らせた」

翌日、六月四日、娘たちはサンシャインのズボンにツギをあててやり、母親からの送金を待って彼は飛行機でテキサスへ帰った。

一九六九年六月四日、マンソンは、三月におこったレシーダの少女強姦事件の継続取調べのため、拘留された。だが彼は保釈金百二十五ドルを積んで、翌日保釈された。容疑は立証されず、チャーリー・マンソンはまたしても人権侵害行為の罪を免れた。

六月六日、録音スタジオつきの大型ヴァンの所有者マイク・ディージーが、スパーン・ランチを訪れ、マンソンの歌を録音した。ファミリー内の噂では、ディージーはマンソンとともにLSDを試み、危険な死のトリップを経験し、のちに精神分析療法をうけさせられたという。

マンソンはディージーに、お楽しみのためのフォー・トラックあるいはエイト・トラックの〝例の音楽〟のテープ*を数本与えた。マンソンはのちに彼に電話をかけ、彼の子どもたちもいっしょにランチへ連れて来て欲しいといった。これは有難迷惑な申し出というものだ。

六月初めと、もう一度は七月に、マンソンはサンタモニカにあるジャック・フロスト・サープラス・ストア**で、数百フィートの白いナイロンの三つより綱と四十三フィート八インチの同じ綱を購入したが、この綱は六十日後に、ポランスキー邸の天井の梁から吊り下げられることになった。きわめて高価なものだったが、購入には偽造クレジットカードが用いられた。この綱の一部は、ランチのまわりで自動車の牽引に用いられた。チャーリーは綱の一部をジョージ・スパーンに与えた。盲目のジョージはこの綱を手探りし、賞めあげた。マンソンはおよそ二百フィート分の綱を、司令デューンバギー車のバケットシートのうしろにしまっておいた。

ダニー・デカーロは、マンソンがこの綱を用いて夢想したある脱出計画について、こう述べている。「彼は自分のデューンバギーの前部にウィンチをとりつけていた。警官に追われたら、綱を木に投げてウィンチで自分を木の上まで引きあげ、警官をやりすごそうっていうんだ」

---

* ポルノ・テープと思われる。
** 軍の払いさげ品を売る店。

マンソンは、自分の行動にますます暴力の色彩を加えるようになり、殺すべき〝予定人物〟探しに熱中していたようだった。

マンソンはとうとう、「オレたちは一体だ」といいだした。だれかを殺害すれば、結局クッキーをつぶしてしまうことになる。マンソンの格言は前にも記したように「もし進んで殺されようとするのなら、進んで殺人も行なわねばならない」だったのだ。

マンソンの〝予定人物〟にあげられる可能性をもったうちの一人に、ベトナム帰還兵で、六フィート五インチのパナマ人の雇い人、ファン・フリンがいた。一九六九年五月終りのある日、フリンの証言によれば、マンソンと彼がチャッツワースのアイスクリーム・パーラーまで行ったとき、マンソンは彼の家族のことについて話しかけてきた。彼の家族のうち何人かは、スパーン・ランチにほど近い、同じ谷の北部のポーター・ランチに住んでいた。フリンはこれについて、マンソン裁判でこう証言した。「住み家を見たくなったんです。それで見にでかけたんですよ。私はこう言ってやりました。『住所を調べて、家族の住んでる家を見にいってみないか』ってね」マンソンは、そこまで車を走らせることに同意した。二人は、その家の所在地をついに探しあて、家の前に停車した。マンソンは、家で小犬を飼っているかと尋ね、フリンは、「ああ、小犬なら飼っている」と答えた。

「すると彼は、『そうか、中へ入って家族を縛り上げ、切り刻んじゃいけないか？』

って言ったんです」フリンは、法廷でこう陳述している。

ファン・フリンは、マンソンと二人で数度にわたり、ランチにほど近い、チャッツワースを走りまわったことがあり、チャーリーはフリンを数軒の家に侵入させ、住人を縛り上げ、彼らに強制的にLSDを飲ませ、両親の目前で子どもらを殺害し、親が騒ぎたてたときには、両親も殺してしまう、といった行為をさせようとしたこともある、とものべている。

また別の機会には、マンソンはフリンに殺しの手伝いをさせようとした。

一九六九年六月十三日ごろ、マンソンとフリンは、デューンバギーで、ブラウンズ・キャニオン・ウォッシュ（舗装された洪水用排水路）を下った。この排水路は、チャッツワースを曲がりくねって下り、マンソン・ファミリーが住んでいたことのあるグレシャム通りの二区画を通っていた。マンソンは、以前のファミリーの住居の近くにある、一軒のアパートを示した。そこにはある黒人の麻薬密売人が住んでいた。マンソンは、この男が〝自分の〟女たちに麻薬を与え、もてあそんでいる、その男を殺害するのに手を貸してくれないか、と頼んだ。

しかしマンソンは、グレシャム通りの黒人男性といさかいを起こしたことなどいっさいないと主張し、この事実を否定した。

マンソンがサンシャイン・ピアースとファン・フリンにもちかけた殺人計画は、恐ろしい問題を提起している。マンソンは、カリフォルニアの暗黒街との十四年にわたる広範囲のつながりを通して、殺人契約を実行に移す〝殺し屋《ヒットマン》〟になっていたのだろうか？

チャーリーは、一九六九年六月に、彼の受持ちである連邦保護観察官とひともんちゃく起こした。保釈中の他の三人の男と接触をもったために、あやうく保釈を取り消されそうになったのである。連邦法のもとでは保釈中の者は、犯罪共謀行為を防ぐため、たがいに緊密な接触をもつことを禁止されているのである。

この三人は麻薬密売人であり、マンソンは彼らに自分のハレムへの出入許可を与えていた。このうちの一人は、スパーン・ランチを訪れ、その後ラスヴェガスの自宅に帰った。帰宅した彼は、妻にこの土地をはなれ、デューンバギーを手に入れるのだ、などとぶつぶつ呟いてみせた。

また三人の男の妻の一人は、マンソンがラスヴェガスの彼ら夫妻のもとを訪問したさい、彼女を誘惑しようとしたので、びっくりしたとのべている。

この苦難の夏、チャーリーのもう一つの悩みは、いったん網にかけることに成功した崇拝者たちを失うことを極度に怖れるというものだった。

チャーリーは、さまざまな説教において、たえずサイエントロジーに言及していたから、崇拝者たちのうち何人かが、これを研究しようとしたとしても不思議ではなかった。六月半ばごろ、二人のファミリーの少年と少女が、サイエントロジー教会における正規訓練を受けるために立ち去っていった。

六月半ばにファミリーに加わったヴァーン・プラムリーは、この事件について次のように述べている。

「あの二人は、おれが加入した直後に出ていった。彼らは、サイエントロジーから派遣された数人の男たちや、サイエントロジーに関心をもつ紳士然とした男と出会った。この男が二人と話したあと、二人はここを去り、チャーリーはそれ以来ずっとやつらに怨みをもち続けることになった」

チャーリーはむかっ腹を立てた。聖なるゴーラー・ウォッシュが、サイエントロジストの鉱夫、ポール・クロケットと彼の部下たちの手中に移っただけではなく、今やマンソンの崇拝者たちがサイエントロジーに惹かれるようになっていた。苦難、また苦難というわけだ。

マンソンは、ナイフ気ちがいだった。全員そろって秣の山に向かって、よくナイフ投げをしたものだった。砂漠では銃声は数マイルはなれても警察に聞きつけられるが、ナイフを使えば静かで、叫び声などは、遠くはなれればすぐに消えてしまうものだからだ。

マンソンは娘たちにナイフ投げの技術を教えこんだし、この年の終りには、のどをかき切ったり、頭蓋骨を煮沸したりする実地訓練さえ行なった。バーカー・ランチに人間の頭蓋骨を飾ろうと考えていたのだろう。

ファミリーが、若い白人女性の犠牲者をいけにえにする場面を撮影した、という噂は事実でないとしても、刀剣優位主義はマンソンの最終的な武器の一つだった。

チャーリーは、古めかしい刃わたり十六インチの陸軍の払いさげ兵器の剣を持っていたが、これを投げることのできるのは彼だけだった。チャーリーはこの剣を、五十フィートはなれて投げ、標的を貫くことができた、という。彼はよく、秣の山の前に娘たちを立たせ、どれだけ近くまで剣を投げられるか試して見せたものだった。

マンソンの世界の中では、女は魂《ソウル》をもたない者とされていた。女は男の奴隷だった。娘たちは、マンソンが〝性交リスト〟に載せると言明した男たちに、ただちに従属せねばならなかった。いつでも、どこでも、そうだった。彼女たちはおそらく、誘惑的に笑いかけることぐらいはできたが、セックスに関してみずから求めることは許されず、ただ待つことしかできないようになっていたらしい。まるで新教徒の道徳律そっくりだ。マンソンは、死刑制度や刑務所あるいは現実のあらゆる抑圧は女性の責任であるとさえいっていたらしい。

「われわれは女性的思想の中で生活している。世界は女性のものなのだ。しかし、男性はそれ以上のものであり、女性より上位に位置すべきである」

マンソンは女性を嫌悪した。

「おれは機械仕掛けの男、おれは母親っ子」

彼の作った曲の一つは、こんな内容だった。

マンソンは、赤子に話しかけることのできるのは男性だけ、と定めた。女は赤子の世話はしても、意味のないあやし言葉しか話すことを許されなかった。この命令に反抗する者もいた。メアリー・ブランナーはリンダ・キャサビアンに、マンソンの命令など気にしないし、自分の赤ん坊であるプー・ベアを可愛がり、話もするつもりだ、と語った。

女たちは、どんなやり方においても、子どもをしつけることを許されていなかった。子どもは完璧な状態にあるものとされていたからである。

すでにのべたように、女たちは自分たちが食べる前に、犬に食事を与えた。サンシャイン・ピアースによれば、子どもたちはよく酸っぱくなったミルクを与えられたという。子どもたちの性欲は助長された。スーザン・アトキンスは刑務所の同房者に、よく子どもたちにフェラチオを行なったものだと語った。

もっと信じがたいことには、ファミリー内の娘たちは質問することすら許されていなかった。「なぜ」という言葉は禁じられていたのだ。男たちが何をしているか、正確に知っている者はわずかだった。男たちは娘たちとはまったく別の生活をしていた。

　娘たちはいつも、「彼はあたしたちのボスじゃない。あたしたちの足もとに、ひざまずいているんだもの。でも、彼を踏みつけにすることは許されないの」といった。もし彼女らがそんなことをしたら、マンソンは顔面にパンチを見舞っていただろう。

　娘たちのだれかがチャーリーに殴られても、これは自分たちがそうしむけたからなのだ、ということになった。たとえば、当時十五歳だったスネイク・レイクは、チャーリーが怒りの発作を起こすと、まるでパンチング・バッグのようにされた。しかし彼女は立ち去ろうとはしなかった。ファミリーの者たちは、彼女が彼の〝注目〟を欲し、考えをめぐらせて悪魔の怒りをかき立てたのだ、といっている。娘たちはひんぱんにいさかいを起こしたが、男性が命令すれば、すぐにそれを遂行せねばならない、という規則になっていた。彼女たちはよく、「あんたなんかどうでもいいし、知りやしないわ。あたしは、あたしを愛してるんだから」と口にしていた。彼らはマンソンの説教について話し、言葉どおりにしゃべったが、マンソンはくりかえしくりかえし、自分は本当になすべきことはまだ命じていないのだと語っていた。実際これこそが、殺人罪で起訴されたとき彼が驚いた理由だった。なぜなら、マンソンはだれにも何かしろと命じたことなどないと主張しているからだ。彼らは、たとえば「死ね、レスリー、死んじまえ」などといった短い歌を歌いながら、歩きまわった。〝洞穴《ホール》〟で生きるためには、精神的に死ぬ《ダイ・イン・ザ・マインド》、というのが歌の内容の中心になっていたのである。

しかし、チャーリーの支配力のうち最大のものは恐怖だった。「胸を切り裂いてやる」というのが、マンソンのお気に入りの罵声の一つだった。彼はいつも娘たちの面前で重罪をいくつか犯すようにし、殺人、血の付着した衣類の埋蔵、犯罪の痕跡となる指紋の拭きとり、小切手偽造、窃盗計画などに参加させようとした。彼女たちは、自分たちがこれらの犯罪行為の目撃者であるだけなのにもかかわらず、これらの事件に同様に加わったと考えたのだ。マンソンは娘たちを、血と汚辱と犯罪の中にむりやり引きずりこんでいった。

朝早くから、マンソンは娘たちの〝行動計画を定め〟、仕事の予定を命令した。彼女たちはたくさんの縫い物をした。チャーリーはいつもコーデュロイのチョッキを着ていたが――このチョッキには、魔術の渦巻き模様が刺しゅうされていた。娘たちはそれぞれ、その部分部分を編み合わせたが、ファミリーが理解している宗教的な意味をもつ壁飾り（この壁飾りは、チャーリーの教義の概念を物語り、図示するものだった）の蛇、竜、人間、動物などを描くために、明るい色の糸と人間の毛髪とをつけ加えた。

人々は、いったいなぜこんなことが起こったのか不思議がる。

その問いの答えを得るには、手近にある人類学の書物をめくるのが一番だ。歴史の中に残っている奇怪な宗教結社を順に調べてみることだ。それらの中には、人間が想像し得るありとあらゆる事象を信仰した数多くの結社のことが記されている。マンソンがもちだしたのは、不滅の生命をもった選ばれた人々といった古めかしい種類のペテンだった。

この間の事情を、カントリー・スーという娘は次のように要約している。

「このファミリーの集団は、数百万年の歴史を背景に出現してきた。彼らは全員がきわめて親しい関係にあり、それゆえに各人が完璧であるといえる。LSDや麻薬をやったあとのように、あなたの過ごした全生活、あなた自身のこれまでのすべての生き方、あらゆる苦闘、すべての死と復活、いく度もいく度ものそれらのくり返しを、多少とも思い出すことができるのと同じだ。しかし、これは最後に行きつくことなのだ。たとえば、あたしがものを感じる感じ方は、望んでいた肉体をまさしくその通りに手に入れたといった感じ方であり、それは最後になってはじめてわかるものなのだ。完璧で、最も強烈なものであり、望みを成就させてくれるもの。そしてそれは、たとえばあたしが誰かのために進んで死のうとしており、その誰かとは自分自身であり、なぜならつまり一つの魂は……」

マンソンは、自分がどれほど〝千変万化の顔を持つ男〟であるか、よく自慢したものだった。万事がペテンであり詐欺である生活様式においては、これは美徳とされるべき言葉だった。

一九六九年五月および六月の犯罪戦線において、マンソンはきわめて狂暴になっていた。当然のことながら、一九六九年夏における犯罪行為を描写するには、幾多のギャップが存在する。

すべての計画者と同じように、たとえ犯罪計画の数パーセントしか実行できなくても、チャーリーは永続的に計画を遂行せねばならなかった。彼が口にした犯罪計画は、千にものぼった。装甲車を奪取し、軍隊の駐留地に押し入り、武器を盗もうと考えた。

彼らは、あらゆる物品を故買し、必要な向精神薬のすべてを着実に入手できるような、大犯罪組織を計画した。盗品を売りさばくために、サンタモニカに故買組織と麻薬供給源を設けた。マンソンは、彼がファミリーのだれかと、ある予定された非合法行為について討論するとき、その相手は地球上のだれともその犯罪行為について絶対に話してはならない、という厳しいルールを定めていた。チャーリーは、小犯罪者を積みあげたピラミッドの頂点に坐っていた。

テックス・ワトソンは、サンタモニカ大通りにあるかつら店の共同経営者だった当時、ハリウッド地域に広範な縁故関係をひろげていた。彼は、麻薬密売遂行にあたって、かなりの実行力をもつ人間と考えられ、完全にマンソンの力によって支配されていた。

ひげだらけのある男がランチを訪れたとき、テックスはこのひげを賞賛し、「いつかチャーリーも、おれたちにひげをのばすのを許してくれるかもしれない」ともらしたという。テックス・ワトソンはチャーリーにとって、ケチな盗品を売るだけの存在ではなかった。彼らは、LSDやハシッシやマリワナ、時にはコカインなどの莫大な取引きを行なっていたのだ。

筆者のインタヴューに応じたロサンジェルスの麻薬密売人は、もし現在殺人罪で起訴されているファミリーのメンバーのだれか一人に会ったら、一九六九年にニセの固形阿片《ハッシュ・ブリックス》によってこうむった損害、二千ドルを要求して欲しいと頼みこんできた。

ヴァーン・プラムリーは、ファミリーが得た巨額の金についてこう語っている。

「時には、二万五千ドル、あるいは四万ドルの金を手に入れたことがあった——ほんとなんだ。おれが加わるちょっと前には、彼らには三万ドルの財産があり、町へ下っては、シタール、ギター、ドラムセットなんかを買ったもんさ。

「そして彼らはランチを出、裏のランチの建物にそれをしまいこんだ。全員がLSDを受けとり、飲んで、はじめたんだ。わかるだろ、ドラムやなんかを演奏しはじめたのさ。このLSDトリップが最高潮に達したあとは、演奏できる楽器なんて一つもなくなっちまった」

チャーリーが、四人の娘をハリウッドの売春組織に売りとばそうと考えていたことは、よく知られている。おそらくマンソンは、ルーズヴェルト・ホテルで売春宿を開いていたという怪しげなポン引きと、五〇年代から関係を持ち続けていたものと思われる。

盗品の旅行者用小切手を手に入れると、名前を偽造しようと腕を競いあった。上手に真似できた者は、それを現金化する栄誉を受けた。

一九六九年の初夏、ファミリーのメンバー数人がNBCテレビ所有の、撮影器材を積んだステーション・ワゴンを盗んだ。この車には、数万ドル相当のカメラ、レンズ、ナグラ録音装置などが積みこまれていた。トラックは捨てられ、撮影器材は埋められた。マンソンはグレッグ・ジャコブスンと接触し、買入れ先を探してくれと頼んだが、ジャコブスンはこれらの品物の故買人となることを拒絶した。

その撮影器材のほとんどは、そのまま打ち捨てられた。ヴィデオテープに録画された刺激的なポルノ映画と、おそらくは残虐さに満ちた映画の数々も、このNBCのカメラで撮影されたものだったのだろう。マンソンはこのカメラを、一九六九年九月にデス・ヴァリーに持ち帰った。

ファミリーはサウンド・パックを用いて、歌を録音したり、殺人行為を歌で再現したりといった各種の録音活動を行なった。

チャーリーは、ファミリーへの男性加入者を強く求め、特に窃盗癖のある若者を引き入れようとした。

ジョン・フィリップ・ホート（別名クリストファー・ゼロ）と相棒のスコッティ・デ

イヴィスは、オハイオ州出身で、魔力の網にとらわれた若者たちだった。ゼロはその後、秋になって原因不明の変死をとげることになる。

ローレンス・ベイリー、別名リトル・ラリーという名の若者が、オクラホマ州の養鶏場からやって来て、一味に加わった。

ゼロ、スコッティ、ヴァーン、それにビル・ヴァンスの四人は、サンフェルナンド・ヴァリー一帯を略奪してまわる強盗部隊——車を盗み、給油所を襲い、偽造小切手を使う強盗部隊を結成した。彼らは、ジョージ・スパーンの小切手帳から、小切手の束を盗み出してつかいまくるといったことさえも、やってのけた。

ブラザー・ビルという名の男は、過去においてファミリーに助力したことのあるサンタモニカ在住の骨董商だった。ファミリーはひどく金に困っていたが、ブラザー・ビルは金を与えることを拒絶した。

ボブ・ボーソレイユは、ある朝ビルを朝食に誘い出し、そのすきにあらわれたチャーリーと部下たちが、ブラザー・ビルの店から、七万ドル相当の骨董品と絵画を盗み出し、スパーン・ランチへ運びこんだ。ビルはあとでランチにどなりこみ、ボーソレイユが彼を連れ出したからだといって、損害賠償を要求した。だがまたしても、ファミリーはこの要求を受け流した。

彼らは、儀式の映画フィルムやヴォイティック・フライコウスキーのクレジットカードなどは、土中に埋めてしまった。もっと気にする必要のない物品は、床下の木製土台の下にもぐりこみ、たる木へくくりつけることにした。

彼らはいつも、さまざまな物品を埋蔵した。予備の食料、ヘルター・スケルター地図、銃器、骨董品、フィルムなどである。マンソンのスパニッシュ・ギターは、いまでもデス・ヴァリーに埋蔵され、彼が脱出する時を待っている。ゾクゾクッとふるえたくなってくるではないか。

彼らは、クリーピー・クローリー用のデューンバギー組立て設備を、ランチの馬囲いの裏のごみ捨て場につくりあげた。ポルシェとフォルクスワーゲンを盗み出し、馬囲い裏の悪魔のデューンバギー工場へ運びこみ、男たちが車体やフェンダーを解体し、全体をばらし、その分解した部品をトラックに積み、運び去った。このあとで骸骨同然のポルシェとフォルクスワーゲンのフレームから、デューンバギー車を作りあげ、砂漠のどこかで、麻薬や金と交換に、この新型デューンバギーを売りさばいていた。これが悪魔の資本主義だった。

彼らは、レンタル会社から、電気溶接装置や器具を盗み出した。ごみ捨て場のデューンバギー工場の昼夜兼行の溶接とドリル作業によって、ジョージ・スパーンに対する電力使用料を信じられないほどかさませることになった。

サンシャイン・ピアースはこれについて次のようにのべている。

「彼は出かけて行き、砂漠内に住む男たちとデューンバギーの商談をまとめてきた……彼ら、というのはヒッピーたちのことだが、マンソンはこのデューンバギーを、彼らの麻薬や金、小さな町から盗み出し砂漠に隠しておいた品物などと交換した」

敏速な自動車窃盗技術の習得も強いられた。ファミリーの自動車窃盗記録保持者がスーザン・アトキンスであることはたしかである。彼女はわずか三十秒で、一台の車を盗むことができたという。

一九六九年六月二十四日、十三歳のヴァージニア・リン・スミスが、カリフォルニア州クレアモントのコーバル・キャニオンで死体となって発見された。スパーン・ランチで生活していた一人の人物が、彼女とデートしていた。フロリダ州出身のある男が、殺害事実を告白した。しかし、これまでに二十人以上にものぼる人間が、ロサンジェルスで起こった、凶悪なブラック・ダリア殺し*を自白していることを考えれば、また別の真実が明るみにでる可能性もある。

一九六九年六月二十七日、二度の結婚歴を持ち、十六カ月の娘ターニャを連れた金髪の二十歳の女性リンダ・キャサビアンが、ニューハンプシャー州ミルフォードから、ロサンジェルスへやって来た。

一九六九年四月以来、彼女は夫のボブと別居し、ミルフォードに住む母親とも衝突していた。別居するまでは、二人はニューメキシコ州タオスのコミューンに住んでいた。すでに述べたように、一九六八年に二人はしばらくの間ロサンジェルスに住み、そこでリンダは、レノ・ラビアンカ邸の隣家でペヨーティ入りのフルーツ・ポンチを作ったことがあった。

彼女は夫の求めに応じ、和解のため飛行機で西部へやって来た。ボブ・キャサビアンと、チャールズ・メルトン（別名クレージー・チャーリー）という男が、リンダを彼らが計画していた南米旅行へ誘った。彼らは南米で船を買い、航海しようと考えていた。

ここで、マンソンがバーナード・クロウという名の黒人麻薬密売人にたいして、とくに一九六九年六月の時点でいだいていた敵意について触れておく必要があるだろう。マンソンのこの憎悪は最高潮に達し、ついにはクロウの下腹部を撃ち、瀕死の彼を放置するという事件にまでたちいたる。

当時二十七歳で、身長五フィート九インチ、体重二百九十ポンドのバーナード・クロウは、ロスタ・ポッパというニックネームを持っていた。彼は麻薬密売をめぐり、何度となく官憲との間に衝突をくり返していた。

＊　一九四七年、黒いダリアと呼ばれていたエリザベス・ショートという女性が惨殺され、死体を両断された事件。

彼の家は、サンセット大通りの北、ハリウッドヒルズのウッドロウ・ウィルスン通り七〇〇八番地にあった。この家はこの地域一帯で有名な共同生活住居で、テラスでセックスにふけったり、麻薬を取引きしたりすることで、数え切れないほどの隣人の苦情を招いていた。

マンソンは、ハリウッドのいわゆる〝黒人麻薬密売組織〟との間のいざこざに巻きこまれていたらしいが、この組織については、現在もごくわずかしか知られていない。このころハリウッドには、確かに黒人麻薬密売人グループが存在し、そのうち何人かは、ポランスキー邸殺人事件の捜査の間に逮捕された。

ウッドロウ・ウィルスン通りのクロウ邸付近に住んでいた人々の間では、マンソンと部下たちがウッドロウ・ウィルスン通りやロイヤル・トレイル（クロウの家のすぐ裏手を走っている短い道路）に出没していたという噂が、しきりに囁かれていた。

いくつかの情報源によれば、マンソンと選り抜きの仲間が、クロウの家と歌手のキャス・エリオット邸に出没していたことが明らかにされている。マンソンが、アビゲイル・フォルジャー、ヴォイティック・フライコウスキー、ハリウッドの麻薬密売人などと会う機会をもったのは、ここだったかもしれない。

「チャーリーたちはママ・キャスの家へ行き、坐って何時間も即興演奏し、キャスは食事を用意してくれた、と聞いたことがある。スクィーキーとジプシーもそこに行ったということだ。だれでも入りこみ、遊んだり、食べたりできた」と、かつてファミリーと親交のあった、メルトンという名の男はのべている。

ロサンジェルス交響楽団のチューバ奏者（クロウの近所に住んでいた）を出所とする噂によれば、マンソンはロイヤル・トレイルの家に滞在したことがあったという。クロウの隣に住んでいたある女性は、ファミリーのバスがそこにしばらくの間駐車してあったことがある、といっている。これはおそらく、一九六八年終りに、青いバスで、ハリウッドとベルエアヒルズを乗りまわしていたころのことだったにちがいない。

以前ファミリーのメンバーだったある男は、一九六八年の終りには、ファミリーの者数人が、ローレル・キャニオン＝ウッドロウ・ウィルスン地域のどこかにある、〝バーニーの家〟*をよく訪れたものだ、と語った。

スネイクはある時、クロウのことを〝ファミリーの黒人メンバー〟と呼んだことがあった。

ファミリーはまた、ヘルタースケルターの際の準備として、クロウ邸から約百フィートはなれたロイヤル・トレイルに住む、ケンプという名の人物の所有する、赤いトヨタ・ランドクルーザーを盗み出した。

＊　バーナードの愛称。

グレッグ・ジャコブスンは、マンソンが計画の成就する前に、クロウを射殺するつもりだと語った、といっている。マンソンは実際にクロウのあとを追い続け、彼を完全に監視下に置いていたものと考えられる。

一九六九年六月三十日の夕刻ごろ、マンソンはテックス・ワトソンに、麻薬取引でバーナード・クロウをペテンにかけろと命じた。ワトソンは、マンソンの〝プログラミング〟なしにはけっして行動したことがなかった。マンソン以外の、ファミリーの麻薬密売人全員が、クロウをペテンにかけようとした計画は、すべてマンソンの考えによるものだと語った。

一九六九年三月、テックス・ワトソンは、〝魔法の城〟のすぐ隣のハリウッドのフランクリン通り六九三三番地に住む、ロジーナ・クローナーという名の美しい少女に出会った（この魔法の城とは、古い吸血鬼映画をたのしむ映画人と作家の会、ドラキュラ伯爵協会の根城であると噂されていた）。

テックスはこのフランクリン通りの家によく長居をし、マンソンや数人の娘たちもひんぱんにここを訪れた。ミュージカル『ヘアー』を製作した、悪名高いメキシコのアカプルコにあるプロダクションの一員だった美しい女性が、ロジーナのルームメイトだった。

クロウが、マンソン裁判の法廷で、宣誓したあと説明したところによれば、この美しいロジーナとワトソンとクロウは、麻薬取引のため車でカリフォルニア州エルモンテのある家に向かった。クロウは、マリワナ買入れのために二千四百ドルを支払ったという。ワトソンは車を降り、その建物の中に入ったが、裏口から脱け出し、スパーン・ランチへ逃げ帰ってしまった。

クロウとロジーナは、しばらく待ったのち、フランクリン通りのアパートへ帰った。クロウは激怒し、自分をペテンにかけたやつは必ず不具にしてやる、と誓った。

クロウはまた別のいざこざに巻きこまれ、今度は足を撃たれた――彼は撃たれどおしだったのだ。そのあと病院で行なわれたインタヴューで、その取引きは実際に二万ドルだったから、二千四百ドルはそのほんの一部分にすぎなかったのだ、とクロウはのべている。

12 いなごたち――一九六九年七月

七月一日午前二時ごろ、馬囲いのそばの公衆電話のベルが鳴った。〝テリブル〟の異名をもつT・Jという頭文字の男がこの電話に出た。電話の主はロジーナ・クローナーで、すっかり逆上していた。バーナード・クロウが彼女の家にいるというのだ。彼は金を返せと要求して、ロジーナを殺すぞと脅迫した。ロジーナは、ハリウッドのフランクリン通りのアパートから電話をしていた。そして、チャーリーと話させてくれと頼んだ。

チャーリーはロジーナと話し、そのあとでクロウと話した。二人は激しく議論を交わし、その間クロウは、ランチを襲撃し、弾丸を撃ちこむと脅迫した。チャーリーはこういった。「ここへやって来るんじゃない。こっちからそっちへ出かけてやる」

この汚れた馬囲いのそばにいたのは、テックスとブルースとT・Jとダニー、それにマンソンだけだった。チャーリーは彼らに、クロウが全員を襲うと脅迫しているから阻止せねばならない、と伝えた。そして「おれはやつのところへ行く。行きたいものはいるか?」といった。挙手した者がいたかどうかは、記録には残されていない。

「さあ来い。行くぞ」チャーリーはT・Jに呼びかけた。

チャーリーは車に乗りこみ、二人の間の座席の上に、銃身の長いバントライン・スペシャルを置いた。この拳銃がのちに、ジェイ・セブリングを殺害する凶器となるのである。この時の車は、ランチの雇い人のジョニー・シュワルツのもので、黄色と白のツートン・カラーの五九年型フォードだった。この同じ車が、ゲイリー・ヒンマン殺しや、ポランスキー邸、あるいはラビアンカ邸へ、一味を運んで行くことになったのだ。

スパーン・ランチからロジーナの住まいまでは、フリーウェイで三十分ほどの距離だった。チャーリーは車から降り、正面玄関へ歩いて行った。T・Jは前部シートから拳銃をとり上げ、マンソンのあとに従った。T・Jがチャーリーに拳銃を渡すと、彼はそれをベルトに差しこんだ。

彼らが到着したとき、バーナード・クロウは不在だった。応対に出たのはロジーナだった。アパートには、デニス・ウィルスンの友人の、デイル・フィンプルとブリン・ルカシェフスキーという二人の男がいた。二人はマンソンに、クロウは麻薬取引でペテンにかけられ、激怒していると告げた。彼は金の返済を要求しており、返さなければこの娘に復讐を加えたのち、ランチを襲うつもりだと語っていたという。

部屋に入ると、マンソンは拳銃をテーブルの上に置いた。数分後にクロウがアパートに入って来た。二人は冷静に話し始めた。チャーリーは彼に、自分の友人の生命を奪わせることはできない、それなら自分を殺してくれ、という意味のことを語った。クロウが、チャーリーに危害を加える意志はなく、ペテンにかけた相手を狙っているだけだと語ったころには、チャーリーは完全にクロウを自分の術中におさめていた。

デイル・フィンプルの証言によれば、チャーリーは〝儀式用ダンス〟を踊ってみせたあと、その場を立ち去ろうとした。そして拳銃をとり上げた。ロジーナはベッドの上に坐りこんでいた。T・Jと二人の男は、ドアのところに立っていた。チャーリーは拳銃を持ち、クロウからおよそ八フィートほど離れたところに立った。クロウは立ち上がり、「おれを撃とうっていうのか?」といった。彼は手を腹部にあてていたが、これは明らかに彼の腹が弾道上にある可能性を考えたからだろう。

チャーリーは引き金を引き——カチッという音がした。何事も起こらなかった。チャーリーは、一瞬ちょっと芝居じみたポーズをとり、笑い出しながら、こういった。「空砲で殺せるわけがないだろう」。もう一度引き金が音を立て、今度は弾丸が発射された——クロウは腹部をおさえながら、丸くなって倒れた。

チャーリーは男のうちの一人をふりかえり、シャツが気に入ったからくれと要求した。その男の着ていたのは革製のシャツだった。チャーリーは革製シャツがお気に入りだったのだ。弾丸におびえた男は、すぐにシャツを渡した。チャーリーはクロウに歩み寄り、彼の足に接吻し、おまえが気に入ったよと告げた。彼が接吻したのはシャツをくれた男の足だった、という別の説もある。こうして彼は立ち去った。

マンソンは、クロウが死亡したものと考えていた。

ランチへ帰る途中、マンソンはT・Jに、自分を見つめる表情が気に入らない、そんな表情をされると、自分自身を疑いたくなるし、自分自身を疑うことは正しくないことだ、と語ったという。この時の彼はキリストではなかった。この事件は、彼にとって、公然たる最初の銃を用いた争いであり、十五人の死者を生み出した二カ月におよぶ殺戮行為の引金を引く暴力行為だった。

二人が帰ったとき、テックスとブルースとダニーの三人は、鉱夫小屋《バンクハウス》の前の板道《ボードウオーク》に坐りこんでいた。チャーリーは銃撃について話してきかせ、この明白な殺人行為におびえきったT・Jは、馬囲いにもどり、その夜一晩中馬にかこまれて考えこんでいた。翌日彼はランチを立ち去った。

四時十五分に救急車がクロウを収容し、南カリフォルニア大学の総合病院医療センターへ運びこんだ。彼は、フィラデルフィア在住の妹に緊急外科手術することを知らせる電報を打ったのち、二人の外科医の手で手術を受けた。彼はこの病院に七月十七日まで入院し、その後ウッドロウ・ウィルスン通り七〇〇八番地の自宅へ帰り、やがて全快した。

バーナード・クロウの体内に撃ちこまれた弾丸は、今日もまだ摘出されずに残っている。一九七〇年春、バーナード・クロウはロサンジェルスの新しい郡刑務所に収監され、そこでマンソンと偶然再会することになった。もしチャーリーがクロウの死を信じていたというのが事実なら、刑務所における彼との再会こそは、まさしく不気味で驚くべきものだったにちがいない。クロウの体内にまだ弾丸が残っているという事実を知ったとき、検事側はその弾丸を手に入れようとやっきになった。この弾丸こそ、マンソンと殺人事件に用いられた凶器とを明確に結びつける証拠だったからである。彼らはクロウに、メイヨ・クリニックで弾丸の無痛摘出手術を行ないたいと申し出たが、クロウはこれを拒絶した。

クロウが撃たれた翌朝、ランチ内は恐慌状態に襲われた。チャーリー、テックス・ワトソン、ブルース・デイヴィスの目には、恐怖の色が浮かんでいた。テックスは札束——二千五百ドルあると語っていた——を引っぱり出し、その札束をパタパタさせながら、ダニー・デカーロの顔面をあおいだ。

T・Jは惨めな有様だった。彼は〝人殺し〟に関わり合いなどもちたくなかった、とさえはっきりと口にした。デカーロの話によると、このときチャーリーは、だれかが他人事に口をさしはさんだとき、よく囚人たちが用いる表現をつかえば、〝ガタガタいうT・Jのケツを噛み切ってやった〟ということだ。

黒人麻薬密売人をチャーリーが撃った経過は、ファミリー中に広がった。しかし、これはかなり歪められた形をとっていた。その話はいつも、ブラック・パンサーの集会に関連する話として伝えられ、麻薬取引における詐欺が背景にあった事実は伏せられていた。クロウ銃撃の物語は、極度に粉飾して伝えられ、この事件で本当はまだ数人の黒人が撃たれており、クロウ銃撃は、ほんの氷山の一角ではないかという疑いさえ残された。

たとえばある説によれば、ある大学のキャンパス付近において、約十人ほどの出席者によって行なわれた〝集会〟中、一人の黒人がめった切りにされて死亡したことになっている。この説は、おそらくファミリー内でこの事件について話し合うのを立ち聞きしたと思われる、一人の少女が伝えたものである。デカーロによれば、この事件の二日後に二人の目撃者がマンソンに電話をよこし、死体は公園に捨てたと伝えられた、と彼がいったという。

いずれにせよ、マンソンは事件のあとで、このクロウ銃撃事件についていろいろと異なった説明をしながら、いつもブラック・パンサーと結びつけて語っていた。

マンソンは、自立心のある黒人は、すべてブラック・パンサーの党員であると考えていたらしい。刑務所でのインタヴューで、たとえばヒューイ・ニュートン＊の名を知らなかったことからもわかるように、ブラック・パンサーについては何一つ知らなかったのだ。マンソンは、「黒人麻薬密売組織」の報復に対して完全な偏執的恐怖をいだいていたにすぎない。

もっと極端な例をあげれば、ファミリーはバーナード・クロウの黒人の友人たちが、ランチを襲い、暴行を加えるのをひどく恐れていたという。武装したパトロール隊が毎晩、建物の周囲の警備についた。銃を抱えた男たちが、夜間にしばしば板道《ボードウオーク》の上の屋根に登り、ブラック・パンサーの急襲に備えていた。リトル・ラリーは、歩哨として秣の山のてっぺんで寝た。

ある日、デカーロはクロウ銃撃に使用されたバントライン・スペシャルが革鞘に収められたまま、彼の〝銃器室〟のラジオの上に置かれているのを発見した。彼はその拳銃を磨けと命じられたが、この拳銃が黒人殺しに使われたものではないかと疑い、ためらったという。

七月の初めの数日間、ボブ・ボーソレイユと妊娠中のキティ・ルートシンガーが、ローレル・キャニオンの家からスパーン・ランチに引越して来た。ボブとキティは、〝無法者小屋〟に住むことになったが、これはおそらく、「アリスのレストラン」と表示された小屋だったのだろう。ちびのジョーとデブのフランクと呼ばれる二人の男がこの近くの小屋に住んでいたが、彼らは近所で麻薬の取引をしていた。

ボーソレイユは、第二回目の殺人公判において、彼がスパーン・ランチへもどってきたのは、グレッグ・ジャコブスンの要求に従ったためだと証言し、映画撮影の計画も進行していたので、テリー・メルチャーもそれを望んでいたとのべた。ボーソレイユの証言によれば、ジャコブスンは映画のサウンドトラックに使用する音楽を作るために、彼の協力を求めたのだという。

ボーソレイユは、スパーン・ランチへもどる直前、ジェラルド・エージェンシーに忍び込み、契約書と試作テープを盗み出そうとしたが、彼はそこの社員に見つけられ、二階の窓からすべり落ちた。この事件の直後、ジェラルド・エージェンシー社の社屋から、ヴィデオテープ装置が盗まれたが、ジェラルド社の前重役は、これがボーソレイユかマンソンの手で盗み出されたものと疑いをもっている。

マンソンが、ヴィデオテープ装置を売りつけようとして、昔からの友人で、ギャラクシー・クラブの前支配人でもあり、舞台出演の催眠術師でもあるウィリアム・ディーニャーに話をもちかけたことは、周知の事実である。マンソンは彼に、ヴィデオ装置があれば、舞台の演技にも役立つだろうとたきつけた。

＊ 一九六六年、ブラック・パンサー党を創立した。

七月二日、テックス・ワトソンはトパンガ・キャニオン大通りにあるバトラーのデューンバギー修理工場へ行き、砂漠という条件に合わせた特製デューンバギーを注文した。彼は、直径千マイルの攻撃範囲を可能にするため、この車に容量四十ガロンのガソリンタンクを装備させ、車内に睡眠できるだけのスペースをとるように改造を依頼した。彼はこの車のために前金で三百五十ドル支払った。

七月四日、ジプシー（別名イッピー、キャシー・シェア、マノン・ミネット）は、トパンガ・キャニオンの浜辺にほど近いトパンガ・レーンへ行き、友人で、ひげを生やしたチャーリー・メルトンに会おうと考えた。メルトンは、運転席の屋根に乗用車のシートを備えつけた、人目につきやすいキャンバス製の幌のついた平底のステーク・トラック*に住んでいた。ジプシーは、酒場にそなえつけられたヘルター・スケルターに備える寄進壺にかなりの額の寄付を加えることになりそうな計画を、そこで練ることになっていた。

リンダ・キャサビアン、彼女の夫ボブ、黒ひげのチャールズ、それにジムとジュリのオッターストローム兄弟は、全員このステーク・トラック内で暮らしながら、南米旅行の準備を行なっていた。チャールズ・メルトンは、約二万三千ドルの遺産を相続しており、この一部から旅行費用を支払うつもりだった。そしてこの金の残りは、その大部分がトパンガ地域の住民を喜ばせるために使われた。

メルトンのトレイラーの中では、ジプシーがメルトンのギターをかかえ、「在《あ》ることをやめよ」を歌いだした。ジプシーはリンダに向かって、スパーン・ランチのことや特にチャールズ・マンソンについて話した。彼女は、ランチでは子どもが一番大切なものとされていること、あらゆる物が共有されていること、砂漠へ全員移住しようと考えていること、などを話して聞かせた。彼女はリンダに、洞穴《ホール》や黄金の河などについても話したが、この河のことは、リンダはホピ族の伝説として耳にしていた。この話は非常に魅惑的だった。

リンダの話によれば、チャーリーは欲望を超越し、すでに死んでいるのだ、とジプシーが語ったという。その男はもはやチャーリーではなく、聖霊である。彼らすべてがチャーリーであり、チャーリーが彼らなのだ。そして男たち、広大な愛の持ち主である男たちのほとんどが、完璧な愛にたいする広い心をもっている、といった。トレイラー内の他の男たちは、ジプシーに色目を使ったが、ジプシーは彼らの心の中の自我が真理に耳を傾けるのを妨げているのだ、といってのけた。

リンダは、夫とのわずか七日間ほどの短い和解が破れ、ふたたびいさかいを起こしはじめていた。夫とチャールズは、すでに彼女を南米旅行から除外することに決めて

＊　囲いの支柱をさしこめるようになっている。

いたようだった。ジプシーは、彼女にスパーン・ランチに来ないかと誘いかけた。

リンダはこの日、トパンガ・ビーチで開かれる七月四日のラヴ・インに参加する予定だったが、彼女はそのかわりに、生後十六カ月になるターニャを連れ、スパーン・ランチに行くことにした。ランチに着いた彼女とターニャを、全員が暖かく迎えた。ランチの者たちは、彼女から身元を証明するカードと所持品を預かった。ランチには愛と平和がみなぎっていた。

彼女はこうした環境に驚きはしなかった。麻薬によるトリップと愛の世代の中で育ち、十六歳のときから、コミューンからコミューンへ渡り歩いた経験をもっていたからだ。ターニャは、プー・ベアといっしょにさせられた。ターニャの自我は母親から切り離される必要があり、英語を用いて娘に話しかけてはならない、という命令がリンダに下された。

リンダは、ボーソレイユ、マンソン、テックス、ブルース、ダニー、カラテ・デイヴ、クレムその他の男との性交によって、ただちに妊娠した。しかし、ボーソレイユは、自分がその子の父親だと主張している。

ファミリーが、全員の身元を証明するカードやクレジットカードを一括し、ジョージ・スパーンの家の中央のある場所に隠しており、いつもスクィーキーが見張り番に当たっていたという事実は、注目にあたいする。新入りの放浪者が現われるたびに、彼らはまるで儀式のようにカードをとりあげた。リンダ・キャサビアンも例外ではなかった。だから、チャーリーにシャロン・テート邸まで運転しろと命令されたときも、証明書置き場から運転免許証をとり出して行かねばならなかった。

その夜、リンダはランチにおける最初の神秘的な体験をした。彼女とテックス・ワトソンは、ほの暗い小屋の中で性交したが、彼女がのちに証言したところによれば、それはそれまでのどんな経験ともちがっていた。その経験は全的《トータル》なものだったが、不気味なものであり、あたかも外部から何かの力に強くつかまれていたようだった、という。彼女は快感の絶頂で両手を固く握りしめ、両腕は麻痺してしまっていた。

のちに彼女は、ジプシーにこの麻痺の意味を質問した。ジプシーは彼女に、それは男性に完全に服従できないために起こったのだと説明した。つまり死にかけている自我が苦しんでいる、というわけだ。

テックスはこの性交の間に、チャーリー・メルトンがトラックの中に隠している、相続財産のことを聞かされた。彼は全身これ耳といった具合に聞き耳をたてた。彼は、この世には善もなければ悪もない、といった例の単調なくり返しを呟きつづけた。彼女はこの言葉を受け入れ、チャーリー・メルトンの金を盗む決心をした。

リンダはその晩、ロングホーン酒場《サルーン》の屋根の上に敷いたマットレスで寝た。チャーリーが屋根の上で寝ることを許したのは、この夜が最後だった。「ブラック・パンサーはすぐにわれわれを見つけ、殺そうとするにちがいない」と彼は語っていた。

七月五日は、ファミリーにとって楽しい日となった。午前中に、ターニャ、リンダ、ジプシー、それにメアリー・ブランナーの四人は、トパンガ・キャニオンに行き、浜辺へ遊びに出かけた。一同は、渓流のそばのトパンガ・ショッピング・センターの裏で、チャールズ・メルトンとボブ・キャサビアンに出くわした。彼らはマリワナを喫っており、ボブとチャールズはパスポートをとりに、ロサンジェルスへ行く途中だった。

リンダと娘たちは、彼女の所持品をとりにメルトンのキャンバス張りのトラックへ向かった。彼女は、東部で買った、三十錠のピンク色のＬＳＤの錠剤《タブ》のはいったブル・ダーハムの煙草入れを、埋めた場所からとり出した。

彼女は自分の持ち物の荷づくりをしたが、その中には、世帯道具類や、のちにアビゲイル・フォルジャーが殺されるときに使われた握りをテープで巻いたナイフ、サディがポランスキー邸の椅子の近くで失うことになる鹿革の握りのナイフなどが含まれていた。そのあとで彼女は、メルトンの布製雑嚢を探り、百ドル札が五十枚はいったビロードの煙草入れを取出した。この札を彼女はチャッツワースへ持って行き、大魔王《ウイザード》マンソンにそっくり渡してしまった。

チャーリーに紹介するためにリンダが連れてこられたとき、彼はスネイクやブレンダとともにデューンバギーの作業にとりかかっていた。リンダにはマンソンは、鹿革服を着たひどく立派な風采の男に思われた。チャーリーは彼女に、なぜ自分たちの仲間に加わる気になったのかと尋ねた。リンダは、夫が自分を必要としなくなり、ジプシーがここでなら自分を歓迎してくれるだろうと語ったからだ、と答えた。チャーリーは彼女の持ってきた金を受けとった。彼はリンダの足をじっと見つめた。「彼はわたしの足を撫でました。彼の意にかなったようでした」と、彼女はのちになって証言している。彼はたいへん気をよくしたのだ。

マンソンは、チャールズ・メルトンと友人たちが、金をとりもどしにランチへ来るかもしれない、と聞かされた。そこで彼は、リンダをランチの裏手の渓流を下ったところにある洞穴に送り、夫の怒りから身を避けさせようとした。

リンダはその努力に対し、洞穴セックスをもって報いられた。彼女が金を盗んだ七月五日の夜、マンソンはリンダのいる洞穴に姿を現わし、二人は、ジプシーとウーイッシュとブレンダのいる洞穴の床で、交わった。マンソンはお得意のペテン話法を用い、父親の存在が妄執になっているのだろうと告げた。彼女は、気にくわない義父がいることを認めた。

翌日、洞穴の脇の丘の上に登った若い女たちが、双眼鏡でスパーン・ランチの埃っぽい車寄せを監視しはじめた。予想どおりメルトン、ボブ・キャサビアン、ジム・オッターストロームの三人が、平底のトラックに乗って車寄せに通じる道に入ってきた。

チャールズ・メルトンは、板道《ボードウオーク》にいただれかにジプシーとリンダの所在を尋ねた。その男は立ち去り、やがてマンソンとともにもどってきた。マンソンはメルトンに対して、いつものように、おれを殺せ、殺せないならこっちが殺してやるという脅しをもって応答した。

メルトンによれば、マンソンはこういったという。「リンダとジプシーだって？　だれのことだ？　そんな名前は聞いたこともない」

メルトンは、「その二人がおれから五千ドル盗んだんだ」と答えた。

マンソンが「金だって？　お前の物なんて存在しないんだ」と答えた。そしてチャーリーは自分のナイフをメルトンに渡し、このナイフでおれを殺してみろ、と迫った。メルトンは差し出されたナイフを受けとろうとしなかった。マンソンはいった。「それじゃ、この世に死なんてものが存在しないことを証明するために、おまえを殺してみることにするか」

そういわれたとたん、メルトンと仲間は、すばやく逃げ去った。

バーナード・クロウ銃撃の目撃者だったブリン・ルカシェフスキーが、数日後デニス・ウィルスンに電話し、この事件について伝えた。グレッグ・ジャコブスンはこの会話を耳にはさみ、メルチャーに伝えた。メルチャーはこれを聞いてひどく動転した。

このことがマンソンのレコーディングや映画撮影計画の中止の原因となったのかもしれない。マンソンは本気でメルチャーがこの計画を実現させる気だと信じこんでいたのだ。

ある日マンソンは、ジャコブスンに、メルチャーのマリブのビーチハウスの外には緑色の双眼鏡の設備があるかと質問した。

「あるとも」とジャコブスンは答えた。

「そうか。しかし今はもうないだろう」とマンソンは得意げに高笑いした。

ファミリーが、サンタスザンナの山頂からブラック・パンサーの党員たちの急襲を偵察するのに用いていたのは、このドリス・デイの望遠鏡だったのだ。

マンソンは、徐々にメルチャーに対する怒りをつのらせていった。彼は約束に違反している。ある日マンソンは、レスリーともう一人の娘をマリブ・キャニオンに送り、メルチャーに会えと命じた。メルチャーは二人に面会しようとしなかったが、インターコムを通じて話した。「彼らはよくメルチャーの誘拐について話し合ったものです」とキティは述べている。

リンダ・キャサビアンは、もてるかぎりの力を尽くして、ファミリーの生活様式にとけこもうとした。テックス・ワトソンとリンダは、きわめて親しい友人関係を結んだ。この事実こそ、いわゆるテート＝ラビアンカ殺人事件の多くの不可解な謎の解答となるものかもしれない。

ジプシーは法廷において、五千ドルを盗むことにかけたリンダの強い熱意について証言している。

「彼女はそのことに全力を傾けました。そして贈り物をもち帰ろうとしつづけたんです」

マンソンは急速にリンダを受け入れはじめ、信頼を要する仕事を受け持たせた。マンソンはリンダに、バスに女たちを満載し気ままに旅してまわっていた懐しき良き時代のことを話して聞かせた。昔々の物語である。

マンソンはよく、ジョン・レノンの歌の替え歌を作ったものだった。

キリストよ、あなたはそれがらくじゃないことだと知っているね。
どんなに辛いことか知っているね。
彼らも私を、はりつけにしようとしているんだよ。

マンソンにとっては、これが、みずから十字架を背負おうというレノンの覚悟を証明する歌というわけだった。「やつらは最後にはおれをはりつけにするだろう。だが今は、ジョン・レノンがおれの代わりをつとめているんだ」マンソンはそういって、声高に笑ってみせた。

　チャーリーは、奇跡を用いて病気を治癒させる能力を増進させようとつとめた。あるとき彼は自分の腕に切り傷をつけ、リンダに「いつか自分で治せるようになってみせる」といった意味のことを語った。これとは別のあるとき、彼は死にかけているゼーン・グレイ＊という名の馬のそばに坐り、話しかけたことがあるらしい。この馬の病気は奇跡的に快癒した。それだけではない。えび足の奇跡的な快癒の事例もある。名前はまだ明らかにされていないが、ある男がランチへやってきたことがあった。彼の足は肥大し、びっこを引いていた。マンソンは、一連の呪文によって彼を徐々に治癒させた、と伝えられている。

　ファミリーの生活は急速に狂暴化しはじめたが、正常な感覚が完全になくなったわけではなかった。毎晩、ジョージ、ルビー・パール、それにファミリーのだれか（たいていはスクィーキーかウーイッシュだった）が、食事をしにチャッツワースのハウス・オブ・パンケークス＊＊へ出かけていった。彼らは帰り道に、トラックを停め、馬の飼料のためのトウモロコシを積み込んだ。このあとルビーは家にもどり、老ジョージは、

＊　有名な西部小説家。
＊＊　レストラン・チェーン。

少女たちの老人病治療部隊に見守られながら、映画セット脇の家にこれをしまいこんだ。

娘たちは、工具類やデューンバギーの部品の手入れをし、組み合わせてデューンバギー造りの手伝いをすることに毎日の大部分をついやした。レスリー、ケイティ、リトル・パティ、ブレンダの四人は育児に没頭していた。

しかしチャーリーは、ひどくビクついていた。

あるとき、スネイクがチャーリーの夕食中の説教の最中に話しかけると、チャーリーは激怒し、話の間には絶対に口をきくなとどなりつけた。

七月のある日、チャーリーが食事時間に間にあわなかったため、ファミリーは彼ぬきで食事を始めた。これは大罪だった。彼は帰宅してこれを知ると、怒り狂い、家から飛び出していった。テックス、ボブ、クレム、ブルースの四人は彼のあとを追い、許しを乞うた。やがて彼らは全員でもどってきて、チャーリーはギターを弾き、合唱が始まった。すべてがまたもとの平穏な状態にもどった。

黒人たちから加えられる差し迫った死の恐怖についてのチャーリーの説教が、偏執的狂騒の波をひき起こした——これは特にLSDのトリップ中にいちじるしかった。彼は、略奪者、殺人者たちの近づく足音に聞き耳を立てているロングホーン酒場内の偏執狂的な若い男女の、沈黙の輪から発散する恐怖心が気に入っていた。

七月十日、チャーリー・マンソンは百ドル紙幣の束を持ってバトラーのデューンバギー修理工場へ行き、デューンバギー部隊結成のため、四台のバギー車を二千四百ドルで購入した。マンソンの信頼をかちえたビル・ヴァンス、ダニー・デカーロ、テックス・ワトソン、ボブ・ボーソレイユの四人は、正規に購入されたヘルター・スケルター用の鋼鉄製の専用騎馬を所有することになった。そしてただちに北部砂漠における戦闘に備え、デューンバギー車を装備しなおす作業が開始された。

十日か十一日ごろ、犬を連れた一人の黒人がスパーン・ランチ前の道路に車を停め、ランチを注視した。彼はそのあと車を乗り入れ、ごみ捨て場を覗きこんだ――そこでは、バギー車の流れ作業の列が広がっていた。ターニャとプー・ベアは、〝銃器室〟前の板道のそばでたわむれていた。この事件は、ブラック・パンサーの党員たちがいつか子どもたちを狙撃するかもしれないという不安をひき起こし、サンタスザンナ間道の向かい側にある、スパーン・ランチの北約一マイルの丘陵の滝のそばに、子どもたちのための新キャンプ地を設営することが決められ、これはすぐに実現された。彼らはテントを張り、火をたき、料理を作った。逃亡者と子どもたちのすべて、それに娘たちのうち年かさの者は、ここにかくまわれた。

スパーン・ランチ脇の渓流を徒歩で登って行けば、この新キャンプ地へたどりつくことができた。チャーリーはそこまでずっと、デューンバギーで走れるように望んだが、河床には岩や大石がごろごろしており、それはかなり難しいことだった。彼は大石を取除くよう娘たちに命じた。

リンダは、娘たちを乗せてランチと滝の間の河床を往復する任務をマンソンに命じられたことを誇りにしていた。

二台の車に分乗した、カメラを持った黒人たちが訪れたこともあった。チャーリーは馬囲い脇の秣の山のくぼみの中に身を隠した。娘たちは走って、ごみ捨て場のデューンバギー修理工場に隠れた。総勢八名の黒人たちは、ランチを写真撮影し、ざっと観察しただけで立ち去った。ファミリー内の偏執狂は、その黒人たちが、めざめた白人の世界救済者たちを全滅させようとする、ブラック・パンサーの先発殺戮部隊にちがいない、とのべた。ランチの前の道路を横切った向かいの草むらから、キャンディの包み紙が発見され、これは、ブラック・パンサーが彼らを監視していることのもう一つの証拠とされた。

七月十四日、ダニー・デカーロとブルース・デイヴィスは、ヴァンニュイ大通りにあるサープラス・ディストリビューターズと呼ばれる店に出かけた。その店で彼らは、連邦法を犯して偽名で、四五口径拳銃と九ミリ口径ラドン拳銃を含む数梃の武器を購入した。デイヴィスはジャック・マクミラン、デカーロはリチャード・アレン・スミスという偽名を用いた。

デイヴィスはのちに、クロウが自分たちを殺してやるといったため、この武器を買ったのだ、とのべた。

七月十五日、ロサンジェルス保安官事務所の警官ブレッケンリッジは、ヘリコプターでスパーン・ランチ上空を飛んだとき、〝少なくとも三台分の〟フォルクスワーゲンの床板が広げられているのを目撃し、自動車窃盗か部品泥棒の可能性があると直感した。保安官事務所は、ランチに関する自動車窃盗のデータの収集を開始した。ひと月以内に、彼らはランチの手入れを行なうことにした。

ファミリーが滝で野営を行なった五日間の最後の日の夜、娘たちはチャーリーのデューンバギーにつける大山猫の皮を縫い合わせる作業に忙しかった。マリブ・ブレンダ（ブレンダ・マッカン）は、母親の戸棚からさまざまな毛皮類を盗み出して来た。彼女の母親は、数カ月後「ライフ」の表紙になった記事の中で、数千ドルの毛皮類がマンソンのデューンバギーを飾っているのを見て逆上することになる。

夜明けを迎える直前に、チャーリーはブレンダにはさみを持たせ、素晴らしい知らせを伝えさせるために、ランチから送り出した。聖なる呪術の剃髪式を行なう時が来たのだ。チャーリーは、髪の毛を切りおとす準備をしろと命じた――とうとう、彼らの自我が消滅するのだ。これは最高に特権的な機会なのだったが、スネイクは、長い赤毛の髪を切りたくないといった。しかし全員で彼女を押さえつけ、何が何でも切ってしまうぞといわれ、承諾することになった。ケイティのふさふさした呪術的な頭髪は、洞穴内に避難場所を見つけるさい、魔法の毛布として用いる予定だったので残されることになった。ウー・イー・ウー。

翌日、剃髪した娘たちはランチへ行き、大魔王マンソンと顔を合わせた。彼女たちは、それぞれ頭髪の一房ずつを切らずに長く残し、垂らしていた。伝説によれば、娘たちはそれぞれ切った自分の毛髪を埋めたり、火中に投じたりしたという。彼女たちは、とっておいた毛髪を、包んだり、魂《ソウル*》に捧げる飾りの小ぎれに結びつけたりした。チャーリーは「こいつはいい」と大喜びだった。そして彼は、その他の四、五人に、同じように頭髪を切れと命じた。

一九六九年七月十五日ごろ、チャーリーは、デヴィル・キャニオンを約三マイルほど登ったところにある森の中の人目につかない防火線道路《ファイア・ロード》の外れに全員を移動させることにした。警察のモーターサイクル・パトロール隊に追いだされるまでの約一週間、彼らはそこにとどまった。

ランチや洞穴やファーン・アン滝《フォールズ》のキャンプ地から、およそ二十人のマンソンの部下たちが、かばの木の端を曲げて自然のテント支柱にしてある居心地のよい草深い牧草地の新しい居住地へ続々と集合してきた。娘たちは十人用のテントを張り、デューンバギー工場の上には偽装用のパラシュートをかぶせた。

不運にも消防トラックが近くの道を走っていたし、キャンプのちょうど上の丘が自動車道として切り開かれていたため、このキャンプはすぐに発見されてしまった。警察のヘリコプターはすぐにキャンプを探しあてた。マンソンあるいはファミリーのだれかが、乾いた防火線道路をパトロールしていた消防夫を、〝トミー・ガン〟（彼らは軽機関銃のことをこう呼んでいた）を振りかざして威嚇したらしい。

彼らは、防火線道路からキャンプへ続く短い道路の入口を小枝で偽装した。娘たちは、岩だらけのデヴィル・キャニオンを一マイルほど下ったところまで電話線を引き、見張りの前哨地点との間に野外電話を設置した。

キャニオンの入口の丘には、スパーン・ランチを見下ろすために設置された終日監視所があった。この監視所は、警察とブラック・パンサーを監視するためのものだった。もしだれか侵入者が現われれば、見張りはキャンプに電話をかけて警告する。見張りは三組に分かれていた。

チャーリーは、NBC社の映画カメラを近くに設置し、まるで映画撮影の準備中であるかのように、ライトを照らすことにした。これは警察が手入れを行ない、長髪の男たちと年少の娘たちを発見した際の、口実のためだった。

＊　マンソンのこと。

あるときチャーリーは、リンダとヴァンスに、後部に発電機を積んだ大型トラックを盗んで、キャンプまで運べと命じた。二人は車でトラックのある地点へ向かった。リンダが車で、ヴァンスがトラックで帰ってくる予定だった。しかしヴァンスがトラックを発進させることができず、リンダがおびえだしたため、この仕事は中断された。結局チャーリーとヴァンスがとってかえし、トラックを発進させた。二人は急勾配の谷を登り、キャンプに帰った。ワトソンが、自分のデューンバギーの仕事にかかり、完成させるために、発電機を必要としていたのだ。

この発電機を三、四日使用したのち、ヴァンスがトラックをもどしに行き、持ち主の家から一区画はなれた場所にとめた。リンダと氏名不詳の訪問者が、ビルをランチまで連れ帰った。

全員が谷に移動すると、彼らは最小限度の老人病治療部隊を、ジョージの世話とランチの料理手伝いのために残した。ランチに残されたグループには、リトル・パティ、ジーゾ、スクィーキー、それにウーイッシュなどが含まれていた。

チャーリーは娘たちに、夜間にキャンプ地まで手さぐりで帰れるように、ガラス玉や羽毛や革などから作った〝魔術物品〟を木に吊り下げさせた。娘たちはキャンプに台所を作った。主食は玄米の百ポンド入り袋から供給された。娘たちは、追加の食物を荒地から探してこいと命令されたが、このような乾燥しきったやせた土地ではひどく困難な仕事だった。リンダは熱硫黄泉を発見したが、この温泉の泥がこの地方の風土病であるファミリーの皮膚病、つまりただれや皮膚障害を和らげてくれた。

彼らはよく、近くの丸太を組んだ給水塔で泳いだものだった。夜になって、ダニーがドラムを叩き、ボーソレイユかチャーリーが歌ったり、ギターを弾く間、彼らは羊皮や寝袋の上に寝ころがっていた。そしてクリーピー・クローリーの合唱が自然に声をそろえて歌い出されるのだった。

デヴィル・キャニオンは、どちらかというと乾いたところだったが、一九六八年から一九六九年にかけての豪雨は、夏までこの渓流に水を供給した。そのため、ここには水は多量にあり、近くで入浴したり皿を洗ったりすることもできたが、昼間あるいは多人数でそこへ行くものはいなかった。

一九六九年七月二十日の日曜日、ファミリーの数人は、馬囲い脇の西部劇映画セットの端にある、鉱夫小屋と銃器室に置いたダニー・デカーロのラジオで、アポロⅡ号の月着陸の放送を聞いた。

七月二十日ごろ、マーク・ウォルツという名の十六歳の少年が、トパンガの道路わきで、自動車によって数回轢断された血まみれ死体となって発見された。ダニー・デカーロによれば、弟がスパーン・ランチに滞在していたと推定した少年の兄が、ランチに乗りこみ、弟の死についてマンソンと対決したことがあったという。数人の警察官が、この死亡事故の捜査のためスパーン・ランチを訪問している。

この時期のいつか、警察の報告書ではジェーン・ドウ第四十四号とされている、ある若い女性が殺害され、スパーン・ランチの北端から数マイル離れたホイッティカー防火線道路のキャステイク付近の浅い墓に埋められていた。死体発見後数カ月たっても身元不明だったこの女性は、ちょうちん袖の短いドレスを着ていたが、数人の者はこのドレスをスパーン・ランチで見たドレスと同一のものだと認めている。

マーク・ウォルツがトパンガで死んだ七月二十日ごろ、チャーリーは怒りの発作を起こした。知られている唯一の理由としては、ジプシーが彼のコンガ・ドラムを丘の下へ転がり落としたという罪を犯したことしかなかった。

エラ、サディ、メアリー、それにウーイッシュの四人が、動転した様子で、汗を流しながら谷のキャンプに駆けこんできたとき、チャーリーはジプシーを殴打していた。事実、彼は半狂乱だった。彼はジプシーのあばら骨を蹴り、頭部を打ち、とうとう彼女は動かなくなった。マンソンはメアリーに向かって叫んだ。「なぜプー・ベアをおまえの母親のところへ連れていかないんだ。そうしたがってたじゃないか!」。そして彼はギターやドラムなどを殴りつけ、「おまえたちは音楽なんかどうでもいいんだろう」といった意味のことをわめき散らした。彼は盗んだNBCのカメラのサウンドパックを叩きこわしさえした。

警察は、このキャンプのそばで、サウンド・システムの外箱を発見した。録音機がこわされたのち、その部品のトランジスターはバギー車内に置かれ、魔法の夜間用道路指示標のように、谷とランチの間をさまよいまわった。

マンソンが凶暴状態になってから二日たたぬうちに、警察はデヴィル・キャニオンの急勾配のキャンプ地に手入れを行ない、全員ランチに戻らざるをえなくなった。マンソンにとって幸運なことに、裏手のランチに住んでいた芸術家のジョン・フリードマンとその家族は引越して、ファニタが持ってきた役立たずのインターナショナル・スカウトを運び去っていたので、ヘルター・スケルター一族はそこへ移ることができた。

チャーリーはジョージとの間に、裏手のランチの賃貸契約を結んだ。彼はトラックをそこへ移動させ、しばらくの間子どもたちを含む全員が、そのランチの建物内で生活した。新しい床のマットレスだけが、この荒れはてた裏手のランチの装飾だった。

しかしここも警察が再度の手入れを行なったため、マンソンは数人の娘たちに命じ、家の前の渓流の下手にある森の茂みにテントを張らせた。ここは、ファミリーの客で、のちに証言を妨害するために、ホノルルでLSD入りのハンバーガーを食べさせられることになるバーバラ・ホイトという女性の証言の中で〝枝編み小屋《ウィキアップ》〟と呼ばれた住居である。子どもたちと家出少女たちは、いっしょにこの中で寝ることになった。

鉱夫小屋のうしろのごみ捨て場で、デューンバギー作業が再開された。安全を守るための警戒措置がマンソンによって徹底された。〝悪魔《サタン》〟＊によって認められた仕事以外では、だれ一人ランチのまわりをうろつくことを許されなかった。

裏手のランチへ引越したとき、一行が初めてここへ来た一九六八年の古き良き時代には、ファニタの金で買ったつづれ織りや枕がどんなに素晴らしかったかといった追憶にふけった者もいた。彼らはまた、火の中に飛びこんでもだれも火傷を負わなかった、一九六八年十月の火の狂宴の話をくりかえした。

しかし事態はもっと厳しいものになった。大陸開発会社が、リゾート地としてスパーン・ランチの周囲のあちこちの土地の買い入れに熱中している、といった話もあった。マンソンにとって不運なことに、ジョージ・スパーンの所有地の境界線は裏手のランチの中央を走っていた。そのため、この建物の真の所有者はだれかという、もう一つ別の新しい問題が生じてきた。大陸開発会社は、裏手のランチに隣接した土地を買い入れ、このランチは自分たちの物だと主張しはじめていた。彼らは、当然ながらこの地域からヒッピーを締め出そうとやっきとなり、ファミリーを裏手のランチから追い出そうと圧力をかけはじめた。

裏手のランチの確保のため、マンソンはここで乱痴気騒ぎを開き、マンソン・ファミリーの伝説を広く知らしめる事件となるようにせよ、と命じた。そしてこれが、サイミ・ヴァリー・シェリの入会式となったのである。彼女は、十五歳の田舎娘で、ランチでは馬の世話をしていた。彼女は事件後高校にもどったから、ここでは彼女の姓には触れないことにしよう。

この狂宴に参加したのは、約二十人の人間と四人の〝ゲスト〟だった——この四人の氏名は、現在も明らかにされていない。

この出来事は、一九六九年七月二十日ごろ起きた。数人の者たちは、このとき映画撮影が行なわれた、とのべている。チャーリーは十五歳の少女を会場の中央に立たせ、ビキニのパンティのみを残して裸にしてしまった。全員が注視した。カメラのシャッターが次々と切られた。彼女は気が進まない様子だった。チャーリーは彼女を床に押し倒し、頭のてっぺんからつま先まで撫でまわした。彼女の首や胸に接吻しはじめた。サイミ・シェリはマンソンの肩に噛みついたが、このため顔面にパンチを見舞われることになった。この狂宴の主要参加者であるリンダ・キャサビアンによれば、マンソンは、「シェリ、おれが手に煉瓦を持って、流れの中でおまえを追いまわしたとき、もしおれと寝ないというなら、頭を殴って殺した上で、強姦してやるといったろう。あのときのことを思い出せ！」といったという。

＊ マンソンのこと。

彼女は静かに横たわり、マンソンはパンティをはぎ取った。彼は、ボーソレイユに、彼女と性交《メイク・ラヴ》しろと命じた。

次にマンソンは、少女の全身の突起と開口部に無差別な愛撫と接合を命ずる合図を送った。「そこで演じられたのは、これまで経験したことのないような性的倒錯行為でした」と、リンダは断言している。もっとも彼女も積極的に参加していたのだが。リンダとレスリーとテックス・ワトソンの間では、三重性交が行なわれた。クレムもリンダとやった。スネイク・レイクは、二十二歳のリンダとぴったりからみあった。「ときどきは、目をあげてあたりを見まわしました」とリンダは、部屋の他のところで起こっていたことを見たかと質問されたとき、証言した。

13　恐怖を克服する

一九六九年の夏にマンソンが行なった説教の一つは、恐怖がいかに素晴らしいものであるかということだった。彼が「恐怖を克服する《ゲッティング・ザ・フィア》」と呼称したのは、非常にデリケートな肉体的体験だった。本来この言葉は、ＬＳＤ体験時によくおこる現象の一つで、はげしい恐怖感におそわれる時期を克服するという意味である。マンソンは、拡大された意識のすべては恐怖心であるという解釈をくだし、「無限に通じる恐怖の果てしなき平原」という言葉を用いた。

「恐怖を克服する」というのは実際にどういう意味なのか、と娘たちはマンソンにいつも尋ねていたという。マンソンは、よくこんなふうに答えた。「そうだな。まずマリブに行って、金持ちの邸宅をえらぶ。盗みをはたらくんじゃない。家の中にただ入って行くだけだ。すると恐怖がまるで波のようにおそいかかってくる。恐怖の波の上を歩いているような気分になってくる」

彼は、明りのついている金持ちの邸宅に侵入することを強く主張した。家の中にいる〝太ったブタたち《ピッギーズ》〟は、おびえあがって手出し一つできないだろう、と彼は教えた。ちゃちな夏季用のドアを、くさびがわりの薄いプラスチック板でこじあける方法も実演してみせた。ナイフで網戸を切り裂く方法もやってみせた。「予期していないことをやれ。わけのわからないことをやれば、理由がわからずにすむ。頭の中をカラッポにしておけば、けっしてつかまることはない」と彼はいった。

ファミリーの女信者たちはただちに恐怖の波にとびのり、あちこちの邸宅にしのびこんで、宝石や毛皮を盗みはじめた。黒っぽい衣服をつけ、音を立てずに窓をこじあけ、恐怖の波が砕け散るマリブの邸宅の居間に侵入しはじめたのだ。獲物を手に入れると、娘たちは立ち去った。

〝ひそかにはいまわる《クリーピー・クロール》〟という用語は実際には六九年の七月以来用いられるようになった言葉で、娘たちが考えだしたものだった。「おれは彼女たちに、ひそかにはいまわれなんていわなかった。何もいわないのに彼女たちが勝手にそうしたのだ」と、チャールズ・マンソンは一九七〇年六月二十四日に述べている。

サディ*こそ、この夜行性爬行動物《クリーピー・クローラー》の立役者だった。黒いケープと、買ったばかりのほんもののローバック社製のジーンズを身につけた彼女は、獲物を狙って、窓をのぞきつづけた。デカーロはこういっている。「そんなことばかりしてたんだ。ビヴァリーヒルズやブレントウッド地区の高級住宅街を一晩中うろつきまわっていた。金持ち連中がたむろしているところだ。そんなことをしているうちに、陰惨な犯行を思いつくようになった。マンソンは、金持ちたちの足を吊りさげて、切り刻むというようなことまでやらせたがっていた」

娘たちが、とつぜん全員そろって黒いケープをまといだしたのは、非常に奇異に思える。彼女たちはマンソンのために、床まで届く黒いケープをつくった。マンソンはそのケープを優雅に身につけ、これをつければ自分がはいまわっているところを誰にも見られずにすむだろうといった冗談を口にした。メアリー・ブランナーは黒いケープを持っていた。サディも持っていた。デカーロによれば、スクィーキーは、スパーン・ランチの台所にあったポットの中で衣服をいつも黒く染めていたということである。

マンソン事件に関連したいくつかの出来事の中に、あまりにもおぞましい悪徳に満ちみちているために、悪夢をかいま見るような出来事がある。

マンソン、ボーソレイユ、ヴァーン・プラムリーをふくむあらゆる種類の人間たちが、ファミリーの活動を撮影した映画が何度となくつくられたことを認めている。映

＊　スーザン・アトキンス。

画は、トパンガ・キャニオン、マリブ・キャニオン、デス・ヴァリー、ハリウッド、スパーン・ランチなどでつくられた。

ファミリーの映画製作について、プラムリーはこういっている。「連中がつくったのはホーム・ムーヴィさ。ああ、つくっているところを見たとも。なんともクレージーな映画だった」

「テーマは何だった?」と尋ねられて、

「なんでもよかったのさ、わかるだろう。起こることをそのまま撮っただけだ。誰かがひどいアシッド・トリップでめちゃめちゃになっていると、それを撮影した。そんなばかげたことばかりだった」

プラムリーによると、ファミリーはスーパー8のカメラを三台持っていたという。彼は、暴力的な映画についても質問され、こう答えている。「たとえば踊っている場面だ。ナイフを持って踊り狂っている。おたがいに相手を切り刻むような仕草をしていた。それっくらいじゃ、おどろきもしなかった。いつもの奇怪な振舞いの一つぐらいにしか思わなかったのさ(笑い声)」

ナイフで相手を切り刻む仕草の映画については、ファミリーに関係のあった別の人物が、つぎのように語っている。どうやらこの人物はプラムリーよりずっとおしゃべりらしい。「一種のトリップ映画《フリック》ってところですかね——長さですか、そう、七分ぐらいあったかな——チャーリーとほかの連中が、輪になって走りまわっていました、ナイフを持ってね——ナイフをつけるベルトをしてたんですよ——それから、ナイフを手に持って、ぐるぐる飛びはねながら——そう、そんなシーンが三分ほどつづいたあと、とつぜんはじめたんです。あたりかまわず、立木や、家や、そういったものに攻撃しはじめたんです」

プラムリーは、ファミリーのためにフィルムを現像した何人かの友人についても語っている。そのうちの一人は、スパーン・ランチの東にあたるグラナダヒルズの山道に住む男で、ファミリーのためにフィルムの現像を行なったとみなされている。それまでのファミリーの映画は単なるセックスもので、何人かの有名人の顔やからだをまじえることで味つけがされている程度だった。なるほどね。

私（筆者）はかつてロサンジェルスで、アンディ・ウォーホルの編集残のフィルムをあつかうニューヨークのポルノ映画販売人を装ったことがある。そのときたまたま私は、予審前の捜査期間中に集められたマンソンのポルノ映画をふくむ、よせ集めのエロティック・フィルム七時間分を購入する機会にめぐまれた。だが、価格は二十五万ドルだった。ゲイリー・ヒンマンの友人でチャックと名乗る男から、「マリブとサンフランシスコの斧殺人」という映画を所有している、というメモをうけとった記者もいた。のちに判明したことだが、ある女性の被害者を写した儀式殺人の映画を、ロサンジェルスの麻薬密売人が、ここでは特に名を秘すが、ニューヨークのある高名なアーティストに売りつけた、という話もある。

最後にもう一人、二年半のあいだファミリーの周辺をうろつきまわっていたある人物が、ファミリーの映画について尋問をうけることになった。おそらくそうなのだろうが、もし彼の話が事実だとすると、この話はヴィデオ吸血鬼時代の忌わしい到来を物語ってくれることになる。彼は、スパーン・ランチの裏手や上手の森の中で夜間に公開された映画について証言している。それは、同時に数本の映画を上映する野外映画ショーだった。

「ファミリーはその手の映画を見せる設備を持っていました。四本か五本の映画を同時に見せたんです。音響テープの音は、ランチからきこえてきました」

彼の話によると、サウンド・トラックとしていろいろな種類のテープが用意されたという。スクリーン用に白いシーツがかけられ、バッテリーを使う八ミリ映写機が四、五台、この不気味なショーのためにロサンジェルスから借りてこられた。半時間ぐらい役にたつバッテリーだったらしい。その場で映写されたフィルムは、ファミリーのメンバーのハプニングや音楽演奏や、前述のナイフの踊りや、ふんだんなセックス・シーンだった。もちろんほかのフィルムも同様だったのだが。

E・M・ロエブの「血のいけにえ心理」と題された研究（アメリカン・アンスロポ

ロジカル・アソシエーション刊の「メモワール」第三十号に掲載）によると、いけにえの儀式はアメリカの前史時代にも数多くとり行なわれていたが、なぜかカリフォルニアでは、ごく最近まで、そのような事実は認められていなかった、ということである。

名前は伏せておかねばならないが、この証言を行なった人物は一九六八年に中西部の高校を卒業後、ヘイト＝アシュベリーにあらわれ、クレイトン通りで共同生活をしていたファミリーと出会った。彼は、ヘイト地区やヘイト＝アシュベリーのフリー・クリニック、ウォーラー通りのデヴィル・ハウスのことなどについて豊富な情報をもっており、マンソンに招かれてロサンジェルスに住みつくようになった、とのべている。それ以来ずっと、ファミリーとつかずはなれずの生活をつづけてきたらしい。

ファミリー事件の捜査期間中、多くの証言や噂のたぐいによって、ロサンジェルスの北や南の人気のない海辺で、数々の秘教や魔術の儀式が行なわれていたことが明らかになった。

この証人の話によると、儀式がかった映画ショーのいくつかは、カウンティ・ライン・モービル給油所と通りをへだてた〝ピートのビーフ〟というレストランの近く、ハイウェイ一号線ぞいの海辺で行なわれたという。そのほかにもいくつかの場所があげられている。

彼が目撃した映画には三つのタイプがあり、第一は、ファミリーの踊りとセックス、第二は、動物のいけにえ、第三のタイプは、人間をいけにえにした映画だった。

映画の製作年代の日付けはさまざまで、あるものは六九年に、あるものは、なんと七〇年の夏につくられたものだという。

大半の映画の中で、登場人物の多くは黒い衣服を身につけ、十字架を首にさげていた。白い衣服を身につけているものもいた。黒い頭巾をつけているものもいた。犬血を素材にした映画は、坐って歌をうたっている人間たちの描写からはじまっていた。そのあと、世にもおぞましいシーンがはじまる。

犬をいけにえにした映画について、この証人はつぎのように語っている。

「夜中の出来事のようだった。最初は坐って歌っている人間からはじまり——そこへ、とつぜん猫が一匹あらわれ、そう、夜の十一時ごろなのかな、連中はトリップをはじめた。まあ、そんな感じのシーンだ。丸く輪になって坐り、男の一人がなにか血まみれのものをさしだすと、全員がそれにくらいついた。それから男が、血をみんなに注ぎかけた。そのあと別の猫があらわれ、あの奇怪なトリップがはじまったってわけだ……

「やつらは一匹の犬を切り裂いた。それから娘を二人連れてきた。素裸にひんむくと、娘たちの頭に犬の血を注ぎかけた。やつらはじっと犬をおさえつけていた。娘たちをおさえつけたまま、犬の血や肉をからだじゅうにおしつけた。それから全員で、二人の娘をやったんだ……一組、二組ってね、みんなやってたが、おれは仲間に入っていなかった。ずっと前の話だ。やつらがみんな血をすすっていたことはおぼえてる。ゾッとするような、ひどい話さ……あの映画には、八人か十人の人間がうつっていた。みんな、おれがよく知ってた連中だ。ランチにやってきたやつらさ、わかるだろう。週末になるとランチにやってきた連中だ……よくみかける顔が二つ三つ、うつっていた」

さらに彼は、犬の血をすする映画にでていたマンソンの二人の重要な女信者の名前をあげた。そのうちの一人は血をからだに注がれながら性交をした娘だった。あらゆるシーンが撮影されていたというのだ。

「いけにえのシーンは数回しか見なかった。犬のいけにえを一度見た。猫も見たことがある——あのネコのシーンには、いちばんゾーッとしたもんだ」

この猫のいけにえについては、つぎのようなインタヴューが行なわれている。

——場所は？

野外だった。さっき話した、海辺のやつだ。

——猫のでてくる？

それから犬もでてきた。

——同じ場所で？

ああ、月一回の例会なんだと思う。野外フリーク・アウト大会さ。

——どこの海辺か知っているか？　マリブ・ビーチ？

いや、ちがう。個人の専用ビーチだった。ロサンジェルス郡とヴェンチュラ郡の境界線の近くかな、ハイウェイ一号線ぞいの海辺だ。

——家の名前は？

家じゃない。海辺があるだけだ。

——誰の？

知らない。誰かのだろう。誰様のビーチなんて感じのところじゃなかった。

——集会がひらかれたのは何日ごろ？

いつも水曜日だった。

——満月の？

満月のときもあったさ。

——そうじゃない水曜日にも？

そんなところだ。だがおれは、三本か四本しか見ていない。あの猫の映画は、それまで見たなかで、とびぬけていた。ゾーッとしたもんだ。爆竹をつかってね……M80

っていうやつかな、そいつに火をつけて、猫をその上に坐らせたんだ。猫は粉みじんに飛び散った。ゾッとして、胸がムカムカしたもんだ。

――血はどうした？

からだじゅうになすりつけたり、注ぎかけたり、一パイント*ぐらいはあったから、そいつをまわして、みんなですすっていた。なんともゾクッとくる映画だった。

彼は、海辺に横たわった女性の犠牲者をうつした短い映画についても重要な情報をもたらした。彼の考えでは、それはもっと長い映画の一部分だということらしい。まずはじめに彼は、その種の映画が存在することに気づいていたのかどうかを質問された。

ええ、まあ、知ってましたよ。一本だけ、殺し《スナッフ》の映画があるってことを。つまり……

――どの殺しの映画のことだ？

二十七ぐらいの若い娘で、髪は短くて……ええ、そう、首をはねられていてね、そ

* 約〇・五リットル。

いつは……

——場所は？

ハイウェイ一号線ぞいの海辺のどこかのようだった、あたりの様子が。

——どんな連中だ？　首を切られた娘のほかに誰がうつっていた？

顔は全然でていないんだ。みんな、黒い頭巾のついた黒装束をつけてたんでね。

——黒というと、目のところだけ開いている黒い頭巾のことか？

（うなずきながら）そう、そうね。

——それから？

長い、黒いドレス。

——十字架は？

いや、つけてない。黒一色で、顔のところに裂け口がいくつかついている、まっすぐ長いやつだ。そいつを着て、ただ踊りまわっていた。その映画が何かは、一度もきいたことがない。五分間ぐらいの短いものだった。

——娘の様子は？　どんなシナリオだったんだ？

なに、なんだって？

——シナリオはどうだったのかと訊いたんだ。娘は縛られていたのか？　自分からすすんでいけにえになったように見えたか？

死んでいた。死んで、そこにころがっていただけだ。

——そのときは、すでに死んでいた？

ああ。両足をおっぴろげてね。すっ裸だったが、誰もファックしてなかった。首をはねた直後で、そこにころがされていたということだ。

——その場面から映画ははじまったのか？　実際のいけにえのシーンはうつっていなかったんだな？

（そのとおりだと首をふりながら）血を浴びせかけている人間はうつっていた。丸く輪になって、あたり一面に血をふりまいていた。

——首謀者らしき人物は？

いや。ほんの短いフィルムなんだ。わからないかな？　短いショットなんだよ、ほかの映画に使う、まだ編集してないフィルムだったんだ。五分がいいところかな、とても短いやつだ。

——五分といえば、コマ数は数千になる。知ってる映画かもしれない。この夏にうつされた映画の一部にちがいない。

（こたえなし）

——その映画の残りの部分は？

見なかった。おれは、ただ……

——頭は、赤毛？

ああ。

——首は、そのままそこに？

そう。死体のすぐそばにね（手真似で説明する）

——黒装束の人間は全部で何人？

五人。死体のまわりに輪をつくってた。

——キャンプファイアは？

このあたりだ（手真似で）。そのまわりを歩いているほかの連中が何人か……

——その連中も、みんなロープをつけていたのか？

きっと、何かの映画のつづきなんだろう、なにかな？……すごくおもしろい映画にちがいない（！）

——娘は、岩の上に？

いや、ただそこの海辺に。

——砂の上に？

ああ、ゾッとするぜ。

——管理地のようなところか？

よっぽど厳重に管理されてるところじゃなければ、あんな真似はできっこないだろう。

——あのレストランのある、ハイウェイ一号線ぞいの海辺だと思うか？

いや、そうは見えなかった——つまり、あれが見えなかったし——あそこなら一度見れば、そうだといえるはずなんだが、そうじゃないな、どうも——ハイウェイ一号線ぞいのどこかの海辺だろうよ。あの儀式のあと、ちっちゃな穴を掘って、死体の残りを埋めたんだ。クソを埋めるみたいに簡単にね。とにかく短いフィルムだった。五分しかない。このおっそろしい映画と犬の映画には、十字架はでてこなかった。

——犬の映画でも、連中は頭巾をつけていたのか？

はじめっから終りまではつけていなかった。脱いでるときもあった。

——ときたま、先の尖った頭巾をつけてたんだね？

だが、顔の見分けはついた。いつも同じじゃなかった。

——すると、顔ぶれは変わっていたのか？

多分ね。十字架をつけてないときは、変わってたんだろう。つけたり、つけてなかったりしてたから。

——手袋は？

つけてない。

——用いたのはどんな種類のナイフ？

ボーウィだ。十二インチのボーウィ・ナイフ。*見たことがある。ナイフと手斧をね。ある男は、片方にボーウィ・ナイフを、片方に手斧を持っていた。

もしこの男の話が真実だとすれば、南カリフォルニアのフリーウェイ・ランプのあたりで無事にいられる女性や、海浜客や、ヒッチハイカーはまずいないということになる。このおそろしい一団が、完全に街からとりのぞかれないかぎりは。

（下巻に続く）

＊ 西部開拓史時代のスカウト、ジム・ボーウィにちなんで名づけられた狩猟用ナイフ。

＊本書は、一九七四年に当社より刊行した著作を文庫化したものです。

草思社文庫

ファミリー　上巻

2017年2月8日　第1刷発行

著　者　エド・サンダース

訳　者　小鷹信光

発行者　藤田　博

発行所　株式会社 草思社

〒160-0022　東京都新宿区新宿5-3-15
電話　03(4580)7680(編集)
　　　03(4580)7676(営業)
　　　http://www.soshisha.com/

本文組版　有限会社 一企画

印刷所　中央精版印刷 株式会社

製本所　大口製本印刷 株式会社

本体表紙デザイン　間村俊一

ISBN978-4-7942-2257-2　Printed in Japan

草思社文庫既刊

ディー・ブラウン　鈴木主税＝訳
わが魂を聖地に埋めよ（上・下）

フロンティア開拓の美名の下で繰り広げられたのは、アメリカ先住民の各部族の虐殺だった。燦然たるアメリカ史の裏面に追いやられていた真実の歴史を、史料に残された酋長たちの肉声から描く衝撃的名著。

エリック・シュローサー　楡井浩一＝訳
ファストフードが世界を食いつくす

世界を席巻するファストフード産業の背後には、巨大化した食品メーカー、農畜産業の利益優先の論理がはびこっている。環境と人々の健康を害し、自営農民や労働者、文化を蝕むアメリカの食の実態を暴く。

アンヌ・モレリ　永田千奈＝訳
戦争プロパガンダ10の法則

「戦争を望んだのは彼らのほうだ。われわれは平和を愛する民である」——近代以降、紛争時に繰り返されてきたプロパガンダの実相を、ポンソンビー卿『戦時の嘘』を踏まえて検証する。現代人の必読書。

草思社文庫既刊

女盗賊プーラン（上・下）

プーラン・デヴィ　武者圭子＝訳

インドの最下層カーストに生まれ、数々の暴行、虐待を受けた少女は、やがて自ら盗賊団を率いて復讐に立ち上がる。過酷な運命にあらがい、弱者を虐げる者たちと闘った女性の驚くべき自伝！

砂漠の女ディリー

ワリス・ディリー　武者圭子＝訳

少女は一人、砂漠のただ中に駆けだした！　数奇な運命に導かれスーパーモデルとなり、国連大使として世界を駆けめぐった遊牧民の少女が、真実の半生を語る。**映画「デザートフラワー」原作**

ロケットボーイズ（上・下）

ホーマー・ヒッカム・ジュニア　武者圭子＝訳

1957年、スプートニクがアメリカ上空を横切った。炭鉱町に暮らす高校生四人組は、人々の嘲笑にめげずロケットづくりに挑戦する。NASA技術者となった著者の青春自伝。**映画「遠い空の向こうに」原作**

草思社文庫既刊

法医昆虫学者の事件簿

マディソン・リー・ゴフ　垂水雄二＝訳

虫たちは誰よりも早く殺人事件を嗅ぎつける。死体につく虫を採集する法医昆虫学者の捜査手法を殺人事件とともに語る。米国ドラマ「CSI」にも登場した脅威の捜査法。**『死体につく虫が犯人を告げる』改題**

良心をもたない人たち

マーサ・スタウト　木村博江＝訳

25人に1人いる〝良心をもたない人たち〟。彼らは一見魅力的で感じがいいが、平然と嘘をつき、同情を誘い、追いつめられると逆ギレする。身近にいるサイコパスをどう見抜き、対処するかを説く。

平気でうそをつく人たち

虚偽と邪悪の心理学

M・スコット・ペック　森　英明＝訳

自分の非を絶対に認めず、自己正当化のためにうそをついて周囲を傷つける「邪悪な人」の心理とは？　個人から集団まで、人間の「悪」を科学的に究明したベストセラー作品。

草思社文庫既刊

タイムマシンのつくりかた

ポール・デイヴィス　林 一＝訳

時間とは？ 「いま」とは何か？ 理論物理学者がアインシュタインからホーキングまでの物理学理論を駆使して、「もっとも現実的なタイムマシンのつくりかた」を紹介。現代物理学の最先端がわかる一冊。

思考する機械 コンピュータ

ダニエル・ヒリス　倉骨 彰＝訳

コンピュータは思考プロセスを加速・拡大し、われわれの想像力を飛躍的に高め、未知の世界にまで思考を広げてくれる。もっとも複雑な機械でありながら、その本質は驚くほど単純なコンピュータの可能性を解く。

機械より人間らしくなれるか？

ブライアン・クリスチャン　吉田晋治＝訳

AI（人工知能）が進化するにつれ、「人間にしかできないこと」が減っていく。AIは人間を超えるか？ チューリングテスト大会に人間代表として参加した著者が、AI時代の「人間らしさ」の意味を問う。

草思社文庫既刊

ブラックホールを見つけた男（上・下）

アーサー・I・ミラー　阪本芳久＝訳

ブラックホールを初めて理論的に説いたのはインド人天才青年だった。だが、根拠なく否定され、その約40年後、水爆の開発競争でふたたび注目を集めることになる。科学発展の裏に隠された科学者のドラマ。

生命40億年全史（上・下）

リチャード・フォーティ　渡辺政隆＝訳

地球は宇宙の塵から始まった。隕石衝突、地殻変動、気候激変、絶滅と進化——生物たちの命運を分けた事件とは。謎とドラマに満ちた壮大な進化劇を巧みな語り口で一気に読ませる決定版・生命史。

遺伝子の川

リチャード・ドーキンス　垂水雄二＝訳

生き物という乗り物を乗り継いで、果てしなく自己複製を続ける遺伝子。その遺伝子の営みに導かれ、人類はどこへ向かうのか。『利己的な遺伝子』のドーキンスが自然淘汰とダーウィン主義の真髄に迫る。